O último Van Gogh

Edney Silvestre

O último Van Gogh

GLOBOLIVROS

Texto fixado conforme as regras do Acordo Ortográfico da Língua Portuguesa (Decreto Legislativo nº 54, de 1995).

As citações de Van Gogh foram extraídas das edições de *Cartas a Theo* publicadas pelas editoras 34 (tradução de Felipe Martinez, 2023) e L&PM (tradução de Pierre Ruprecht, 2002).

Os trechos das páginas 134, 135, 277 e 278 são criações do autor.

Editora responsável: Amanda Orlando
Editora de produção: Viviane Rodrigues
Editores-assistentes: Renan Castro Aguiar e Rodrigo Dutra
Assistente editorial: Camila Novaes
Revisão: Bruna Brezolini
Diagramação: Renata Zucchini
Capa: Carolinne de Oliveira

1ª edição, 2025

CIP-BRASIL. CATALOGAÇÃO NA PUBLICAÇÃO
SINDICATO NACIONAL DOS EDITORES DE LIVROS, RJ

S593u

Silvestre, Edney
O último Van Gogh / Edney Silvestre. - 1. ed. - Rio de Janeiro : Globo Livros, 2025.
368 p. ; 23 cm.

ISBN 978-65-5987-272-5

1. Ficção brasileira. I. Título.

25-99840.0

CDD: B869.3
CDU: 82-3(81)

Carla Rosa Martins Gonçalves - Bibliotecária - CRB-7/4782

Direitos exclusivos de edição em língua portuguesa para o Brasil adquiridos por Editora Globo S.A.
Rua Marquês de Pombal, 25 — 20230-240 — Rio de Janeiro — RJ
www.globolivros.com.br

Este romance é dedicado
a todos os meninos e meninas,
velhos,
mulheres,
homens
invisíveis
como Vincent e Igor.

E em memória de
Ricardo Andrade,
que um dia, em Hamburgo,
diante de uma tela de Caspar David Friedrich
me fez ver que arte
está muito além do que se vê.

"Não faças de ti
Um sonho a realizar.
Vai.
Sem caminho marcado.
Tu és o de todos os caminhos.
Sê apenas uma presença.
Invisível presença silenciosa.
Todas as coisas esperam a luz.
Sem dizerem que a esperam.
Sem saberem que existe.
Todas as coisas esperarão por ti,
Sem te falarem.
Sem lhes falares."

CECÍLIA MEIRELES, *Cânticos* XXIII

OITO MESES ANTES

I

Gêmeos

Nunca tinha comido gêmeos, não juntos.

Separadamente, sim, mas eram dois caras. Um dermatologista, o outro corretor de imóveis, ambos moradores de Ipanema, numa daquelas ruas sombreadas próximas da Lagoa Rodrigo de Freitas, os dois no mesmo quarteirão. Um disse que odiava o outro, mas não me recordo qual. Seus apartamentos, de andar inteiro, decorados mais ou menos da mesma maneira impessoal, tinham a distingui-los os bichos a circular sobre os idênticos pisos de porcelanato branco. Um gostava de cachorros, o outro de gatos. O que gostava de cachorros deixava a porta do quarto aberta enquanto transava. Os bichos subiam na cama e não pareciam se incomodar com os gemidos dele ou os meus. Um chegou a me lamber a bunda, parou quando o empurrei. Os gatos do corretor de imóveis se mantinham à distância, mesmo com a porta do quarto aberta. Ou era o contrário. Os gatos eram do médico, os cachorros do corretor. Samuel e Lúcio, os gêmeos se chamavam, creio, sem muita certeza. Sou péssimo para nomes. Caras, nunca esqueço. Mas nomes me confundem. E poucos dão o nome verdadeiro. Lauro e Lúcio? Não me lembro. Só teve aquela vez e não me contrataram de novo.

Casal gêmeo, mulher e homem, Alex e Valéria, aquele foi o primeiro. E último, se depender de mim. Se eu conseguir me manter vivo. O que não parece estar nos planos deles.

***

Os rostos eram quase idênticos, porém Alex era mais baixo que Valéria, atarracado. Ela, longilínea de cabelos louros escuros, os dele mais claros, queimados de sol e parafina, ombros largos, quase certamente desenvolvidos pelos muitos anos de natação no Clube Germania, onde foi campeão estadual por algumas temporadas, ajudado, imagino, pelos pezões, desproporcionais para um cara de pouco mais de um metro e setenta. Tinha, igualmente, sido da equipe de judô da escola. Novamente, os pezões o ajudavam, ofereciam boa base. Fazia surfe, também, como tantos garotos da Zona Sul carioca, especialmente os moradores da orla, como ele. Assim conseguia maconha com a meninada do Vidigal, que vinha pegar onda na mesma área. Gostava muito. Da maconha. Da meninada do Vidigal em seu pedaço de praia, nem tanto.

Deixa eu ir adiantando: a vida particular de clientes não me interessa. Nem a de ninguém, aliás. Não é por discrição. É por desinteresse nos outros, mesmo. Com tanta coisa para me ocupar a cabeça, cada um que cuide de sua vida e não se meta na minha. Não é da minha conta. Nada é da minha conta, mesmo.

Só fiquei sabendo de pormenores da sinuosidade comercial e íntima de Alex por terem sido reveladas por alguém muito próximo. Valéria, evidentemente. Assim como vieram do irmão todas as revelações e pecadilhos, se é possível considerar pecadilho a tranquilidade das transgressões permitidas pelos fundos bancários, beleza inquietante, ambição e liberalidade erótica de Valéria. Eram como duas faces da mesma moeda. Ravello tinha um nome para isso.

Saber os pormenores do comportamento sem freios dos gêmeos poderia ter me salvado. Ou pelo menos servido de alerta. Mas, não. Não me adiantou de nada. Tesão é sempre fator de cegueira.

Quando precisava de grana extra, Alex revendia maconha para os coleguinhas da escola, e foi mais ou menos dessa maneira, sem planejar, que se tornou uma espécie de traficante informal de sua turma, todos jovens de boas e prósperas famílias, e assim continuou, mesmo depois de entrarem para a faculdade, onde sua clientela alargou-se e, formado em Administração, entre os sócios da incorporadora de imóveis, na qual os Schloendorf tinham uma parte acionária. Ainda que Alex nunca tenha precisado realmente do dinheiro, dado que seu avô, com quem ele e Valéria tinham sido criados, providenciara uma herança que lhes assegurava retiradas mensais generosas, cartão de débito sem limite. Com ele e a avó, falavam alemão. Entre si, misturavam o idioma com inglês e português.

Quando mais jovens, Alex e Valéria faziam viagens culturais duas vezes por ano a países europeus e, por diversão, a parques temáticos nos Estados Unidos, ao Canadá e à Costa Rica. Ou para onde quer que a Escola Johann Wolfgang von Goethe propusesse, incluídas aí temporadas em estações de esqui no Colorado, mais visitas a Berlim e Munique no último ano do curso secundário.

Alex restringia-se à venda de maconha unicamente, sem jamais utilizar a chance, tantas vezes surgida, de abrir para pó, MD e outras substâncias mais lucrativas. Traficava, de certa forma, por diversão, uma forma arrogante de transgressão, sabendo que um cara de sua origem, endereço e rede de amigos, jamais seria perturbado por qualquer bobagem de investigação policial. Eram alguns trocados, apenas. E ele deixava claro, com uma atitude gentilmente superior, em relação a sua posição de vice-presidente de novos negócios, o mais jovem e promissor da empresa.

Essa certeza de impunidade era compartilhada por Valéria de outras maneiras. Uma das alegrias genuínas dela, quando foi se tornando mais alta que as colegas e, logo, que a maioria dos meninos, era levá-los aos cantos escuros dos jardins da mesma escola Goethe, esfregar-se nos meninos e nas meninas, passar as mãos ou enfiar os dedos nelas e neles, até chegar ao ponto em que ofegavam alto e chegavam, ela aprendeu, perto do êxtase, para, então, deixá-los. Logo passou a convidá-los para fazer lições no quarto do apartamento no Leblon, onde terminava por expulsá-los, com alguma falsa consciência súbita de recato, sempre entre uma ameaça de denúncia e a promessa de outro, repetido, mais livre, prazer no futuro, garantidos com cândido sorriso e a inocência de seus olhos azuis límpidos, como os de um bebê.

Partilhavam e riam-se dessas traquinagens, os irmãos.

Valéria chegou a acompanhar o irmão nas viagens internacionais, e mesmo numa ida aos Cânions Gaúchos e outra aos Lençóis Maranhenses, mas acabou por entediar-se e perceber, sem um pingo de dúvidas, o quanto preferia atuar em seu próprio ambiente, no Rio de Janeiro, em reuniões íntimas ou grandes festas fartas, em jantares de chefs internacionais que combinavam atrizes televisivas, atletas e influenciadores da internet, feiras de arte no Aterro do Flamengo, circulando sempre com ar de modéstia, jamais exibindo os belos, ela sabia, seios de perfeitos mamilos róseos, evitando vestidos reveladores de suas coxas longas e da bunda firmemente arredondada, cobertas por penugem dourada quase imperceptível, preferindo largas calças de linho claro no verão, verde-escuras ou de um azul cerrado nos raros dias ou noites cariocas mais frios, sempre calçada em sandálias rasteiras, exibindo os pés perfeitos como os de uma estátua clássica, sem chamar atenção para sua altura incomum para uma mulher brasileira, de quase um metro e oitenta. Alex ajudava na escolha de seus figurinos, tal como ela palpitava nos dele.

Exercia alguma vaga profissão de primeira assistente de relações-públicas de uma rede internacional de hotéis, na qual os Schloendorf haviam mantido uma pequena, mas com poder de voto, parte acionária, tal como na empresa onde trabalhava o irmão, levando-a a circular ecleticamente por eventos de montadoras de automóveis, visitas de subcelebridades nacionais e estrangeiras, coquetéis para estreias de filmes de super-heróis de Hollywood, feiras de fabricantes de lanchas, convenções de ortopedistas.

Valéria apresentava pessoas, mulheres e homens, ao irmão Alex. Alex apresentava pessoas, homens e mulheres, a Valéria. Havia harmonia e confiança em sua relação. Assim, de certa forma, nos conhecemos, eles e eu. Mas não exatamente.

Eu estava mijando no banheiro vazio de um centro de convenções, ao final do evento e do meu trabalho de tradutor de Libras, as luzes sendo apagadas, quando um cara se postou ao meu lado, abriu a braguilha e começou a mijar, também. Percebi que olhava meu pau. Olhei o dele. Nada mau, embora eu não seja muito de dar o cu, embora o faça, se o cliente assim preferir. Subi o olhar e, antes de ver seu rosto, senti a mão dele já apalpando minha pica. Fiz igual. Nos apertamos, um ao outro. Ambos imediatamente ficamos excitados. Sem uma palavra, entramos num cubículo próximo. Não podíamos demorar. O centro de convenções estava fechando as saídas, a van de transporte de funcionários partiria dentro em pouco.

Ele baixou as calças, penetrei-o enquanto ele se masturbava, tirei na hora de gozar, esporramos juntos. Fomos cuidadosos, nenhum sujou a roupa do outro. Ambos sabíamos e estávamos acostumados àquele tipo de encontro casual. Subi minhas calças, ele as dele, saímos do cubículo, tomamos direções opostas fora do banheiro. Não perguntei seu nome, nem ele o meu. Não registrei direito os traços de seu rosto, exceto a pele clara, mas bronzeada, e os olhos azuis, claros como os de um bebê.

Os irmãos não eram muito mais velhos do que eu, talvez uns três, cinco anos no máximo, perto dos trinta, sem dúvida, embora de gente rica nunca se saiba a idade verdadeira, ricos sempre aparentam menos. E exalam aquele ar de dinheiro, inevitavelmente. Pode botar a mesma calça, a camiseta vagaba e o mesmo chinelão do pobre que a diferença salta aos olhos. Nos ricos, a roupa tem outro formato.

Eu estava todo de preto, como frequentemente exigem dos que fazem tradução em Libras quando não se trata de cerimônia oficial e mandam botar terno e gravata, que eu tenho, também, pretos, como a camiseta, o paletó, a calça e o sapatênis que vestia no congresso de varejistas eletrônicos onde a vi pela primeira vez. Valéria. Quando ela passou por mim e virou-se. Não para me olhar, mas para dar alguma ordem às duas recepcionistas atonteadas atrás de mim. Vestíamos, todos, eu, as recepcionistas tontas, os garçons a servir água mineral, sucos e refrigerantes, preto, preto, preto, inclusive ela. Valéria. Porém, nela, a roupa... era igual, mas diferente, O tecido, o corte, a maneira como se portava, tudo nela gritava, percebi, superioridade. Outra classe. E ela sabia. Tinha consciência de sua diferença para nós. Os outros. As outras classes. Sem demonstrar arrogância. Como os nobres de várias gerações, possivelmente, ao deixar seus enclaves e sair pelas ruelas dos vilarejos, caminhando, nunca próximos demais, entre o povaréu.

Seus olhos passaram através de mim, como se eu não existisse ou fosse transparente. Então vi. Impossível não reparar. Impossível não ser tragado por aqueles olhos. Azuis como os de um bebê. Foi quando percebi que já a conhecia. Mas, não. Entendi que não. Eu nunca a vira antes. Tinha, isso sim, conhecido alguém com aqueles mesmos olhos quase transparentes. Um homem. Um rapaz. Num banheiro. Na penumbra. No cubículo do banheiro de um centro de convenções. Na saída do banheiro de um centro de convenções. Ao final de uma trepada sem palavras, num cubículo, na saída do banheiro de um grande centro de convenções na Barra da Tijuca quando praticamente todo o público já o havia esvaziado.

Quase me perdi na minha tradução, mas consegui ir adiante. Não a vi mais. Não naquela tarde.

Mas me adianto no afã de contar tudo.

Para entender a armadilha em que fui pego, ou eu mesmo me enfiei, é preciso voltar ao início, oito meses atrás.

Mas, antes, preciso me apresentar. Para mostrar porque a polícia nunca ia acreditar em mim no confronto com Alex e Valéria.

MICHÊ

II

Flores para Olympia

Não sou michê. Sou tradutor de Libras. Intérprete de Libras, alguns preferem chamar. Uma profissão que me leva a conhecer muita gente, de todo tipo, inclusive senhores e senhoras a fim de se divertir em aventuras passageiras, sem laços, compromissos ou troca de telefones. Não vou negar que aceito um presente de vez em quando. Um cartão de compras aqui, uma camiseta ali, uma garrafa de gim e coisa e tal. Uma vez, uma escritora viúva, para quem havia feito tradução num evento infantil da Bienal do Livro, me deu um relógio resistente à água. Na manhã seguinte, estava no pulso do barraqueiro onde deixo minhas coisas quando vou nadar, correr ou jogar futevôlei. Não uso relógio. Sei dizer as horas, com margem de erro de dez a vinte minutos, no máximo, só pelo movimento de pessoas e do trânsito em Copacabana.

Já michê, é outra coisa. É amor com preço.

Cachê em dinheiro, primeiramente. Dinheiro vivo. Não aceito cartão, Pix, cheque, bitcoin, nada fora papel-moeda. Pagamento antes do ato.

Pode incluir, ainda, passagem, mais hospedagem e ajuda de custos quando sou convidado por alguém de fora do Rio, que me viu no Instagram, ou recebeu recomendação de algum cliente que eu porventura tenha atendido. Sou bem recomendado, eu sei. E sei a razão. Sou bom profissional. Gosto do que faço. Aplicativos de trepação grátis, esses não uso nenhum.

Quem não tem família rica, tem de aproveitar as oportunidades.

Não faço michetagem só pelo dinheiro.

Gosto de trepar. É bom. Me faz bem. Me alegra. Fico outra pessoa depois de gozar. O mundo muda à minha volta. Nada de problemas, nada de aflições, nada daquela sensação permanente de não ser daqui, de não poder fazer parte dessa gente toda com quem cruzo na rua, de não pertencer a nada, a sensação incômoda de ter sido inserido num quadro, na tela de um artista de estilo completamente diferente de como me pintaram, e quererem me botar para fora. Mas ali eu estou, sem conseguir sair. Esse incômodo, esse mal-estar, meio como uma náusea permanente, só passa quando trepo. E some quando eu gozo. Por algum tempo, pelo menos.

Conheci umas partes do Brasil dessa forma, poucas, por enquanto, atendendo clientes. Homens e mulheres. Mais homens que mulheres. Por uma questão econômica, acredito. A não ser que seja uma mulher com fundos próprios, independente, ou capaz de disfarçar despesas suspeitas no cartão de crédito pago pelo marido, pelo pai ou pelo amante. É minha experiência, pelo menos.

Já gozei em Gramado, em São Paulo, em São José dos Campos, numa praia de Búzios. E nuns motéis próximos de aeroportos, como preferem homens casados e certas pessoas mais conhecidas, tipo um cantor sertanejo e gente que aparece na televisão. Nunca nenhuma grande celebridade. Vou aonde preferem. Não me importo. Aproveito as oportunidades, já disse. Gosto de viajar. Gosto do café da manhã dos hotéis. E mesmo os dos motéis, servidos no quarto, com suco fresco e ovos mexidos. Gosto de Uber me esperando no aeroporto. E não gosto nada quando tenho de voltar para minha quitinete, em Copacabana. Já foi pior. Já foi no Catete.

Meu objetivo, no momento, é alugar um quarto e sala separados em Ipanema. Mesmo que seja numa daquelas ruas perto da favela, mesmo que seja num daqueles prédios velhos da Barão da Torre, atrás da Praça General Osório, onde, à noite, os catadores de lixo guardam suas carroças e seus carrinhos surrupiados dos supermercados. Não importa, desde que seja em Ipanema. Primeiro, alugar. Sozinho, sem ter de dividir com outros moradores, como foi quando morei num quarto e sala separados, em Botafogo, na rua São Clemente, perto de um colégio de meninos ricos. Depois, no futuro, comprar. Depois, nesse tal futuro, quando alguém perguntar onde moro, poder dizer, sem mentir, como minto agora: em Ipanema. Bem perto do metrô. Quase na quadra da praia. Sou ambicioso? Sou. Mas não tem nada de errado nisso. Se não fosse ambicioso, onde iria parar Steve Jobs? Sem ambição, o filho da enfermeira solteira Virginia Kelley, moradora do bairro preto de Hope, no estado do Arkansas, nunca teria se tornado o presidente dos Estados Unidos, Bill Clinton.

Penso nos americanos porque aqui no Brasil só vence quem tem pai rico ou família influente. Não tenho nem um nem outro. Nem sei quem foi meu pai. Um gaúcho altão, de quem eu teria herdado meu tamanho, me contou minha avó, um caminhoneiro com quem minha mãe se foi de Itarantim, na divisa entre Minas Gerais e Bahia, talvez para Salvador, talvez para Belo Horizonte, talvez para Feira de Santana, de onde voltou comigo no colo, antes de sumir de novo, dessa vez para sempre, me deixando, nos deixando, minha avó e eu, para trás.

De tanto ouvir, entendo francês. Não falo. Nem quero. Isto é, até falo, se quiser. Mal, mas falo. Prefiro não. Acho uma língua ridícula e pernóstica, se bem que divertida de ouvir, principalmente quando Albert, por vezes apresentando-se como André, outras como Olivier, outras ainda como Jean-Marc ou Jean-Auguste, que eu chamo de Ravello, recebe compradores internacionais de suas telas, e conterrâneos instalados no Brasil ou de passagem pelo Rio. Conterrâneos sabe-se lá de onde, pois a origem dele está sempre mudando, mas, tudo bem, eu também invento umas histórias sobre a minha.

Quando Ravello fala comigo em francês, o que quase sempre acontece quando fica agitado, ou percebe estar num assunto complicado de explicar, eu respondo em português. Nós nos entendemos assim.

Com os outros estrangeiros, não vejo por que seria obrigado a falar na língua deles. Em francês. Estão aqui, não estão? Pois que falem como falamos nós. Para mim, as conversas deles, e principalmente as discussões em francês, sempre fazendo biquinhos afrescalhados, soam como ti-ti-ti, lé-lé-lé, u-rru-rru. Quando os compradores da arte dele não falam francês nem português, Ravello me usa para conversar em inglês, língua em que me viro razoavelmente bem, desde antes mesmo de fazer o curso, pago por ele. Ou em espanhol, outra língua aprendida nas areias e nos quartos de hotéis de Copacabana. Na verdade, é um portunhol muito do safado, mas tranquilamente aceito pelos interessados nas cópias perfeitas de obras de Cézanne, Manet, Renoir e mais alguns impressionistas de maior popularidade, fora um ou outro Caravaggio, seu favorito porque, conforme me explicou, ninguém sabe quantas obras realmente pintou, então é possível pendurar os trabalhos sem assinatura nem data pintados por Ravello, incluindo-os nas possíveis obras do inquieto artista italiano, inventor do *chiaroscuro*, conforme Ravello também me ensinou.

Ravello me ensinou muita coisa, desde que o atendi pela primeira vez. Eu devia ter uns quinze, dezesseis anos, ele já era o coroa estrangeiro conhecido entre o Leme e o Posto 6 pela preferência por meninos fortes, particularmente jogadores de futevôlei das areias de Copacabana como eu. Não exigia muito. Gostava apenas de chupar e lamber o corpo da gente, antes do banho, ainda úmidos de suor e água do mar, o que para mim não tinha o menor problema. Depois Ravello pagava um galeto com farofa de ovo e banana, ou o que eu ou os outros garotos preferíssemos. E ainda dava algum dinheiro. Para pagar a passagem, comprar uma sunga nova, uma camiseta, o que a gente desejasse. Ele nos chamava de fornecedores.

Eu me tornei um fornecedor frequente. Não tanto pelos trocados dados por ele, nem pelos galetos, que isso eu conseguia, em dólares e euros, dos outros senhores e senhoras dos hotéis da orla a quem eu vinha servindo há algum tempo enquanto oferecia aluguel de guarda-sóis e cadeiras de alumínio. Serviço rápido. Era só sair da areia e atravessar a rua, subir com ela ou com ele no elevador de banhistas. Os seguranças e porteiros faziam vista grossa. Depois eu voltava ao futevôlei, às ofertas de aluguel de barracas, a um mergulho, até o sol fechar o dia.

Com Ravello, percebi a possibilidade de dar um passo além daquele tipo de serviço bate-e-volta. Aproveito as oportunidades, quando aparecem. Quem trouxe a que mudou minha vida, mesmo sem eu ter percebido imediatamente, foi a visão de uma puta de luxo parisiense chamada Olympia.

***

Uma tarde, depois da mamada e antes da chuveirada, a caminho do banheiro, parei admirado diante de um dos diversos cavaletes com pinturas por terminar, espalhados pela sala envidraçada de onde se via uma nesga de mar entre aglomerados de edifícios. Mostrava uma mulher muito branca, de seios pequenos, pelada exceto por uma estreita fita amarrada no pescoço e calçada de chinelos brancos, reclinada num sofá ou cama também branca, enquanto uma criada preta lhe trazia um buquê de flores coloridas. Fiquei ali, imóvel, ela e eu nus, não sei por quanto tempo.

Ravello me perguntou no que estava pensando. Eu lhe respondi, com sinceridade e talvez uma emoção involuntária, que achava o quadro muito bonito. O mais bonito que eu já tinha visto. E que a criada com o buquê de flores me lembrava minha avó.

— Esta é Olympia. — Ele apontou para a serena mulher reclinada. — Uma cortesã célebre em Paris no século XIX. Esse quadro provocou um escândalo. É muito famoso, de um pintor chamado Édouard Manet. Minha cópia é para um casal americano. Normalmente eu só pinto obras desaparecidas, ou que estão trancadas em coleções particulares. Minha Olympia vai ficar na parede de uma mansão em estilo normando, em algum buraco do Texas, certamente rodeada por torres de petróleo, eu imagino. A Olympia original está exposta num museu parisiense. A mulher que te lembra a sua avó se chamava Laure. Qual era o nome da sua avó?

— Catarina — respondi, surpreso ao me ouvir pronunciar o nome da mulher muito calada a quem vi apenas algumas vezes quando era criança e que visitava os parentes que iam me abrigando por temporadas, até me passar para algum outro. Foi assim até que eu completasse treze anos.

— Ah — Ravello suspirou.

Não me perguntou mais nada, nem que idade eu tinha quando vim para o Rio, nem por que, nem onde tinha vivido, como tinha sobrevivido, nada. Eu estaria preparado para contar, habituado a tantas biografias que ia inventando, a depender da mulher ou do homem com quem tivesse acabado de transar, se estivessem em busca de alguns minutos de assunto, antes de se levantarem e sair, ou antes de me mandarem levantar e ir embora. Nada. Não perguntou nada. Nem eu tive vontade de contar. Ou inventar.

Ravello levantou-se da cama, foi até uma estante no fundo do salão, pegou um livro grande de capa dura, trouxe-o até a cama, mandou que eu o abrisse e olhasse. Abri. Cada página tinha uma ilustração em cores. Fotos de quadros. Algumas ocupavam os dois lados. Fui virando uma a uma, desatento, sem entender por que Ravello queria que eu visse aquilo. Eu me demorava mais conforme avançava pelas reproduções de pinturas estampadas ali.

Eram totalmente diferentes das minhas preferidas até então, de um francês chamado Jacques-Louis David, igualmente apresentado por Ravello, nas quais era possível distinguir cada minúcia, cada fio da crina do cavalo de Napoleão, cada dobra da capa dele voando, cada brilho do botão de metal pregado no chapéu preto e dourado a cobrir sua cabeça. Como se um fotógrafo estivesse ali naquele exato momento, em maio de 1800, e capturasse o instante em que o imperador corso empinou o cavalo no meio da ventania, cruzando os Alpes para estabelecer definitivamente seu domínio no restante do continente europeu.

Não eram assim, as imagens a me provocar arrepios, agora. Não eram precisas como fotografias, com tantas minúcias. Embora mostrassem, como se eu estivesse lá, cenas de vida nas ruas e jardins de Paris, casais caminhando sob a chuva, corridas de cavalos num hipódromo, bailarinas em salas de ensaios, mulheres nuas saindo do banho, um homem de preto ladeado por duas mulheres de branco num balcão de um verde intenso. Achei bonito de não saber como expressar algum, confesso, encantamento inexplicável, como o que me tomava. Me faltavam palavras. Olhei para Ravello, perguntando, sem dizer nada, o que era tudo aquilo, o que eram aquelas cores ardentes, aqueles rostos de gente de verdade, mas que, no entanto, vistos de perto, eram apenas borrões. Aquela vida pintada com mais veemência do que a vida verdadeira que eu sempre tinha visto.

— São os impressionistas — Ravello murmurou, sentando-se a meu lado, os dois ainda nus, sem me tocar ou encostar-se em mim. — Estes são os pintores impressionistas — falou. — Eles mostraram ao mundo que o mundo não era como as imagens perfeitas e imóveis pintadas pelos artistas que vieram antes deles. Como o Jacques-Louis David. Que tudo o que podíamos ter do mundo em volta de nós não era de verdade, mas impressão, apenas uma impressão.

Deu um longo suspiro, calou-se. Não sei quanto tempo levou até falar de novo. Também fiquei em silêncio, sem compreender o que se passava ali, nem comigo, nem entre o homem de barbas e cabelos tingidos de intenso castanho-escuro e eu. O mundo é, então, a impressão que cada um de nós tem dele?

— Quisera estar vendo com esse teu assombro da primeira vez — disse Ravello, finalmente, e me pareceu perceber sua voz falhando.

Levantou-se, cobriu-se com um lençol, como se de repente sentisse frio, ou pudor.

— Agora põe tua roupa e vai embora. Pegue o dinheiro em cima da mesinha de cabeceira. Podes voltar quando quiseres, se desejares ver mais livros como este, sem eu ter que te pegar na praia. Cada vez que tu vieres, vou te ensinar sobre um artista.

Voltei. Muitas vezes.

Teve uma tarde em que ele, pela primeira vez depois de muito tempo, anos, acho, me fez umas perguntas que meio que me deixaram sem jeito, ao mesmo tempo gostei de ele ter feito. Nunca, ninguém, tinha perguntado nada parecido.

— Tu nunca me contaste sobre onde moras — começou, em francês. Pode ser que eu me confunda um pouco na lembrança do que ele falou. Mas pode ser que não muito. — Tu vens aqui há anos. Conheces tudo meu. Onde está isso, onde guardo aquilo. Até minhas frigideiras tu conheces.

Ele tinha uma coleção daquelas frigideiras de ferro pesadas, coloridas. E o maior ciúme delas. O assunto que buscava não podia ser sobre panelas, nem coisas de cozinha. Ravello sabia que eu não tinha nem uma, nem outras. Facilitei para ele:

— O que é que você está querendo saber?

— O que tens pendurado nas tuas paredes. Qual pintor. Que reprodução de qual artista tu tens nas tuas paredes?

— Moro num conjugado, Ravello — respondi, em português. — Não é nem um conjugado, é uma quitinete.

— É como, essa quitinete?

— Você abre a porta, ela bate na pia, onde tem um fogão de duas bocas. Passou, tem o armário embutido à esquerda, a cama em frente.

— Tua cama fica em frente ao armário?

— É.

— A janela? Onde é?

— Em frente à cama.

— O banheiro?

— Na porta ao lado da pia.

— A mesa? As cadeiras?

— Não tem.

— O sofá? Uma poltrona?

— Não. E não.

— Onde tu fazes tuas refeições? Sentado na cama?

— Na rua. Numa lanchonete lá perto.

— Quando tu comes em casa, o que comes?

— Banana. Abacate. Sei lá. Mexerica. Fruta-do-conde.

— De pé, tu comes?

— Sim, em pé. Eu acho. Nunca pensei nisso. Em pé, é. Isso. Em pé. Junto da janela, eu acho.

— Na casa de alguma família com que moraste, sentavas-te em mesa? Todos se sentavam à mesa?

— Não lembro. Acho que não. Só lembro de sentir fome.

— Não te davam comida?

— Não quero falar nisso.

— Quantos móveis tu tens no teu apartamento?

— Quitinete não é apartamento. É um quadrado com pia, banheiro e uma janela. Um retângulo — me corrigi.

— Quantos móveis tu tens lá?

— Tenho a cama. E o armário.

— Nada mais?

— Não preciso de mais nada.

— Tu tens algumas paredes.

— Estão lá, as paredes. Nunca nem olhei para elas. Não sei nem de que cor elas são.

— Pinta atrás da tua cama de verde. Verde escuro. Verde bem denso. Bem escuro e bem denso.

— Por quê?

— Eu vou te dar uma tela para pendurares lá.

— Não preciso.

— Quando eu te der, tu verás que precisavas.

— Por quê?

— Eu vou criar para ti a cópia de um dos mais belos retratos já produzidos pela arte. Um espelho de ti. Não que pareça contigo. Fisicamente, não. Nem um pouco. Tu vais te surpreender com a maneira como te vejo. Tu és meio bugre, meio africano, meio italiano. Mais africano que bugre. Tens o corpo como *O lavrador de café*, do Portinari. O retrato que vou te dar é de um homem alto, magro, louro. Um alemão de Nuremberg. Com postura de príncipe. Como tu também tens. Ar de príncipe. Ao teu jeito. Vou te dar uma reprodução perfeita do "Autorretrato" de Albrecht Dürer. Uma obra-prima do Renascimento Nórdico, pintada em 1498.

Se bem me lembro, dei uma risada:

— Um príncipe de Albrecht Dürer numa quitinete da Prado Júnior?

Ele já tinha falado de Dürer, Vermeer, Hals, Rembrandt. Van Gogh. E mostrado suas obras nos livros. Até eu decorar. E de Alfred Sisley, Degas, Monet, Renoir, Berthe Morisot, Pissarro, Gauguin, Signac, Cézanne, Seurat, dos pós-impressionistas aos pontilhistas, surrealistas, escolas, estilos e nomes, nomes, nomes, e nomes, repetidamente. Impressionistas e renascentistas, repetia sempre, eram os preferidos de sua clientela.

— Mas este aqui — entregou-me um livro gasto, grosso, de páginas amassadas, algumas delas dobradas, com várias frases sublinhadas em cores distintas, algumas desbotadas, indicando terem sido feitas ao longo de épocas diferentes. — Este aqui é para te servir de guia. Guia da tua vida.

— Está escrito em francês, Ravello. Não leio nessa língua, você sabe. Não vou entender nada.

— Vais, sim. Tu entendes quando te falo. Tu compreendes perfeitamente se te mostro um texto em francês.

— Mas este — folheei, rapidamente — deve ter mais de mil páginas. Eu nunca vou conseguir...

— Vai. Tem perto de quinhentas páginas. Leias aos poucos. É necessário. É essencial que leias o que ele escreveu para o irmão.

Li o título, a capa quase solta do miolo:

— *Lettres à Théo*.

— É uma edição de 1974. Cinquenta anos depois da primeira. Comprei numa livraria chamada Gibert Jeune, na esquina do Boulevard Saint-Michel com Rue Pierre Sarrazin. Em Paris. Quando eu era jovem. Soube que a livraria não existe mais, desde 2021.

— Quem era esse Théo?

— O irmão de Vincent. A única pessoa que o amou até seu último suspiro.

— Vincent?

— Vincent Willem Van Gogh.

— O pintor? Ele também escrevia?

— Escrevia muitíssimo bem. Ele era leitor ávido de Charles Dickens, de Victor Hugo e, tão profundamente, de Émile Zola. Um dia tu os lerás, também. Mas, por este momento, te peço: leias as cartas que Van Gogh escreveu ao irmão Théo.

— Por que, Ravello?

Ele pegou minha outra mão, colocou-a sobre o livro, levou as duas a meu peito.

— Tome-o. Leia-o. Abra em qualquer página, não importa a ordem da leitura. Abra e leia. Mesmo que tenhas dificuldades no começo. Depois te sentirás à vontade. E te ajudará.

Por quê?

— Tu tens a alma inquieta como a de Vincent. Tu o compreenderás profundamente. Ele foi um invisível, como és tu. Estas cartas revelam a dolorosa travessia dele. Haverão de te ajudar na tua.

***

Ravello também me fez ler sobre vinhos e safras, regiões, uvas, caves. Aprendi sobre as Grandes Guerras na Europa. Provei queijos e vinhos, li textos de André Gide e Yukio Mishima, ouvi canções de Jacques Brel e *lieder* de Elisabeth Schwartzkopf, assisti a DVDs de musicais de Vincente Minnelli e melodramas de Fassbinder, decorei nomes e imagens de obras de arte em coleções particulares ou desaparecidas, especialmente as sumidas nos saques das tropas nazistas ou destruídas por elas ao final do III Reich. Tudo o que sei, para me tornar alguém menos óbvio do que um michê, ou *escort*, se preferir, que faz por merecer gorjetas maiores, devo a Ravello. Vez por outra, ainda me chupava até eu gozar. Ou ele. Mas percebi que não sentia por mim o mesmo tesão de antes, de quando me pegava como antes, suado e salgado pela água do mar de Copacabana, como antes.

Li, e vez por outra leio, as cartas de Vincent a seu irmão Théo. Mas nunca me interessei por falar francês fluentemente. Uma língua verdadeiramente ridícula.

VINCENT NO RIO

III

Um Van Gogh no Leblon

Tenho dois perfis nas redes sociais. Nenhum deles é falso. Nenhum é totalmente real. Diferem na maneira como me apresento. Os alvos são diferentes.

Num deles uso meu nome verdadeiro, mostro o rosto, nunca me exponho sem camisa ou na praia, posto fotos neutras do meu trabalho como tradutor de Libras em eventos diferentes para dar ideia da amplitude de serviços de que sou capaz. Ali estão um número de telefone real, um endereço de e-mail real, referências de trabalhos já feitos, onde e quando, com indicações reais, sites reais, nomes para referências reais. Sou mesmo tradutor de Libras, gosto desse tipo de trabalho, fiz o curso de intérprete e constantemente me atualizo.

Um *escort*, atendente, acompanhante, garoto de programa, GP, michê, seja qual for o nome que queiram me dar, precisa ter uma profissão careta e socialmente aceitável que lhe dê credibilidade. E nunca misturo. "Onde se ganha o pão não se come a carne", como no velho ditado. Daí eu nunca usar trabalhos de tradução para pegar gente com quem possa faturar na cama. Por prazer, é diferente. É natural. Uma paquera, como qualquer outra. Ou um momento de sacanagem, como naquele encontro no banheiro do centro de convenções com Alex. Mas eu nem sabia o nome dele. Nem imaginava que voltaria a encontrá-lo. Por conta do outro trabalho.

No outro perfil, me dei um nome comum entre acompanhantes, Igor. E um sobrenome sugestivo, em inglês, Brown, seguido de uma frase de duplo sentido, entre aspas, para espicaçar fantasias: "Tudo que é humano me dá prazer". Entre parênteses inventei ser de autoria do Marquês de Sade, depois apaguei. A frase já é sugestiva por si só, podia dar ideias equivocadas de sadomasoquismo. Que eu não topo. Tenho um celular com número diferente para o Igor, pré-pago. Nunca o levo comigo.

Ia mostrar o perfil de Igor Brown para o Ravello e pedir sua opinião, tive dúvidas se não seria melhor ele ignorar minha outra fonte de renda, mas acabei cedendo. Ele gostou. Deu boas sugestões. Inclusive cortar o autor da frase e ter o rosto sempre na sombra. Mistério adiciona valor, ele orientou. E nunca mandar foto do pau ou da bunda.

— Tem quem solicite fotos picantes apenas para se masturbar de graça — alertou. — Pau, saco e bunda, não. Jamais. Quem quiser ver a genitália de Igor tem de contratar os serviços de Igor.

No perfil de Igor me apresento como massoterapeuta, algumas vezes troco por fisioterapeuta, com disponibilidade para viajar e atender em outros estados. O telefone para agendamento do encontro é diferente do meu celular do dia a dia, claro. Estampo ali poucas fotos, que vou atualizando, sem camisa, suado e bombado depois de treinos mais pesados, em geral após uma sessão de crossfit. Jamais fotos em academia. Nem de maromba, nem de capoeira. Para não identificar o local. A não ser quando é a academia de algum hotel, em cidade diferente da minha. Uso boné, sempre, quando malho. E fones de ouvido. Não estou a fim de papo com ninguém. Nem paquera de academia. As de maromba. Faço para ganhar força. E *shape*. É importante na minha profissão. Mas a academia de que gosto, mesmo, é a de capoeira. Nem é bem, assim, uma academia. É um salão dentro de uma escola de padres, na subida de uma rua no Jardim Botânico, perto da sede da Rede Globo. O treino só acontece uma vez por semana. Não perco um. Ali pratico os golpes de capoeira aprendidos primeiro com os mestres de um morro atrás da Central do Brasil. A capoeira me salvou muitas vezes. E lá, na academia na escola de padres, não tem vaidade, nem uniforme, nem frescura. Quem vai lá quer é treinar.

***

Por conta do trabalho de Igor Brown, encontrei Van Gogh no Leblon.

A contratação começara com a habitual troca cautelosa de mensagens de texto um tanto vagas, até ganharmos confiança de ambos os lados. "Maria Costa", identificava o celular. "Claudia", a pessoa assinava. Dois nomes neutros, não mais verdadeiros que o de Igor Brown. O trabalho era comer alguém (ela escreveu "fuder", com "u"), sendo assistido por uma terceira pessoa. "Dois homens ou mulher com homem?", eu perguntei. "Sim ou não?", foi a resposta. Topei. Já tinha feito isso. Em geral, o contato era feito pela esposa; o voyeur era o marido; o local, um quarto de motel. Só faço questão de tomar uma chuveirada depois. Cachê pago na chegada, serviço feito, cada parte sai para o seu lado. Um convite fácil de satisfazer. Pedi, apenas, um pequeno acréscimo no cachê, pois era quase um trabalho duplo. Ela aceitou.

Em retrospecto, é fácil perceber que havia uma arapuca engenhosamente urdida e montada. Até o dia da semana e horário escolhidos, uma segunda-feira, nove e meia da noite, quando estações do metrô e ruas se esvaziam e quem pode já se recolheu para o repouso dos excessos e das besteiras do fim de semana. Fácil de prever. Como único imprevisto, uma tempestade tropical, com raios, trovões e alagamentos, até estes previsíveis em se tratando de Rio de Janeiro.

Tudo, em retrospecto, se torna óbvio. Não durante. Não enquanto me encaminhava para aquele trabalho. Não enquanto o fazia. Não depois de tê-lo realizado. Não imediatamente depois. Uma foda é uma foda, pronto, acabou. Acabaria. Não foi isso que aconteceu. Não apenas.

Em retrospecto, eram instruções simples, práticas e diretas. Para serem decoradas, pois eu não poderia levar telefone, nem anotações em papel.

Deixei o celular do Igor em casa, peguei o metrô na estação Cardeal Arcoverde, quase ao lado de onde moro.

Um Uber me pegaria em frente à saída do metrô na avenida Ataulfo de Paiva, o motorista me daria um envelope com o cachê acertado, me levaria até o prédio onde eu deveria saltar, apertar o interfone do terceiro andar, entrar, subir pelo elevador de serviço.

O edifício não tinha porteiro, nem câmeras de segurança do lado de fora. Meio inusitado para um prédio na orla da praia, mas tudo bem. Era uma construção antiga, provavelmente uma das primeiras no Leblon, sem nada de especial ou memorável. "A porta da área de serviço estaria apenas encostada. Passar pela copa-cozinha, tomar o corredor, ir até o final e entrar no quarto."

As duas pessoas já estariam lá, me aguardando.

Estavam.

No quarto, de grandes dimensões e mobiliário esparso, um abajur, apenas ele, sobre uma das mesas de cabeceira, a cúpula coberta por um véu arroxeado, revelava os contornos vagos de uma cama sob um dossel com cortinado que desce pelos quatro lados, pomposo como um cenário palaciano de novela mexicana. Ou de um vídeo pornô das antigas. Uma mulher estava sentada na beirada do leito. Imediatamente levantou-se. Vestia uma camisola comprida, transparente. Tinha uma cabeleira longa, ruiva e ondulada, com um jeito indisfarçável de peruca. De novo: tudo como numa novela mexicana. Ou pornô das antigas.

No canto oposto, quase totalmente oculta nas sombras, percebi uma cadeira de rodas. Um homem, assim me pareceu, sentado nela. Cabelos brancos. Meio torto. Meio tombado para o lado. Junto dele, um tubo de oxigênio. Ouvi o silvo de uma respiração arfada.

Talvez eu tenha sentido o cheiro de um velho. Velhos exalam um... não digo fedor, mas um certo, não sei como explicar, um certo olor bolorento de gavetas fechadas por muito tempo. Tempo demais. Era um velho, tive certeza. Não se moveu.

Conforme as instruções, não cumprimentei ninguém. Fui direto à mulher de camisola. Era magra, parecia jovem, estava maquiada. Quando me aproximei, ela levantou a parte de baixo da roupa, revelando estar nua.

Parei. Não tinha havido outras indicações, senão a de que deveríamos trepar. Eu tinha acreditado que seria um trio. Era. De outra forma. O terceiro vértice permaneceu imóvel, sentado na cadeira afundada na penumbra.

A mulher abriu minha braguilha, tirou meu pau, mexeu nele até enrijecer o suficiente para encaixar ali um preservativo. Agarrou-se a meu pescoço, levantou uma das pernas, pegou meu braço para ampará-la, fez-se penetrar. Sem um gemido, um suspiro, nada. Usava um perfume intenso.

Prosseguiu enfiando-se e afastando-se com a destreza de quem estava habituada àquele tipo de foda sem ritmo, como se fôssemos dois bonecos, fantoches manejados por um titereiro inábil. Tive de ficar na ponta dos pés, na mesma cadência com que ela se ensartava, para evitar que meu pau escapasse de dentro dela. A fricção cadenciada de sua boceta em meu pau surtiu efeito após alguns minutos. Gozei. Gemi, involuntariamente. Ela tapou minha boca, de imediato saindo de mim, descendo a perna, afastando-se.

Olhei para o lado, a pessoa na cadeira de rodas não estava mais no canto. Saíra sem que eu percebesse.

A mulher retirou e jogou a camisinha num cesto perto de onde estávamos, botou meu pau para dentro das calças, pegou meu braço e me conduziu para fora do quarto, fechando-se lá dentro.

No corredor, retomei mentalmente as orientações.

Ao terminar, fazer o mesmo caminho de volta à copa-cozinha, tomar o elevador para o térreo, onde um outro Uber estaria me aguardando para levar-me de volta à estação de metrô da praça Antero de Quental. Era o que eu devia e comecei a fazer. Estava andando menos rápido do que normalmente caminho. Minhas pernas tremiam um pouco pelo esforço de ficar na ponta dos pés. Só pensava em chegar logo em casa, tomar uma chuveirada, lavar aquele cheiro de sexo e perfume ordinário. Talvez eu pudesse pelo menos lavar as mãos na pia da cozinha, quem sabe até dar uma lavada no pau.

Então eu vi.

***

Ao final do corredor, na parede de tons amarronzados, foscos como camurça, eu vi, entre retratos emoldurados, fotos desbotadas de um vilarejo com um castelo ao fundo, pratos decorativos e objetos banais semelhantes a suvenires de viagem, eu vi, vi, mais ou menos na altura de minha cabeça, sem nenhum destaque, tão improvável e ilógico que imaginei ser uma tonteira após ter gozado em pé. Minha perna bambeou, como numa câimbra. Vi. Dentro de uma moldura quase no mesmo tom sombrio do papel de parede. Resplandecia. Como num milagre.

As cores, o brilho, os fachos de luz como um sol explodindo, uma zoeira, uma tonteira, riscos, rabiscos de sol, de ouro, outras explosões, outras mais, rubras, um céu azul a se desmantelar, trigais ou girassóis, num fogo fátuo, impossível, dilacerantemente belo, gritante, na obscuridade daquele corredor no prédio antigo do Leblon, onde minha porra fora jogada no lixo depois de um trabalho, apenas um trabalho, não havia nada de errado ou indigno naquele meu trabalho, era um trabalho e pronto. Mas ali, ali na parede, aquilo era, só pensava nessa palavra, era um sinal, um alerta, uma oferta de milagre. E eu sabia. Eu sabia. Antes mesmo de chegar perto, eu sabia. O doido tinha pintado aquilo. O maluco, o desprezado, o tantas vezes fracassado, o invisível, ele. Ali. No corredor a caminho da copa-cozinha. Eu sabia. Eu reconhecia o que estava vendo, mesmo sem jamais ter visto aquele quadro em nenhum livro, em momento algum de minha vida, de meus sonhos, eu sabia.

Fui me aproximando e sabendo. Sabendo.

A tela, dentro da moldura de madeira desprovida de qualquer ornamentação, envernizada em tons semelhantes aos da parede onde estava pendurada, devia ter uns cinquenta centímetros de altura, por cem de largura. Mostrava, até mais ou menos a metade, um campo de girassóis muito amarelos sob o brilho intenso do que deveria ser um sol de meio-dia. Na metade direita, o céu, em pinceladas grossas, ou talvez restos espremidos de tubos de tinta, brotava num tom azul denso, como se imagina o azul do fundo do mar.

Na outra metade, à esquerda, nuvens pretas se acumulavam, ameaçadoras. Uma plantação de girassóis antes da chuva.

Eu nunca tinha estado naquela casa, naquele apartamento, naquele corredor, mas eu conhecia, sem jamais ter visto, em nenhum lugar, aquele quadro. Era um Van Gogh. Absolutamente um Van Gogh. Desconcertantemente belo e assustador. Como tudo o que Van Gogh pintava. Mas, ali? No corredor de um apartamento do Leblon? Não podia ser verdadeiro. Não era cópia de nenhuma tela de Van Gogh de que eu já ouvira falar ou lera a respeito. O que era aquilo?

SAINT-RÉMY-
-DE-PROVENCE,
JULHO, 1889

RIO DE JANEIRO,
JULHO, 2024

IV

Uma grande arte

Em seus delírios, ou nem tanto por conta deles, ninguém sabe ao certo, tantas invenções querem fazer dele um doido com erupções inconscientes de criação de beleza, entre espasmos de fome, febre, ou apenas nos redemoinhos de sua incontrolável maluquice, ele saía do sanatório ou do quarto mequetrefe onde estivesse hospedado e ia, sem rumo, carregando telas, pincéis, espátulas, creions, carvões, estopa, cavalete e todos os tubos de tinta que lhe restavam, mesmo aqueles quase vazios, a maioria dados por seu irmão Théo, para encontrar-se com aquilo a que sua ânsia o impelia, até chegar a um campo de girassóis, ou um canto quieto por trás de alguma capela, quiçá um trigal esturricado pelo sol da Provence, e ali estancava. Registrava, freneticamente, com suas sobras de tintas, os voos dos corvos, a corrida das nuvens, o oscilar das espigas na brisa rara daquele verão de 1889. Ninguém sabia quem era aquele holandês de barba e cabelos ruivos, senão que era meio doido, tinha cortado fora a orelha esquerda e pintava quadros e mais quadros que iam se amontoando em seu quarto exíguo, já que ninguém se interessava em comprar aquelas pinturas escalafobéticas.

Não tinha nada a ver com a gente à volta dele, a gente em volta se lixava para ele.

Vincent era um invisível em Auvers-sur-Oise.

Eu sei como é isso, no Rio de Janeiro.

Quando morreu, em julho de 1890, mergulhado em pobreza e descrédito, Vincent tinha conseguido vender por uma merreca apenas uma pintura, uma única tela, das cerca de 2.500 pinturas, esboços e desenhos criados depois de fracassar como professor, como comerciante de arte, como livreiro, como pastor. Estava com trinta e sete anos. Um século e quatro décadas mais tarde, em novembro de 2022, outro de seus restolhos, "Pomar com ciprestes", pintado dois anos antes de seu desajeitado suicídio, foi arrematado por 117 milhões e meio de dólares num leilão da Christie's de Londres por um colecionador anônimo.

A probabilidade de o holandês delirante ter produzido cerca de 2.100 obras, dizia o livro de Ravello, era difícil de confirmar. Dessas, 869 seriam pinturas. Várias, além de desenhos, gravuras e esboços, estariam nas paredes ou cofres de colecionadores secretos no Japão, Egito, Malásia, Suíça, Rússia, América do Sul, que não divulgam nem permitem registro de seus acervos. Outras centenas de trabalhos atribuídos a Vincent van Gogh sumiram, foram roubados ou destruídos, durante a Segunda Guerra Mundial. Alguns, bem poucos, destinados ao grande Museu do III Reich sonhado por Hitler, foram recuperados pelos Aliados. Outros, levados por nazistas em fuga, roubados de museus e de coleções particulares, sumiram para sempre.

De duas telas desaparecidas há registro confirmado. *Vaso com cravos* foi roubado do museu de Essen, na Alemanha, durante a guerra. E *O pintor a caminho do trabalho*, destruída quando a força aérea da Inglaterra, a Royal Air Force, e a americana United States Air Force, entre os dias 13 e 15 de fevereiro de 1945, lançaram toneladas de bombas incendiárias sobre Dresden, arrasando a cidade alemã e todos os seus museus e instituições culturais. Os cálculos mais brandos, feitos posteriormente pelos Aliados, falam em cerca de 2.500 civis mortos.

Havia a possibilidade de uma terceira obra, de existência jamais confirmada. A última tela pintada por Vincent van Gogh. Doada por Théo em gratidão ao dono do local onde transcorrera o velório do irmão. Talvez uma cena campestre. Talvez uma plantação. De trigo. Ou de girassóis.

***

Primeiro achei que havia encontrado uma parecida. Depois duas. Havia uma terceira, mais ou menos com os mesmos elementos — campos, céu, corvos, estrada, nuvens. Nenhuma era idêntica à que vira na parede do apartamento no Leblon. Ou era?

— A metade de baixo do quadro — tentei explicar a Ravello — era assim, com alguma coisa em tons amarelados, como tantas pinturas aqui neste livro, como este trigal, ou esta plantação de girassóis — mostrei, dando mais uma folheada nas páginas dedicadas ao século XIX no *Trèsors d'Art Disparus*, virando-o para Ravello.

— Tens certeza? Trigal ou campo de girassóis?

Como eu poderia ter certeza, me justifiquei, se vi o quadro com pressa, ainda com as pernas bambas, saindo de uma trepada esdrúxula, entre as sombras do corredor de paredes atulhadas de retratos antigos de família, pratos estampados com escudos e cenas de caça, sei lá, uma barafunda de lugar do tipo onde moram velhos muito velhos, incapazes de se desfazerem dos cacarecos acumulados décadas afora?

— Não faz sentido.

— O que não faz sentido?

— Nenhum particular tem um Van Gogh no Brasil. Garanto.

— Garante, como?

— O seguro já teria me pagado para fazer uma cópia.

— Que seguro? Cópia? Não entendi.

Boa parte da clientela de Ravello não era formada por indivíduos, como eu acreditava, mas por companhias de seguro, ele explicou, como se estivesse dizendo o óbvio.

— Você sabia, não sabia?

Não, eu não sabia. Achava que os estrangeiros que procuravam Ravello queriam impressionar amigos, ou tapear algum endinheirado bobo, a quem vendessem um Gauguin ou Cézanne, afirmando terem sido recém-descobertos num estábulo no interior da França, ou numa feira de cacarecos na Pensilvânia.

— E aquele americano gordo? Para quem você fez cópia de um quadro com a Virgem Maria e o menino Jesus? De um artista da Renascença que eu não lembro o nome?

— Dosso Dossi. Sim. *Madonna i bambino*. A tela original está na Galleria Borghese. Em Roma. Fiz para um russo, dono de redes de drogarias na Alemanha. Que pensou ser um Giotto. Está na parede de um dos iates dele. Para o texano fiz uma corrida de cavalos no estilo de Edgar Degas. Depois criei dois Picassos para milionários amigos dele. Os americanos gostam de Picasso. É o pintor que mencionam quando querem mostrar erudição.

Eu sabia que o texano, como o herdeiro coreano de uma das cinco famílias que mandam em seu país, um vinicultor do Chile, uma empresária vietnamita, alguns hoteleiros de Dubai começavam a exibição do resultado de suas fortunas com as cópias nascidas dos pincéis de Ravello. No futuro, a depender da dinheirama amealhada, talvez conseguissem adquirir alguma obra autêntica. Até lá, se não fossem condenados à morte por corrupção, como a ricaça vietnamita, ou falissem, como o egípcio dos bitcoins, iriam se vangloriando diante de amigos tão ou mais desinformados que elas e eles, valendo-se do talento do sorridente ítalo-sérvio-armênio-belga-marroquino-húngaro à minha frente, de barbas e cabelos surpreendentemente escuros para um homem que passara dos setenta anos.

— Como pode saber que não era um quadro de Van Gogh, o que eu vi no Leblon?

— No Brasil, há apenas quatro obras de Van Gogh — falou, num tom como se estivesse repetindo o óbvio. — Todas de grandes dimensões. Nenhuma está no Rio de Janeiro. Muito menos no apartamento de um prédio antigo do Leblon.

— Quatro? Onde?

— No Masp, o Museu de Arte de São Paulo. Todas bem à vista do público — completou, num tom debochado.

— Por que está rindo?

Ele me olhou como uma criança fingindo ser surpreendida no esconderijo, tendo deixado pistas para isso.

— Um dos Van Gogh expostos no Masp... — deu uma risadinha. — Fui eu que pintei.

Nunca visitei o museu mais famoso de São Paulo. Mas já vi montes de reportagens sobre ele. Com fotos dos quadros expostos. Jamais li nenhuma notícia sobre Van Gogh falsos. Ao contrário de repetidas denúncias sobre obras de Tarsila do Amaral, Volpi, Di Cavalcanti...

— A ilusão também é uma grande arte — Ravello acrescentou. — Pegue o livro sobre o Masp lá na estante. À direita, na penúltima prateleira.

Peguei. Passei as páginas apressadamente, até chegar aos quadros de que falávamos.

— *A arlesiana, Banco de pedra no asilo de Saint-Rémy, O escolar, Passeio ao crepúsculo*. Falsos? Os quatro são falsos?

— Não os chame de falsos. São duplicatas. Tão belas quanto os originais do senhor Vincent. O museu sabe.

Tudo o que aprendi com Ravello veio dessa forma, à medida que eu me interessava por algum tema. Tinha prazer em me surpreender. Como quando contou sobre a força da pederastia entre os gregos antigos, o culto à beleza de homens jovens, tal como ele fazia ao buscar garotões na praia. E sempre enfatizava o quanto o mundo devia a homossexuais como Leonardo da Vinci, Michelangelo, Caravaggio.

— Onde estão os Van Gogh verdadeiros?

— A salvo. Bem protegidos. Se alguém jogar sopa de tomate nas duplicatas, ou rasgar, furar, escrever em cima com spray, qualquer merda que algum manifestante vier a fazer, não vai causar dano nenhum no quadro verdadeiro.

"As duplicatas no Museu de Arte de São Paulo tinham lógica e função. Se ocorresse algum problema com a tela, bastava retirá-la, comunicar sua restauração e voltar algum tempo depois com outra duplicata tão crível quanto a anterior.

"Estão a salvo dos vândalos. De ladrões. De enchentes, terremotos, gente maluca. E de incêndios, como o que acabou com todo o acervo do Museu de Arte Moderna, aqui no Rio. Quase todo. Tinha obras de Picasso, Matisse, Portinari, Miró... Era um museu de qualidade internacional. Se tivessem feito igual ao Masp, ainda seria."

— Mas onde o Masp botou os quadros verdadeiros do Van Gogh? — insisti.

A resposta me deixou perplexo.

— Em cofres.

— Cofres?

— De quatro bancos diferentes. Longe dos olhos da multidão.

— No Brasil?

— Em São Paulo mesmo.

"As quatro obras de Van Gogh estão seguradas em muitos milhões de dólares. Para protegê-las, as seguradoras criaram um jogo de esconde-esconde. Cada banco recebe as mesmas quatro obras. Uma é a original, as outras três são cópias."

— Quem sabe qual é cópia, qual é a real?

— O sigilo da manobra é repartido entre quatro dirigentes do museu. Cada um é informado apenas de qual obra verdadeira está em qual banco. Para haver fraude, ou cumplicidade para roubo, seria necessário conluio dos quatro. As cópias de Van Gogh foram encomendadas a quatro artistas diferentes. Quatro falsários, como a imprensa nos chama.

— Qual dos quadros você copiou, Ravello?

— Os quatro. Todos fizemos cópias das quatro obras. Mas só uma está exposta no museu. As outras foram reunidas nos lotes enviados aos cofres dos bancos. Cada lote tem um Van Gogh autêntico e três telas criadas especialmente para o Masp.

Meu espanto, eu via pela expressão de Ravello, lhe dava grande prazer.

— Só no Brasil, mesmo, para um golpe desses dar certo — comentei.

— Vocês, brasileiros, gostam de acreditar que são os únicos espertinhos do mundo.

— Espertos, não. Panacas.

— Aí é que tu te enganas. Essa é a mesma estratégia de outros museus do mundo. E de colecionadores. Há alguns anos, uma grande retrospectiva de Rembrandt levou multidões ao Grand Palais, em Paris, sem que ninguém suspeitasse.

— Eram falsos?

— Falsos, não. Duplicatas. Pintadas por alguns dos meus mais habilidosos colegas.

— Encomendadas pelo museu?

Ravello deu de ombros.

— Por que um museu, ou um colecionador, correria o risco de emprestar um quadro valioso só para turistas se gabarem de ter visto um Rembrandt, um Picasso, um Renoir? De uma certa distância, por trás de vidros grossos, quem pode dizer se uma obra foi pintada no século XVII ou no século XXI?

Ele agora não sorria mais.

— Só nós, capazes de criar cópias perfeitas, sabemos.

Botou a mão no meu joelho. Deu uma tapinha. Levantou-se. Foi até a cópia de uma odalisca de Matisse que estava finalizando. Ficou em silêncio algum tempo de costas para mim.

— Muitas das minhas obras — finalmente continuou, sempre de costas, e me pareceu haver um tom amargo ao dizer "minhas obras" — são para quem pagou milhões de dólares em leilões por telas que nunca mais serão vistas. As que vão para as paredes desses bilionários, as que exibem com orgulho, são as minhas.

Novamente ficou em silêncio. Passou o indicador ao longo das calças vermelhas da odalisca quase pronta para ser enviada.

— Minhas obras — voltou-se para mim, agora claramente com orgulho — têm tanta qualidade quanto aquelas que duplico. A ilusão, eu te disse, também é uma arte. Uma grande arte.

SETE MESES ANTES

DEZ ANOS ANTES

V

Samuel Barber na rave

Nunca tinha ido a uma rave. Sério. Nunca. Parece até mentira. Não é meu jeito, só isso, nem me interessa. Estive uma vez ou outra numa danceteria, boate idem. Assisti de longe ao show da Madonna na praia de Copacabana, mas daqueles que tem todo réveillon, com vários palcos e dois milhões de pessoas na orla, fico longe.

Não sou da noite. Gosto de praia, futevôlei, correr na areia, nadar. Meu normal é dormir antes da meia-noite — exceto quando trabalho. Se sei que vou ter de virar a noite, me preparo, dou uma dormida de tarde, quero estar aceso e bem-preparado para atender bem à clientela. Vivo disso. E do trabalho de tradutor de Libras, claro.

Mas, na pandemia, quase não havia o que traduzir. Palestras, congressos, feiras, reuniões que necessitassem de tradutor de Libras sumiram levadas pela obrigatoriedade do isolamento social. Ficou o outro trabalho. Ninguém deixou de trepar por causa da covid. Pelo contrário. Por esse lado, meu trabalho aumentou. Aumentou bastante.

Trepo bem.

Não vejo mal nenhum em cobrar por isso. É um talento. Como Ravello tem o dele de recriar belezas e vive disso. Messi joga de graça? Cristiano Ronaldo? Pois, então. Trabalho é trabalho. Não estou me comparando com os dois futebolistas, nem estou dizendo que sou o campeão mundial do sexo. Falei porque tem a ver com a rave. A tal maldita rave. Onde tudo começou. De certa forma. Mais as sequelas.

Rave é para quem quer trepar de graça, ensurdecido por baticum tonitruante, pulando, se sacudindo e se roçando com um porrilhão de outros suarentos doidões sem camisa, bombados de testosterona e sessões diárias de crossfit, liberados de inibições pelo mix de maconha, tabletes de MD e mais pílulas disso-e-daquilo, engolidas entre uma fungada e outra, mais doses contínuas de cerveja/gin/vodca misturadas com energizantes, até se dar conta de estar caminhando debaixo do sol ou da chuva do meio-dia, com vaga consciência de ter estado em cima ou embaixo de alguém, por trás de um arbusto, no *dark room* da danceteria, na cama de um motel do centro da cidade, ou saindo de algum prédio, em alguma rua de algum bairro não identificado, com a boca seca, mau hálito e uma inquietude descontrolada, entre a náusea, a vontade de cobrir de porrada o primeiro filho-da-puta com quem esbarrar na calçada e a certeza de que nunca mais vai se meter em uma merda dessas, nunca mais, embora sabendo que fará de novo, no fim de semana seguinte ou na primeira oportunidade que passar pela frente.

Não gosto de nada disso.

Não preciso de nada disso.

Não devia ter ido àquela rave.

Algumas notas de dólar não pagam a merda onde eu me atolaria. Nenhum dinheiro paga. Mas não tinha como saber da arapuca em que ia me meter. Ou tinha? Tinha. Nada acontece por acaso, quando há fortunas e um Van Gogh envolvidos. Bastava um pouco mais de atenção. Em retrospecto, quem sabe, teria percebido a armadilha montada muito antes?

Em retrospecto, ninguém é otário.

Só fui àquela rave porque um coroa americano, depois que eu o atendi num apart-hotel de Ipanema, me chamou para ir com ele. Logo de cara, eu recusei, ele insistiu, ofereceu pagar um extra — em dólares — só para ter com quem chegar no local desconhecido.

Era fiscal de uma rede internacional de hospitais, tinha estado antes por aqui, tempo suficiente para saber que no Brasil, especialmente no Rio de Janeiro, tinha de contar com algum nativo para ir a qualquer lugar sem ser extorquido, tapeado, furtado ou assaltado. Circulara os cinco dias anteriores por Belo Horizonte, Brasília, São Paulo e Campinas, entre senhores respeitáveis como ele. A missão estava cumprida. Podia soltar a franga. Estava a fim de dançar e endoidar, antes de voltar para a mulher e o casal de filhos adolescentes em Atlanta.

O que podia dar errado em levar e deixar um gringo enrustido numa festa carioca, pensei. Bastava ficar um tempinho com ele, no começo, até se enturmar. O motorista do carro alugado me traria de volta para onde eu quisesse, depois retornaria para pegá-lo. Trabalho fácil em troca de alguns dólares a mais.

Nem em Niterói era a tal rave, constatei, conforme o carro demorava a chegar no destino. O lugar escolhido ficava em uma área da periferia, junto a uma região putrefata da Baía de Guanabara, entre docas, esqueletos enferrujados de navios inacabados e guindastes abandonados de um estaleiro falido, nos últimos anos utilizado como depósito dos carros alegóricos de uma escola de samba das redondezas e sua quadra de ensaios.

Meninos magricelas corriam diante dos faróis dos automóveis, direcionando-os para um descampado onde estavam estacionados outros tantos, entre tufos de mato e ruas sem calçamento. Um vasto nada que mais parecia um loteamento abandonado.

Saltamos, o gringo e eu. O motorista ficou no carro.

Um par de sujeitos grandões, de colete preto com a palavra *Staff* em letras fluorescentes nas costas, fez sinal positivo com os polegares. De longe em longe, postes com luzes de mercúrio formavam ilhas branquicentas. De uma outra ilha luminosa, muito maior, coruscante, a uma distância difícil de calcular entre trevas e faíscas, vinham ondas da música eletrônica, ribombando em nossos ouvidos. Devemos ter caminhado uns quinhentos metros para chegar até ela. Possivelmente mais.

Parecia haver algumas carcaças de automóveis, como se vê em ferros-velhos e desmanches, ou talvez fossem estruturas de carros alegóricos carnavalescos, mas, no redemoinho de luzes e holofotes, na cadência de trance, techno, disco, o que quer que fosse aquilo tocado por dois, três, quatro, sei lá quantos DJs dispostos pelas laterais do pátio, era difícil definir o que realmente eram, ou tinham sido, aquelas silhuetas. Nem me interessava saber. Só queria desovar o gringo perto de alguns dos palcos, quatro, me pareceram, garantir meus dólares, fazer o caminho de volta para o carro, pegar a ponte Rio-Niterói e me jogar na minha cama enquanto fazia as contas do quanto aqueles dólares adicionariam a meus planos de me mudar para Ipanema.

Fui abrindo caminho. O gringo seguia atrás, meio abobalhado com os fortões seminus à toda volta. E porque já o tinha visto engolindo alguma pílula ou coisa assim. Peguei-o pela mão e saí arrastando-o para dentro da aglomeração mais densa.

O aluguel da quitinete da rua Prado Júnior, com minhas vizinhas putas, tinha sido um degrau acima do quarto alugado no apartamento da Barata Ribeiro de uma viúva surda, que punha cadeado na porta da geladeira para garantir que eu não comesse as linguiças recebidas da família no interior de Minas. Melhor do que as vagas e camas-beliche de Botafogo, Catete, Glória, da rua Mem de Sá, mais todas as das avenidas e ruas dos bairros que esqueci, desde quando cheguei aqui.

O americano gritou alguma coisa para mim, falando num arremedo de espanhol com inglês, o *spanglish* utilizado com seus funcionários latino-americanos na sede da companhia em Miami. Era um comentário sobre a música do DJ mais próximo.

— Bacana? — perguntei, sem real interesse, usando a gíria brasileira conhecida dele, enquanto olhava em volta, procurando nos bandos de descamisados próximos algum cafuçu para quem pudesse empurrar o gringo. Ele gostava do tipo.

— *Barber*! — exclamou. — *The fucking deejay is playing Samuel Barber's fucking* "Adagio"!

— *Yes* — concordei, reconhecendo acordes da música tocada e repetida interminavelmente no ateliê de Ravello quando ele se dedicava a copiar alguma obra de Gustav Klimt. Por vezes também colocava Mahler, embora o compositor austríaco fosse quase sempre reservado para os atormentados desenhos e óleos de Egon Schiele. Para Manet, Monet, Renoir, a trilha era sempre Debussy. O tipo de música da época do artista copiado, alegava, era essencial para sua criação.

O empurra-empurra só piorava, conforme íamos entrando mais para dentro da rave. Esse tipo de sacanagem disfarçada, que o pessoal também gosta de aproveitar para fazer pega-piroca e roça-bunda nos blocos de carnaval, me enche o saco. Um cara veio com dois copos, cambaleante, em nossa direção, percebi que ia acabar derramando na gente. Virei de costas, protegi o gringo.

— Drinques? — perguntei. — *Beer*? Caipirinha?

Achei que ele respondera que não, meneando a cabeça.

— Nada? — insisti, percebendo agora que ele sacudia a cabeça sem qualquer significado, acompanhando o ritmo da música, de olhos fechados. O MD que engolira a caminho, um comprimido ou mais, dois, três, não contei, com certeza começava a bater. Ele teria umas boas horas plainando pela realidade à volta.

— Água? *Water*? — ainda tentei, sem resultado.

O gringo tirou a camisa, suado e seguro do físico bombado e dos pelos grisalhos, chamariz para garotos em busca de ursos e de *sugar daddies* que lhes pudessem dar boa vida. Enrolou-a e passou a agitá-la no ar, meio caubói, semijovem, pronto para laçar seu gado nativo dançante. Eu podia ir embora, ele nem perceberia. Tinha entrado na dimensão de onde só sairia a altas horas da manhã seguinte. Da manhã de hoje. Ou à tarde. O celular mostrava uma e quinze da madrugada. O sábado chegara, minha combinação estava cumprida.

Deixei-o por lá, entre restolhos de desfiles de escola de samba e o *Barber* ribombante, indistinto no aglomerado de parrudos.

Busquei a saída.

Estava com o celular do Igor.

Mandei mensagem para o motorista, calculei de dez a quinze minutos para atravessar as coortes de descamisados, os paredões de barbudos com cabelos muito curtos, clones uns dos outros, centenas e centenas de gêmeos, passando de raro em raro por alguma mulher, doidona ou exalando uma indisfarçável alegria química, todas bonitonas, como bonitões eram os clones masculinos, todas malhadas, como as legiões de gêmeos, mas em desvantagem na competição de peitorais com os rapazes, todos a pular, girar, gritar e sacudir-se, uma tribo em êxtase.

Sem lógica e sem me dar conta, me lembrei de uma foto em preto e branco de algum livro das estantes de Ravello. De um fotógrafo norte-americano morto pela AIDS, com um nome meio impronunciável, acho que Voinaróski, talvez David Voinaróski ou algo assim. Mostrava uma manada de bisões, grandes, fortes, impressionantes, jogando-se de um despenhadeiro.

O sinal do celular sumiu. Estava numa zona morta. E o celular do Igor é mesmo meio merda.

Levantei o telefone, girei-o da direita para a esquerda, da esquerda para a direita, rodei. Nada. Dei alguns passos, sempre atento ao visor. Pareceu que voltava à vida. Logo sumiu de novo. Dei mais alguns passos para um lado, rodei e andei para um outro, erguendo e girando o smartphone de uma direção para outra, buscando a porra do sinal. Vinha e voltava. A tela acendia e logo apagava. Teriam colocado bloqueadores naquela rave, como fazem em penitenciárias?

Olhei para um dos palcos, perto de onde tinha deixado o americano, sabendo que dali o caminho para a saída era pelo lado esquerdo. Mas, ao chegar lá, constatei não ser o mesmo palco. Havia outros dois ou três, não muito distantes entre si, ornamentados e iluminados da mesma maneira, indistinguíveis. Ao longe, muito além dali, achei que via uma espécie de halo, um brilho piscante amontoado, indicador de uma cidade, talvez Niterói, no sentido oposto de onde, talvez, apenas talvez, nosso carro tinha vindo.

Girei nos calcanhares. Tentei abrir caminho. A multidão me detinha, compacta, bem maior do que antes. Forcei minha passagem, vez por outra dando uma checada no celular, sem sucesso.

Talvez, novamente talvez, tenha andado em círculos, pode ser que tenha voltado, era difícil distinguir rodeado de tanta gente igual, uma multidão meio se balançando, meio se esfregando, rostos e braços vislumbrados entre piscadelas das luzes e o retumbar da música a me ensurdecer, engolfado por um aglomerado de gêmeos, como se fosse possível, eles e elas, menos elas que eles, pois me parecia haver poucas mulheres entre os fortões de barba aparada e, bizarramente, todos, elas e eles, de óculos escuros, como num delirante comercial de televisão, cada uma daquelas pessoas um indivíduo, não diferentes de mim e, ao mesmo tempo, nem um pouco semelhantes, uma massa uniforme de criaturas de óculos escuros muito diferentes de mim à toda volta.

Como se eu tivesse sido desovado em outro planeta, me vi cercado por bandos de indivíduos ululantes a me esbarrar, a me empurrar, a se esfregar em mim, alienígenas a roçarem-se uns nos outros, me agarrando e apalpando, entre urros, gemidos e risadas, numa incontrolável onda a me levar para um lado, e logo para o outro, gargalhando perto dos meus ouvidos numa carga de alegre deboche a me mostrar que ali eu não penetraria, não poderia ser parte deles, um representante de outra espécie, não conseguiria me fundir na multidão que nunca tinha morado em quarto alugado de uma viúva mineira surda que trancava a geladeira para não lhe furtarem a linguiça fresca, o vizinho das putas da rua Prado Júnior não seria parte dos batalhões de gêmeos eufóricos de grandes bíceps e bolotados peitorais, de seu soberbo patriciado, jamais incluído em seu núcleo privilegiado de leves passageiros da vida.

Nunca estive lá. Nunca estaria. Nunca estará, seus empurrões me diziam. Um excluído, um nada, um merda, sinalizado em dialeto impenetrável da casta mais inacessível, a me espremer como quem aperta uma excrescência, uma larva na pele.

Então, atravessando o povaréu indistinto, ela se aproximou. Sorria, de lábios cerrados. Me vi refletido, tortuosamente, nas lentes espelhadas de seus óculos. Vestia uma bata, ou uma camisa branca, parecendo transparente, a tal ponto molhada de suor que grudava em seus seios. Falou alguma coisa. Uma palavra, seguida de uma frase inteira. Pareceu uma pergunta. E logo outra. Apontei para meus ouvidos, abri as mãos, indicando não ter entendido.

Ela chegou mais perto, falou de novo. Repeti os gestos, ao mesmo tempo fazendo tentativas, sem sucesso, de me livrar do aperto da multidão, um bicho se retorcendo para escapar da constrição da jiboia, antes de ser apertado até sufocar, os ossos triturados.

Então ela tirou os óculos.

Então vi seus olhos.

Seus olhos azuis.

Seus azulíssimos olhos.

Os mesmos que me haviam atravessado algum tempo atrás, invisível na conferência onde eu fazia a tradução em Libras. Um nada, lá. Uma parede transparente, lá. Mas não ali. Ali, ela me sorria, com seus dentes perfeitamente alinhados, e me dizia algo impossível de entender.

— O quê? O quê? — gritei, tentando me fazer ouvir acima das lançadas agudas da versão trance do "Adagio" de Barber, surpreso de ela se dirigir a mim, um tipo com quem, imaginava, gente de sua classe não costuma falar. Não costuma chamar, como parecia estar fazendo.

— O quê? — gritei mais alto. — O quê? — repeti.

Foi tudo tão rápido.

Ela segurou meu braço, como impedindo que eu me fosse, ao mesmo tempo puxando e trazendo para perto de mim alguém um pouco mais baixo que ela, com o mesmo tipo de camisa empapada, o mesmo tipo de óculos espelhados, os mesmos cabelos molhados de suor colados na cabeça e testa, o mesmo idêntico sorriso de alvíssimos dentes de propaganda de dentifrício.

Foi assim, até onde me lembro.

Ela o puxou de trás de si, acho que de trás, e trouxe o idêntico para o meu lado. Na verdade, empurrou-o contra mim. Era mais baixo que eu. Sua cabeça ficava na altura do meu peito, exposto na camisa desabotoada. E foi ali que ele se encostou. E encostou os lábios. Ela disse alguma coisa. Novamente não entendi. Novamente fiz sinais tentando deixar isso claro. Ela apontou para minha mão. A mão onde eu mantinha o celular. Estava aceso. Ela pegou-o. Digitou alguns números. Colocou-o no ouvido. Pouco depois colocou-o no ouvido de seu clone masculino. Ele sorriu, confirmando com a cabeça. Em seguida, ela pegou minha mão, entregou-me o celular. A tela acesa confirmava o sinal restabelecido. Sem perda de tempo, cliquei no aplicativo de localização, buscando onde eu estava. Logo surgiu a rua Major Dolinsky, ainda registrando a existência do estaleiro agora falido e sua entrada.

Levantei os olhos, aliviado, sabendo para onde me dirigir.

O casal sumira.

VI

Existir, seja como for

Voltei calado para o Rio.

Pensava nela, pensava no rapaz empurrado por ela e seus lábios no meu peito molhado de suor, pensava nas coortes de clones a me expelir de seus universos de privilégio, no planeta Terra de pernas abertas para os que são donos de certezas, donos de pátrias, donos de fortunas, donos de sobrenomes e famílias de verdade, pensava tudo isso de novo e de novo, outra vez, sem querer pensar em nada, nada daquilo. Sem mais nem menos, me veio à cabeça uma frase do livro que Ravello me dera — logo eu, que nunca fui de decorar nada — lida pouco antes de sair para me encontrar com o gringo: "Todas essas coisas, família, pátria, talvez sejam mais encantadoras na imaginação de pessoas como nós, que passamos muito bem sem pátria e sem família, do que em qualquer realidade. Parece-me sempre que eu sou um viajante, que está indo a algum lugar, que tem um destino".*

Eu, na verdade, não sinto ter nenhum. Destino. Nem pátria.

*Arles, agosto de 1888. GOGH, Vincent van, *Cartas a Théo*. Porto Alegre: L&PM, 2002. Tradução de Pierre Ruprecht.

***

O motorista ainda tentou puxar papo, meio insinuando poder me apresentar a turistas e executivos que transportava de vez em quando, pagamento em dólar, que ele não sabia falar inglês, mas entendia uma palavra aqui e outra ali, dessa forma intuindo estarem procurando outro tipo de diversão que não meninas de termas, estarem a fim de *boys* discretos etc. e tal, mas não dei papo. Não sou chegado a esse tipo de intimidade com um motorista de aplicativo que nunca vi na vida.

Recostei a cabeça, fechei os olhos.

— Estou cansado. Vou dar uma cochilada. Pode me deixar logo na entrada de Copacabana, na esquina da Princesa Isabel com a Barata Ribeiro.

Não sou *boy*. Nem preciso de cafetão. Não sou michê vinte e quatro horas por dia. Trepo quando quero. Quando tenho vontade. Sou intérprete de Libras. Michetagem é um trabalho à parte. Uma oportunidade de ganhar um extra. Sei que vai acabar um dia. Estou chegando aos vinte e cinco anos.

— Michê com mais de trinta é patético — Ravello me disse um dia. Estava tentando me aconselhar. A pensar no futuro. Eu debochei.

— Bicha dá conselho de pai para michê? Isso, sim, é patético, Ravello.

Rimos juntos.

E eu, sim, penso no futuro.

Penso no que me aguarda daqui a pouco, desde que entendi estar ficando velho. Quando passei dos vinte e quatro. Não posso viver de michetagem a vida inteira. Sei disso. Nunca queimei dinheiro. Eu guardo. Em caderneta de poupança. E guardo os dólares, também. Debaixo das cubas de gelo do pequeno e ruidoso refrigerador antigo que Ravello me deu. Só troco os dólares se me vejo em situação complicada, como fiquei nos primeiros meses da covid, quando todos os congressos, feiras e tudo o mais foram cancelados e estava todo mundo com medo de trepar, pegar a doença e morrer. Só quem acreditava no Bolsonaro, que dizia ser a pandemia uma mentira inventada pelos chineses, é que ainda se dispunha a contratar alguém que lhes comesse a bunda. Engraçado é que sempre pediam beijo na boca na hora de gozar, sem medo da covid. Um deles, um militar, me deu várias caixas de um remédio, recomendado pelo Bolsonaro, garantindo que prevenia a transmissão do vírus. Joguei tudo no lixo quando saí do apartamento dele, no Flamengo.

Gastar dinheiro com bobagem não é comigo. Na vida de todo dia visto bermudão, camiseta, chinelo, boné. Na rua, no mercado, vou para todo lugar assim. Sunga por baixo, indo para a praia, porque é melhor para nadar. Não gasto com barbeiro, eu mesmo raspo minha cabeça. No Rio quase nunca faz frio, mas quando faz, é só botar um moletom por cima.

A roupa do tradutor de Libras também é fácil. Camiseta ou camisa preta, calça preta, sapatos ou tênis pretos. Uso tênis, mas tenho um par de sapatos, dados por Ravello. Tenho sapatênis, também. E um paletó preto, outro presente de Ravello, que ponho quando é exigido. A gravata, se for obrigado a usar, já está com o laço pronto. Feito pelo Ravello.

Ravello já me deu umas camisas bacanas, de abotoar, algumas usadas por ele, outras novas, de manga comprida, de algodão e de linho, calças, também, mas não uso. Quem usa é o Igor. Ele é que precisa se apresentar bem, fazer boa figura, não parecer michê ao entrar no lobby de um hotel ou na portaria de um prédio de gente fina em frente ao Aterro do Flamengo, por exemplo, nem ter aparência de um borra-botas precisado de dinheiro.

As roupas do Igor ficam separadas. Os tênis, também.

Porque tem quem goste de desamarrar o calçado, tirar minhas meias, lamber meus pés. Chupar os dedos, às vezes. Cinto também é parte da roupa de trabalho. Para quem gosta de abrir, puxar minhas calças, segurar o que tenho por baixo. Só ele usa cinto e calçado. Igor usa cuecas. De marca. Eu, não. Nenhuma.

Comecei a guardar dinheiro na caderneta de poupança bem no começo dos serviços do Igor, quando eu ainda era o novinho que dava bom atendimento para as coroas da ginástica da praça Serzedelo Correia e os senhores enrustidos das mesas de carteado do Posto 6. Minha intenção era comprar uma casa para minha avó, lá na terra dela. Quando descobri que ela tinha morrido havia anos e não tinham me contado, deixei na poupança, até decidir o que fazer com ele.

Nessa época eu já tinha encorpado, meio por mim mesmo, mas também com futevôlei, corrida, natação, capoeira, academia. E passara a atrair outro tipo de freguesia. Foi quando surgiram os gringos, às vezes pagando em dólar, as viúvas da avenida Atlântica, e apareceu o Ravello. E comecei a aprender sobre música, sobre livros, sobre arte. E sobre a ilusão da arte e das duplicatas de pinturas, tão ou mais bonitas do que as criadas em anos e séculos anteriores. Miró, Giacometti, Klimt, Kandinsky, Kahlo. Como ele, Ravello, era capaz de reproduzir todos eles.

Ravello me moldou.

Ele me mostrou o valor em usar meu corpo e meu tesão, e o bem que eu causava sem me limitar, dando prazer a homens e mulheres igualmente, tendo o pagamento como consequência.

— É um dom. Uma graça como a de quem alivia dores apenas colocando as mãos no doente.

Foi Ravello quem me convenceu a voltar a estudar. Terminar o ensino médio, depois fazer o curso de intérprete de Libras. Naquela época, estava apenas começando a obrigatoriedade de eventos terem quem fizesse a linguagem de sinais. A concorrência era quase nenhuma. Não pagava lá essas coisas, mas era um investimento para o futuro.

— Michê tem de ter uma profissão para a velhice — ele repetia.

Foi Ravello, também, quem plantou na minha cabeça o desejo de morar fora, mesmo sem nunca ter incentivado isso com todas as palavras. Das histórias que ouvia dele brotou o desejo de viver em algum país sem os perrengues do Brasil, sem a roubalheira dos políticos e dos planos de saúde, sem medo de assalto, sem a polícia como inimiga, num daqueles países onde todo mundo tem direito a atendimento médico de graça, sem ficar jogado numa maca no corredor, gemendo e pedindo "me ajuda, pelo amor de Deus", um país com bons salários para qualquer tipo de trabalho, tratado com respeito, diferentemente do Brasil.

Portugal seria mais fácil, por conta da língua. Mas já está cheio de brasileiros. E contam que os portugueses nos tratam muito mal. E que não gostam de gente da minha cor. O mesmo na Espanha, onde estavam sempre a xingar de macaco o Vini Júnior e outros futebolistas pretos. A Alemanha está muito precisada de trabalhadores de nível médio e baixo, mas eu não falo a língua. Na Finlândia, o empecilho seria igual. Sem pensar no inverno, que lá dura dez meses e eu detesto frio. Igual no Canadá, frio pra caramba, mas pagam bem, querem mão de obra a qualquer custo. Ou pode ser a Irlanda, também cheia de vagas de trabalho para as mais diversas profissões. Ouvi falar bem, ainda, da Escócia. Tem muita oportunidade mais longe, em outro continente, na Austrália, na Nova Zelândia. Opções é que não faltam.

Mas, para isso, tem de chegar ao tal país com alguma grana. Ter um lastro para os primeiros tempos, até achar um emprego decente.

Cheguei a ir à Polícia Federal e fazer o passaporte. Com o auxílio de pessoas ligadas ao Ravello.

Difícil ia ser conseguir visto.

Não são só os Estados Unidos que não querem gente sem emprego regular, sem carteira de trabalho assinada.

Antes de Ravello, eu não entendia nada sobre arte e artistas, já disse.

Continuo não entendendo.

Nem era a intenção dele, acho, fazer de mim um conhecedor de arte nas conversas sobre esse ou aquele pintor ou escultor, depois de alguma mamada ou enquanto ele preparava comida, sempre com a mania de incluir brócolis por conter ferro ou algo assim, bom para a saúde, alegando necessitar de vitaminas extras e sentir fome depois de fazer sexo. Goya e Velásquez, entre seus favoritos, ele incluía frequentemente nesses papos. E o inglês Turner. E o holandês Vermeer. Passaram a ser meus preferidos, também, enquanto o ouvia. E o via mexendo em panelas e frigideiras, na cozinha de um duplex no sexto e sétimo andares de um prédio velhusco onde morava, numa rua do Posto 5, próximo do túnel que liga a Barata Ribeiro à Raul Pompeia.

O primeiro andar do duplex de Ravello era dividido com dois outros apartamentos, ocupados por um casal sempre com o som da televisão no último volume e a viúva senil de um comandante da Marinha. Todos, contou um dia o faxineiro, como ele assentados no Edifício Diomedes Marques Torres desde antes de a Capital Federal ser transferida para Brasília.

Originalmente, o segundo andar do duplex fora uma área cimentada que ocupava toda a extensão do prédio, tendo a um canto um quadrado de tijolos sem reboco com telhado de amianto, um cubículo formado por quarto-banheiro-cozinha destinado ao zelador. O faxineiro morava em casa própria, na favela da Rocinha. Havia ainda um porteiro mais jovem, sempre ausente da entrada, frequentemente cochilando no subsolo, agarrando alguma doméstica no corredor dos fundos ou batendo papo com os apontadores de jogo do bicho da esquina.

Os dois andares de Ravello eram interligados por uma escada improvisada da área de serviço do primeiro piso, construída quando o proprietário original se apossou do terraço, erguendo paredes, intercaladas por painéis de vidro de um extremo a outro, por onde entrava muita luz, a qualquer hora do dia. Ali Ravello mantinha plantas de toda sorte, acumuladas em vasos e caixas de concreto, das quais cuidava sem regularidade, o que resultava em azaleias, buganvílias e dálias esturricadas, vez por outra.

Todas as paredes passíveis de serem derrubadas no primeiro andar o foram. Nas estruturais, Ravello mandou abrir grandes arcos que integravam a cozinha, o quarto de dormir, a sala de estar e a sala de banho em torno do ateliê, com piso branco em toda a extensão, sobre o qual ia jogando tapetes turcos e afegãos. O apartamento-ateliê estava sempre coalhado de telas em diversos estágios de completude. Dava uma impressão caótica, mas era meio bonito.

Naquele duplex Ravello vivia desde que aportara no Brasil, exceto por um curto período num hotel na Praça Tiradentes, vindo de Paris, segundo sua versão preferida, ou do Marrocos, variante detestada por ele, com outro nome e um de seus não-sei-quantos passaportes de sei-lá-quantos países da comunidade europeia, todos perfeitamente críveis e impecavelmente fabricados. Atravessou os percalços burocráticos brasileiros com a ajuda de um grã-fino comerciante de armas, para quem havia criado, em Paris, quatro telas atribuídas a Renoir, doadas por seu elegante patrono a generais das Forças Armadas, ao Ministro da Justiça e à amante de um presidente cassado.

Em nenhum momento ele mencionou o nome de Felipe M. Laghinelli.

Ainda que preferenciais para as duplicatas, junto a alguns mestres da Renascença, os impressionistas não eram a opção exclusiva do trabalho de Ravello.

Por escolha própria, para fins lucrativos e não por prazer estético, sua prioridade recaía sobre figuras secundárias célebres ou quase, porém com obras menos conhecidas. Vítimas de circunstâncias históricas e perseguições políticas tinham prioridade, pois tornavam mais difícil comprovar a autenticidade de suas obras. As alternativas eram vastas, em especial no século XX. De movimentos artísticos da vanguarda russa anterior ao exílio siberiano decidido por Stalin, do expressionismo alemão antes da degola dos adeptos da Arte Degenerada ordenada por Hitler.

De vez em quando, por puro prazer, produzia algum Chagall.

Nasciam, igualmente, no Posto 5, supostas obras inacabadas de impressionistas menos conhecidos das multidões, como Gustave Caillebotte, autor de mais de quinhentas obras reais, muito requisitado por milionários texanos desde uma retrospectiva armada em Houston, em 1975, orgulhosos de expor cenas parisienses nas paredes de seus ranchos nas pradarias ou coisa do tipo. E as pintoras injustiçadas pela crítica masculina da época, mas encomendadas com entusiasmo por executivas californianas do século XXI, como Marie Bracquemont e Louise Catherine Breslau. Os proprietários muitas vezes tinham pleno conhecimento e compactuavam com o engodo criado por Ravello. Sem sobressaltos. Um quadro de celebridade secundária das artes pode trazer prestígio sem despertar investigações.

No começo eu não conhecia esses nomes e nada sabia sobre nenhuma delas ou qualquer deles. No começo. Eu era apenas o cara que Ravello tinha pegado uma vez na praia e que ele passou a trazer mais amiúde para o apartamento. Eu era um bom ouvinte. Pouco a pouco me tornei um pupilo atento.

Cheguei a um ponto em que quase, eu disse quase, podia identificar um ou outro artista, antes mesmo de Ravello completar a pintura. Alguns, algumas, como uma certa Tamara de Lempicka, bastante solicitada por clientes lésbicas de variadas nacionalidades, adivinhava logo nos primeiros esboços.

Aprendi um tanto sobre artistas, estilos e colecionadores, o bastante para saber quanto valia em francos suíços, rublos, libras ou criptomoedas o trabalho do meu tutor acidental, quase certamente nascido na antiga União Soviética, acreditava eu, apesar de se apresentar, intermitentemente como ucraniano ou bielorrusso, belga na maior parte das vezes, outras tantas como órfão lituano criado na cidade de Ravello, próxima à Florença, onde teria estudado arte, o que em parte parecia corresponder à verdade. Um rapazola de inegável talento com pincéis, perspicaz conhecimento dos componentes químicos de tintas utilizadas por artistas de eras passadas, absolutamente nenhuma visão pictórica original, aliada a uma infinita capacidade de reproduzir tudo que seu olhar arguto registrava. Palavras dele. Mais a sagacidade de perceber o quanto poderia lucrar com isso.

Os primeiros encontros para contratação de seus serviços, com os próprios clientes ou seus representantes, dependendo da notoriedade ou desejo de anonimato da pessoa, quando não das próprias seguradoras ou museus, aconteciam em lobbies de hotéis ou bares de turistas da avenida Atlântica, onde a algazarra de idiomas e mistura de estrangeiros com locais eram e continuam sendo rotina.

Conheceis aqueles vagalumes que no Brasil são tão luminosos que à noite as damas os fincam com alfinetes em suas cabeleiras; a glória é muito boa, mas, vede, ela é para o artista o que o alfinete é para esses insetos. Quereis triunfar e brilhar; sabeis exatamente o que estais desejando?*

A ciranda de origens de Ravello era interminável.

Para uns, se apresentava como italiano, outras vezes corso, ouvi declarar--se armênio, sérvio, lituano, romeno, muito frequentemente basco. Mudava de origem conforme lhe aprazia. Ou lhe parecia mais apropriado, diante de quem lhe estava encomendando esse ou aquele artista. Apenas acontecera de ter nascido nesse ou naquele país citado, justificava.

A Iugoslávia era o berço natal mais citado, talvez por ser um país desaparecido ao ser fracionado.

Nascera durante a Segunda Guerra Mundial, ou logo depois do final dela, vez por outra no início dos anos 1950. A mãe variava entre uma

*Paris, Janeiro de 1888. GOGH, Vicent van, *Cartas a Théo*. Porto Alegre: L&PM, 2002. Tradução de Pierre Ruprecht.

camponesa adolescente dos balcãs, engravidada por um guerrilheiro da resistência, às vezes, por um soldado russo, outras, por um grupo de perversos oficiais nazistas em fuga, essa citada mais raramente. Também já ouvira ele contar ter nascido em um campo de refugiados no norte da Itália, no sul da Alemanha, dentro de um trem a caminho de Gênova, parido por uma desconhecida e deixado, enrolado em cobertores, numa estação perto de Trieste, outras vezes em Ravello mesmo, onde o teriam encaminhado a um orfanato de padres católicos, por vezes freiras, presentes em várias de suas narrativas, noutras entregue a uma família comunista que tivera todos os filhos fuzilados pela polícia de Mussolini. E, ainda, criado por uma pintora surda-muda, filha do chefe da estação de Sassetta, um vilarejo nas redondezas de Ravello. Essa, claramente, sua historieta favorita, à qual voltava com frequência.

Saber um pouco da vida de artistas, conhecer, mesmo que superficialmente, suas trajetórias, as fases que atravessaram, seus crimes ou milagres, quais mulheres ou homens arruinaram ou os alucinaram e acabaram por eles retratados, suas glórias e suas misérias, vou confessar, me fascinavam. Fascinam. Como qualquer homem sem imaginação, desprovido de talento, incapaz de me abstrair ou transformar o que vejo e ouço em material para reflexão ou deleite, invejo essa gente, esses alucinados. Nunca invejei o dinheiro que alguns, raros, como Claude Monet e Pablo Picasso, amealharam. Tampouco as fortunas ganhas às custas dos que morreram na miséria, como Vincent van Gogh e Egon Schiele. Esse tipo de grana, justa ou escrota, jamais me passou pela cabeça. Sequer pensava no assunto.

Até aquela noite, num apartamento do Leblon.

Não a primeira.

Até aquela segunda noite.

RIO,
OUTUBRO, 2024

VII

Um táxi para Copacabana

Lá estava eu de novo. No mesmo corredor. Diante do mesmo quadro. Em igual assombro.

Tudo como antes.

Mas diferente.

Como engolido por um delírio recorrente, pior porque real, uma alucinação desequilibrante pois eu estava sóbrio, apenas levemente aturdido pela corrente de eletricidade que chispava por dentro do meu corpo, como sempre me sobrevém depois de gozar, e eu gozo muito, e gozo longamente, em grandes jatos, minhas pernas tremem um pouco, como tinha acabado de acontecer na cama com o casal de gêmeos.

Lá estava eu, de novo, no corredor, dois meses depois da primeira vez. Mais? Quatro meses? Cinco? Eu precisava me lembrar. Me situar no tempo. Quando foi? Quando?

Depois do verão, com certeza.

Depois daquela segunda-feira da chuvarada na saída do metrô na estação da praça Antero de Quental, onde um motorista me pegou num carro preto, de janelas anuladas por película impenetrável, percorrendo poucas ruas até me deixar na entrada de serviço do prédio, diante do elevador de porta pantográfica onde pressionei o botão do terceiro andar, conforme instruído, e entrei pelos fundos, passando pela lavanderia, pela cozinha, pela copa, entrando num corredor na penumbra, caminhando até a última porta à direita. O quarto, o abajur, o véu sobre o abajur, a mulher de camisola, o velho na cadeira de rodas, a trepada em pé.

O corredor de paredes amarronzadas na saída. Quando ela me empurrou para fora, trancando a porta.

E aquele Van Gogh, pendurado entre badalhocas.

A obra que o livro de Ravello registrava como roubada, perdida, destruída. O último quadro pintado por Van Gogh.

Aconteceu numa noite de segunda, depois da sexta-feira com o gringo nas cercanias de Niterói.

Não.

Antes.

O gringo foi antes.

Antes da sexta-feira com o gringo nas cercanias de Niterói, no pátio do estaleiro falido. Entre carcaças de navios inacabados e esqueletos enferrujados de carros alegóricos de escola de samba.

Ao som de Gustav Mahler.

Não. Ao som de Samuel Barber.

Antes da rave com o "Adagio" de Barber.

E dos batalhões de clones. Bombados e suados. De cabelos curtos e barbas aparadas.

E óculos.

Óculos espelhados.

Agora ela estava sem eles.

Ali.

No corredor.

Coberta apenas por minha camisa, desabotoada e aberta sobre o corpo nu.

Íamos para a cozinha, comer alguma coisa. Ela e eu nus, satisfeitos e famintos depois do gozo. Isso se faz com um amante. Um namorado. Não com um michê. Convidar para comer alguma coisa na copa o profissional contratado para trepar, isso nunca tinha me acontecido. Com homens mais velhos, sim, tentando evitar passar o resto da noite sozinhos, sim, isso, já. Com uma mulher, nunca. E jovem. E bonita. Muito bonita. Que fodia bem. Muito bem.

E que ria quando gozava. Ria. Como se estivesse feliz. Como se eu a tivesse feito feliz.

Saímos do quarto sem fazer barulho. Para não acordar o irmão, cochilando na cama de lençóis revirados, úmidos de nosso suor e nossos fluidos.

Agora ela estava no corredor, a meu lado.

E o Van Gogh em frente.

Na parede.

Na parede vazia, sem nenhum outro quadro, flâmula, prato, bugigangas, nada.

Nada na parede pintada em tom pastel.

Nada, senão ele.

O quadro.

O mesmo de meses atrás.

Do apartamento do velho.

Porém não mais o apartamento do velho.

Não com a parede em tons amarronzados, no apartamento do velho na cadeira de rodas, recendendo a mofo e morte, numa madrugada chuvosa de segunda-feira.

Eu, parado diante do quadro, agora. O desaparecido. O que o livro de Ravello assegurava não existir mais. Aquele Van Gogh talvez queimado, talvez cortado em pedaços, talvez esmigalhado sob lagartas por um Panzer em fuga das tropas aliadas. Ali, real. Naquela noite. Bem ali, na minha frente.

— Campos de trigo ao meio-dia sob nuvens de tempestade... — ouvi minha própria voz, hesitante, ou, talvez, eu tenha apenas pensado na obra-prima supostamente extinguida em 8 de maio de 1945.

Valéria tinha um meio sorriso nos lábios, me pareceu. Ou me confundi, não sei ao certo. Tive a impressão, uma nítida impressão, de que primeiro teria se surpreendido ao ver um michê, contratado para satisfazê-la e ao irmão, atarantado diante de um Van Gogh. Depois, logo em seguida, não estou muito certo, a sensação de que meu espanto poderia ser parte de seu divertimento.

O corredor marrom, o corredor marrom, eu pensava, repetidamente, me agarrando à imagem antes que ela naufragasse de uma vez por todas. O corredor marrom, o corredor marrom, o corredor marrom...

Reli mentalmente a legenda do livro de Ravello sobre obras-primas desaparecidas.

Não foi alucinação naquela outra noite, não era alucinação naquele momento.

— Campos de girassóis ao meio-dia — falei, em voz alta, clara, possessiva. — Campos de girassóis — repeti, com absoluta segurança — ao meio-dia sob nuvens de tempestade. Vincent van Gogh. Auvers-sur-Oise, na França. Maio de 1890 — encerrei, orgulhoso, soberbo, mesmo.

Reencontrar aquele Van Gogh, eu sabia, tive certeza, era como um reencontro comigo mesmo. Porém não aquele eu mesmo que conhecia. Esse eu era o outro. O outro era eu. O outro era aquele eu em quem poderia me transformar.

Até aquele momento, nem teria me acossado o valor do Van Gogh do Leblon, do frenesi que engolfaria colecionadores bilionários ao tomar conhecimento de que uma obra tida até então como destruída do holandês fracassado ressuscitara no Rio de Janeiro, no Brasil, e poderia pertencer a um deles, se eu, na madrugada do domingo passado, dentro de um táxi caquético, atravessando as ruas desertas de Botafogo, não tivesse dolorosa e claramente visto e compreendido o brasileiro fracassado que a porra da merda do táxi transportava de volta para um conjugado mequetrefe de Copacabana.

— Venha. Vamos comer — Valéria chamou, me pegando e puxando pela mão. — Acho que tem figo e presunto cru italiano na geladeira. Lá podemos falar mais sobre esse Van Gogh.

As melhores feiras para faturar como intérprete de Libras são as de barcos e iates. As piores são as feiras literárias, onde os organizadores, livrarias e editoras proprietárias de estandes só tiram a mão do bolso se forem obrigados. No meio do caminho, em geral pagando cachês decentes, coloco convenções partidárias, um trabalho mais do que tranquilo, porque os discursos são quase todos iguais, bastando repetir os sinais sem nem precisar prestar atenção no que é dito no palco ou palanque.

Nas feiras de embarcações, o cachê, às vezes, chega a ser o dobro. Pode chegar ao triplo. Os discursos e conferências são raros, poucos falam, poucos querem ouvir. Os expositores requerem o mínimo de esforço, menos até que os dos partidos políticos. Ademais, pagam pelo dia inteiro, e não a habitual remuneração por horas de trabalho. As negociações entre vendedores e compradores, a gente percebe, são ao pé do ouvido. Quando não, em quartos de hotel.

Os lanches disponíveis para nós, tradutores de Libras, não são os habituais sanduíches de queijo, queijo e presunto, alguma fruta, água mineral em copo, um tipo de refrigerante. Montam uma mesa de comida quente, com dois tipos de carne, muitas vezes escalope ou filé com molho de cogumelo, frango grelhado e ensopado, peixe e camarão, massa com dois a três molhos diferentes, salada, arroz branco e integral, feijão, sobremesa. Pagam o transporte. Pagam hora extra. Dão brindes bacanas e caros para os visitantes, canetas, blocos e camisetas para nós. Quanto mais os expositores gastarem, mais enchem os bolsos dos organizadores que, com seus percentuais altos, sabem estar lidando com clientes sem noção dos custos da vida real.

Ao final daquela feira na Marina da Glória, num domingo, depois das dez da noite, nosso chefe nos levou a todos, e éramos quinze, para jantar num japonês de Botafogo. Meus colegas se empanturraram de sushi e sashimi, e tomaram saquê atrás de saquê, inclusive o *boss*. Eu não bebo, exceto um gim às vezes, era tarde, eu queria acordar cedo e dar uma corrida na areia até o Posto 6. Logo começou uma esfregação geral, e um pega braço ali, aperta a coxa lá, uns cheiros no cangote meio disfarçados, depois mais escancarados. Duplas e casais começaram a sair, abraçados ou aos beijos. A cada um o chefe passava dinheiro para o táxi. Me levantei para ir embora. Ele me segurou, botou no bolso da minha calça um cartão de visitas onde escreveu seu número pessoal, colocou na minha mão algumas notas.

— De onde vieram essas, tem mais. Liga pra mim — ele falou, o saquê estropiando as palavras, levando o ombro a roçar na braguilha de minha calça.

Senti meu estômago revirar. Saí, caminhei até a Voluntários da Pátria, tomei o primeiro táxi que passou.

Não era apenas o sentimento de poder ser comprado por meus serviços que me incomodava. Não vejo mal nenhum nisso. Sou bom no que faço e mereço remuneração, satisfaço o vazio dos outros. É apenas justo. O que me amofinava, naquela oferta do *boss*, na verdade, eu percebia, era ter escrito na minha cara, no meu jeito, na minha postura, era estar expondo continuamente ao mundo algo que me incomodava, me insultava, me dava nojo. Que eu precisava daquilo. Eu precisava do dinheiro. Não tenho onde cair morto, não tenho futuro, nem sei direito o que eu possa querer ter nesse cada vez mais distante futuro, na ilusão de ser em qualquer país que fosse. Mas não era apenas o dinheiro. Era pior, mais humilhante. Eu precisava que tivessem tesão em mim. Preciso.

Eu preciso ser desejado.

Tenho uma certa esperança de que, com o que em suma eu sei de minha arte, chegará um tempo em que novamente produzirei, mesmo estando no asilo.*

O telefone do Igor fica sempre em casa. É uma linha de cartão pré-pago, sem outros apps que não sejam ligados ao trabalho dele. Separo bem as coisas. A vida do Igor é uma; a minha, outra. Não quero encheção de saco para o meu lado. Só saio com o celular dele quando Igor vai atender.

Sempre que chego, checo as mensagens. É comum deixarem recados sem identificação, homens e mulheres, falando sacanagem, fazendo xingamentos, passando trotes. Identifico merda logo nas primeiras frases e apago direto. Cheguei a uma de voz masculina que me fez parar e ouvir. E ouvir outra vez.

*Asilo de Saint-Paul-de-Mausole, 2 de maio de 1889.

"Oi, te conheci na rave, em Niterói, lembra? Falei meu nome, mas acho que você não ouviu. Te ofereci um drinque, não sei se você me esnobou ou fingiu que não me viu, por causa do coroa que estava com você. Um gringo bombado. Reparei logo que você estava trabalhando, estava com seu *sugar daddy* americano. Lembra de mim? Que te ofereci vodca com energético? Você virou e deu um amasso no gringo?".

Ouvi um risinho, seguido de uma longa pausa. O recado continuou, longo como uma conversa entre pessoas íntimas, com a diferença de que não era:

"Depois você deu um perdido no gringo e veio para perto de nós, meio disfarçado, mas veio. A minha irmã falou com você, lembra? Você fazia sinais de não entender. Ela me apresentou a você, está lembrando agora? Naquele furdunço, não sei se você ouviu meu convite. Eu dei um beijo no seu peito, lembra? Lembra que eu beijei o seu peito? Minha irmã pegou seu telefone e ligou para o meu. Para termos o seu número. Por isso é que estou ligando. Para fazer o convite outra vez".

O recado parava ali. Era nítido que havia mais alguém do outro lado, respirando, porém sem dizer nada. Ele desligou.

O recado seguinte era da mesma pessoa. Com a mesma voz de garoto. Parecia estar se divertindo:

"Olha, eu não vou deixar recado aqui, não. Nem sei o seu nome. O que eu quero te dizer, o serviço que eu tenho pra você, não é pra deixar recado, entendeu? Não entendeu? Ou entendeu? O que minha irmã e eu estamos querendo é um trabalho, entendeu? Mas não vou ficar falando aqui, não. Liga pra mim. O telefone é esse que aparece aí no seu visor".

E desligou.

Havia um terceiro recado. Curto.

"Meu nome, esqueci de dizer, é Alex. Liga pra mim. É para um trabalho."

E uma última mensagem, com o mesmo tom de escolar que arma brincadeira:

"É um trabalho a dois, entendeu? Te interessa? Comigo e a minha irmã. Minha irmã gêmea. Você gosta de trabalhar para duas pessoas ao mesmo tempo? Homem e mulher? Você é versátil? Meu número é esse que está registrado aí no seu celular. Liga, tá?".

Liguei na tarde seguinte.

Ele queria o encontro naquela mesma noite, falei que estava ocupado, acabamos por acertar para a quinta-feira. Pedi o endereço, ele ofereceu mandar um motorista de aplicativo me pegar em casa. Recusei. Não quero ninguém sabendo onde vivo, não por vergonha, o que seria natural porque meu endereço é uma merda, mesmo, mas por segurança. Para evitar saberem onde encontrar o Igor sem que eu queira. Avisei que iria de metrô. Ele topou.

— Salta na estação Bartolomeu Mitre. Mando um motorista te pegar na saída. Te aviso por *zap* o nome dele e o número da placa.

Fiquei animado. Era uma das minhas vontades, transar com casal de gêmeos. Gêmeos de sexo diferente, rapaz e moça. Um encontro como vinha fantasiando faz tempo. Além do mais, pago. Bem pago.

Seria, eu nunca poderia imaginar, um reencontro, também.

Com Van Gogh.

VIII

Um vilarejo na Alsácia

Os dois se sentaram na beira da cama. Eu fiquei de pé, diante deles. Meio assim, um teatro, embora não soubesse definir quem no palco, quem na plateia.

Eu estava pronto para fazer meu papel. Sempre estou.

Valéria cruzara as pernas, logo as descruzou, cruzou de novo. Significava o quê? Não quero, quero, não quero? Com olhos a correr do meu rosto a meus pés, e de volta, Alex passou os dedos pelos cabelos desalinhados, por cima, pelas laterais, em seguida apoiou as mãos no colchão, logo botou a mão direita sobre a braguilha. Havia uma aliança larga, prateada, no dedo anelar. Não me dei ao trabalho de interpretar seus gestos.

Talvez os gêmeos não tivessem experimentado antes aquele tipo de trio, ao contrário do que eu antes imaginara. Sacanagem a três, disso não tinha dúvidas de que já haviam feito, mas não com um profissional.

Os gêmeos estavam inquietos desde que ela abrira a porta do elevador, que dava direto no apartamento.

— Muito prazer — se apresentara. — Sou Valéria.

Assim mesmo, formalmente gentil, como na apresentação de uma proposta de vendas a um sócio em potencial. Sem oferecer a mão direita, apenas com uma breve, quase imperceptível, inclinação de tronco. Sorria, com seus alvíssimos dentes perfeitamente alinhados, quase com naturalidade, como possivelmente fazia, sem esforço aparente, em reuniões e negócios.

— Aquele é Alex, que ligou para você.

Ela pronunciava *Álex*, acentuando à maneira inglesa o nome do irmão.

Sentado numa cadeira branca em forma de taça, cotovelos apoiados à mesa oval de tampo preto, ao final da sala esparsamente mobiliada à maneira de capa de revista americana de decoração, a cabeleira desgrenhada como quem acabou de sair de uma sessão de surfe, Alex levantou uma das mãos, num aceno débil, ou cauteloso, sem dizer nada. Lembrei-me dele na rave, encostando a boca em meu peito, mas não imediatamente do louro da pegação no cubículo do banheiro do Riocentro.

— Nossa combinação — ela dissera, estendendo um envelope branco onde estariam as notas do pagamento adiantado.

Dobrei-o e coloquei no bolso traseiro da calça, sem contar. Clientes com reputação a zelar não trapaceiam nesse tipo de transação.

Valéria afastou-se, indicando que eu entrasse. Por trás dela, a neblina da noite de junho transformara os janelões de ponta a ponta num extenso muro cinzento, pontuado, de longe em longe, por halos amarelados da iluminação da avenida Delfim Moreira. As luzes, refletidas na parede de espelhos do final do salão, pareciam nimbos por trás de nossas imagens duplicadas, como réplicas flutuando em nebulosas. Ou dentro de um bunker. À maneira de um quadro de René Magritte.

Alex levantou-se, abriu uma porta que dava para um corredor, entrou.

Valéria e eu o seguimos.

Os dois aguardavam.

Concluí que a ação devia partir de quem estava sendo pago para isso.

Comecei a desabotoar a camisa, como os clientes em geral preferem iniciar. Valéria fez sinal para que eu parasse. Tem quem escolha ir me despindo, peça por peça. Achei que era o caso dela. Cheguei mais perto.

— Não. Afaste-se.

— Queremos te ver inteiro — Alex informou.

Fiz como pediram.

— Tire os sapatos primeiro — ele comandou. — As meias, não. Fica com elas. No final, eu tiro.

Descalcei os tênis, chutei-os para o lado. Antes de terminar de desabotoar a camisa, Valéria me interrompeu.

— As calças, antes.

Tirei-as. Fiquei de meias, cueca e camisa aberta. Estava gostando do jogo, acredito que eles, também. Valéria segurou o rosto de Alex com as duas mãos, puxou-o para si, juntou seus lábios aos dele. Alex abriu a boca sobre a boca e o queixo da irmã, lambendo-os. Valéria fez o mesmo. Assim continuaram, como querendo penetrar-se um ao outro com suas línguas. De vez em quando ela dava puxões no cabelo dele, jogando sua cabeça para trás, beijando-o com voracidade. Começaram a se acariciar. Primeiro delicadamente, logo se apertando com intensidade, emitindo murmúrios muito baixos.

Senti que me excitava.

— Tire a camisa — ela falou, sem afastar-se do irmão.

Alex agora a beijava no rosto, mordiscava uma de suas orelhas, descia, lambendo pelo pescoço. Valéria fez o mesmo no irmão, com a familiaridade de carícias habituais. Seus sussurros aumentavam, podia ouvir a respiração deles se acelerando.

Ela virou o rosto para mim. Sorriu.

— A cueca.

Baixei-a, deixei a meus pés.

Os dois tinham os olhos fixados em meu pau. Eu estava totalmente excitado, minha pica pulsando, gostando de percebê-los encantados com meu tesão, o desejo deles por mim aumentando meu próprio desejo.

— Venha — ela estendeu o braço, chamando.

Eu me aproximei. Alex segurou meu pau, levou-o até a boca. Valéria afastou-o.

— Primeiro, ele tira a nossa roupa. Peça por peça. Uma sua, outra minha. Outra sua, outra minha. Depois, sim, você pode chupar ele. Depois que ele tiver tirado toda a nossa roupa. Sem beijo. Não quero beijo. Quero que ele me chupe, enquanto você chupa ele.

Entrei na cama, enfiei meu rosto entre suas pernas.

— Não se esqueça de botar camisinha nele — ordenou ao irmão.

***

A copa-cozinha dos gêmeos era várias vezes o tamanho da minha quitinete, com armários pelas paredes forradas em gradações de cinza e balcões de aço inoxidável decorados com utensílios em metal preto e prata, com controle eletrônico e aparência intocada. Copa-cozinha de revista americana de decoração, como o salão de entrada e todos os outros cômodos, provavelmente. Os matizes de cinza se repetiam na geladeira de três portas, apenas um tom acima da superfície em aço escovado do freezer ao lado. Valéria abriu-a, retirou dali uma garrafa bojuda e escura, de rótulo amarelo, mostrou-me.

— Champanhe. Coloquei pouco antes da sua chegada. Abra para nós — pediu, colocando-a no extenso balcão central à minha frente. — Pegue três taças no armário aí atrás. E o balde de gelo. Daqui a pouco o Alex acorda e toma conosco.

Peguei duas, mais o balde de metal, coloquei-as perto da garrafa.

— Não vai brindar comigo e Alex?

— Não gosto de champanhe.

— Nem desta? — duvidou, levando o balde para a dispensadora de cubos de gelo do refrigerador. — É uma Veuve Clicquot.

— De nenhuma — falei, com sinceridade, terminando de tirar a rolha, sem estourar, servindo uma taça até menos da metade, enfiando a garrafa na espessa camada de gelo, tudo como Ravello me ensinara.

— Quer beber outra coisa? Tem uma vodca polonesa no congelador. Tem uma russa. E uma finlandesa, que meu irmão e os amigos dele adoram. Quer?

— Não — disse, mais seco do que pretendia, logo acrescentando: — Não, obrigado.

Não gosto do descontrole trazido por bebida alcoólica. Menos ainda dos apagões que provoca. Gente bêbada me enche o saco. Gente cheirada, idem. Me agrada, por outro lado, e até me diverte, manter a lucidez entre pessoas alcoolizadas. Mais do que entre drogados. Doidões mentem demais, gostam de inventar o que não aconteceu e planos que nunca concretizarão. Bebuns são sinceros por não conseguirem segurar a língua, e mais ingênuos. Sentem premência em confessar os próprios pecados e os dos outros. Têm necessidade de confidenciar os fatos mais comprometedores sobre si mesmos. E sobre amigos. Sobre inimigos. Sobre quem quer que tenha tido a infelicidade de partilhar confidências envolvendo atos secretos ou embaraçosos cometidos da terceira dose em diante. Assim obtive informações de quem nunca pretendeu me confidenciar nada. Álcool pode ser muito bom para quem não bebe.

Valéria fuçava dentro da geladeira.

— Tem uns queijos franceses. Mas dão mau hálito. Meu irmão comerá, eu não. Vou deixar do lado de fora. Mas que tal... — Ela trouxe algo do fundo e me mostrou um pacote transparente, com fatias de presunto cru — um *prosciutto di Parma* com... — Ela catou uma fruta arredondada, do tamanho e formato de uma bola amarela pequena — ... melão? Pegue. E o *prosciutto*. Fatie para nós, enquanto pego os pratos. Pode colocar nestas travessas.

Por que Valéria se dispunha àquela hospitalidade gentil no meio da madrugada, eu conjeturava, enquanto enrolava o presunto cru em torno das fatias de melão, para um cara contratado e pago para foder o irmão e a ela, se já estavam bem comidos e saciados? Teria bastado levantar-se, dizer ou não que tinha um compromisso cedo, chamar o carro de aplicativo e colocar o michê de volta no mesmo elevador por onde chegara. A mulher que ditara ordens no quarto, comandando gestos, ações e até a sequência das penetrações, não tinha nada de espontâneo ou dócil. Por que levar para a cozinha, tratar como se fosse da mesma classe social um michê que mal conheceu numa rave?

Ela colocara os pratos sobre retângulos de tecido branco na mesa de mármore preto, dois de um lado, o terceiro bem à minha frente. Reparei nas bordas ornadas com guirlandas de pequenas flores e frutos, levemente desbotadas.

— Achou bonitos? Herança. Da minha bisavó.

— Villeroy & Boch — li, virando o prato. — Francesa?

— Alemã. Da Alsácia-Lorena. De Ribeauvillé, o vilarejo de onde vem nossa família. Ribeauvillé era um pedaço da Alemanha. Os franceses tomaram depois da guerra. Nossa família teve de fugir de lá.

Ela me entregou um guardanapo e talheres.

— Tenho sopeira travessa de bolo, pratos de sopa, de salada, xícaras de chá, xicrinhas de café, molheira, pratinhos de pão, o jogo inteiro, da melhor porcelana do mundo, encaixotado em algum armário. Um trambolho. Ninguém quer. Nem leilão.

A faca e o garfo eram pesados. Pareciam ser de prata. Coloquei-os de cada um dos lados do prato, abri o guardanapo no colo. Era amplo, leve, tinha toque de linho. Ela estava me dando o tratamento de luxo, pensei.

— Você gosta de moda, Igor? Roupa de grife?

Seu tom era totalmente casual. Um daqueles papos que as pessoas levantam quando falta assunto. Respondi no mesmo tom desinteressado, sem nem de longe desconfiar ter dado o passo que faltava para me colocar inteiro em sua armadilha.

— Não ligo.

Ela sentou-se no banco a meu lado, tomou um gole de champanhe. Em seguida, continuou, no mesmo tom banal:

— Eu gosto. Gosto muito. O que uma pessoa veste diz muito mais sobre ela, do que ela imagina. As camisas de algodão da grife Cesare Attolini, por exemplo. São o top do top. Custam, no mínimo, uns setecentos euros, mas podem chegar a 3 mil, 4 mil. Já foi a Dubai? Não? Vestem muito as camisas de Cesare Attolini. Só homens ricos, evidentemente. Em Marbella, também. Na Sardenha, na Croácia, nos lugares exclusivos, no verão europeu. Só os muito ricos mesmo. Ou aqueles jovens sem fortuna, mas lindíssimos, que contam com as madames ou os cavalheiros muito ricos que dão as camisas Cesare Attolini para eles. São super, hiper, ultra bem cortadas. Leves. Levíssimas. Dão a sensação de não estar usando nada.

Valéria calou-se, aguardando algum comentário meu. Moda é outro assunto que me entedia totalmente. Nunca saí do Brasil, não sei nem me interessa saber o que os ricos vestem na Grécia ou em Dubai. Para cortar o silêncio, disse:

— Não conheço.

— Cesare Attolini? Não conhece? Mesmo?

— Não.

Ela, então, abriu os dois únicos botões que mantinha fechados, despiu minha camisa, revelando, à luz sem artifícios da cozinha, a nudez prodigiosa do corpo rijo, exigente, de pele alva como uma estátua ariana esculpida por Arno Breker, o artista favorito de Adolf Hitler.

Antes que eu dissesse alguma coisa ou estendesse meus braços para puxá-la e chupar seus seios, como me pareceu a intenção de sua postura, Valéria virou o interior da camisa para mim.

Na etiqueta, no interior da gola, li o que jamais me interessou. Cesare Attolini, *made in Italy*.

Tanto quanto posso julgar, não sou um louco propriamente dito.

Você verá que as telas que fiz nos intervalos são calmas e não são inferiores às outras. O trabalho mais me faz falta do que me cansa.

[...] O que acho excelente em sua carta é que você diz que não devemos de modo algum ter ilusões sobre a vida.

Trata-se de engolir a realidade de nosso destino, e é isso.*

A porta da cozinha foi empurrada, Alex entrou. Novamente, como numa marcação de teatro. Carregava um notebook.

Valéria vestiu a camisa. Não por recato diante do irmão, como eu perceberia em seguida. Já iniciara a próxima cena da armadilha.

— Venha aqui, Alex. Me dá um beijo.

O irmão acedeu, sorrindo. O beijo foi longo. Separaram-se. Ele colocou o notebook sobre a mesa, tirou a garrafa do balde, serviu a taça vazia, bebeu-a inteira. Olhou para mim.

— Você foi ótimo. Parabéns. Cadê sua taça?

— Ele não gosta de champanhe.

— Tem vodca no freezer.

— Igor não bebe.

— Quer um baseado? Uma fileira?

— Igor não cheira, não fuma, não bebe — de novo Valéria esclareceu, desta vez sorrindo.

— Quer um Michael Douglas? Posso ir lá dentro buscar.

— Alex, o que acha desta camisa que estou usando?

— É minha?

*Arles, 22 de março de 1889.

— Não. Mas já te dei uma parecida. Em agosto do ano passado. Em Porto Cervo.

— Valentino?

— Cesare Attolini.

— Foi em Positano. Mas isso já tem dois anos.

Conversavam como se eu não estivesse ali, desinteressados de qualquer outra pessoa que não eles, suas viagens, seus verões no Mar Tirreno.

— Esta camisa é de uma coleção antiga. É do Igor.

— Sério? Esta camisa vale umas cinco vezes o que te pagamos. Foi teu *sugar daddy* que te deu?

— Aquele americano não era meu *sugar daddy*.

— George? É evidente que não pode ser seu *sugar daddy* — riu, novamente, Valéria.

— George Sanchez é apenas o encarregado do compliance do Grunert International Health Services — adicionou Alex.

Como sabiam o nome do gringo que levei à rave? Como conheciam a multinacional de hospitais para a qual ele trabalhava? Conversaram com ele, depois que eu saí? Transaram com o gringo?

— George Patrick Sanchez mora em Fort Lauderdale, tem mulher e um casal de filhos — Alex acrescentou, debochado. — É evidente que, vivendo na Flórida, não poderia ser seu *sugar daddy*. E Patrick nunca deve ter ouvido falar em Cesare Attolini.

— Nem teria *fashion sense* para te dar uma camisa dessas.

— Não se espante, Igor. Nossa família tem assento na diretoria brasileira do GIHS.

Levei alguns segundos para compreender que GIHS se referia à Grunert International Health Services. Os irmãos me observavam com evidente prazer em minhas surpresas. Valéria talvez mais que Alex.

— Pedimos um favorzinho ao nosso funcionário. Levar você àquela rave. Ele amou. Quem não amaria? Transou com um *escort* brasileiro top de linha, às nossas custas, depois teve motorista à disposição e uma megafesta, tudo pago por nós.

Sem saber o que dizer, falei, apenas:

— Não sou *escort*.

— Isso não vem ao caso.

— Sou michê.

— Chame a si mesmo do que quiser. Quantos michês sabem que garfo fica à esquerda, faca à direita? Guardanapo de linho aberto no colo, Igor? Abrir o champanhe sem estourar a rolha? Quantas Veuve Clicquot você já abriu? E servir menos da metade, para manter as borbulhas e a temperatura? Onde você aprendeu, Igor? Foi o seu *sugar daddy* que lhe ensinou?

— Não vai perguntar por que a Valéria e eu tivemos esse trabalho todo para trazer você aqui? Além de eu estar querendo te reencontrar desde aquela pegação no Riocentro. Quando você me comeu no cubículo do banheiro.

Então ele se lembrava. O tempo todo, ele sabia quem eu era.

— Alex falava tanto dessa aventura no banheiro do Riocentro que eu disse: também quero. Quando te vi na rave, entendi que valia a pena misturar prazer e negócios.

— Não precisava dessa papagaiada toda para eu comer vocês.

Alex deu uma gargalhada, serviu champanhe para ele e para a irmã.

— Esse tipo de grossura me dá tesão, sabia?

Eles me faziam sentir num zoológico, pendurado numa barra, enquanto atiravam bananas através das grades. Decidi vestir minha calça e ir embora. Pegaria um táxi ali por perto.

Ela me segurou pelo braço, antes que eu saísse da cozinha.

— Você ainda não ouviu nossa proposta.

— Não quero nada com vocês.

Ela me fitou intensamente. Levou dois dedos ao olho direito, tirou a lente de contato. Fez o mesmo no olho esquerdo. Continuou me fitando intensamente, agora com seus densos olhos castanhos.

— Ninguém nunca me viu assim. Só Alex.

— Ok, você não tem olhos azuis de bebê. E daí?

— "Campos de trigo sob nuvens de tempestade" — ela murmurou no meu ouvido. — Vincent van Gogh, 1889. Você reconheceu. Você pode imaginar o valor daquele quadro.

— E daí?

— Nós queremos que você roube o Van Gogh.

GENEBRA, MARÇO, 2020

CRIMEIA, FEVEREIRO, 2022

IX

Maldito Putin

Vladimir Putin sacaneou muita gente ao invadir a Ucrânia, em 22 de fevereiro de 2022. Uma guerra, seja em que continente for, contamina tudo. Contamina a todos. Até os aparentemente mais protegidos. E longínquos.

Ninguém se sentiu mais sacaneado do que dois brasileiros, moradores do bairro do Leblon, Zona Sul do Rio de Janeiro, distantes 11.357 quilômetros de Moscou.

A data do início da guerra, 22.2.22, um palíndromo com tons cabalísticos para quem se interessa pelo oculto, como Valéria Schloendorf quando ocasionalmente entediada folheia alguns dos livros esotéricos herdados da mãe americana de Salt Lake City, sumida numa excursão evangelizadora na Amazônia peruana e jamais encontrada, foi anotada com sua caneta preta *made in Switzerland* e furiosamente sublinhada com vários riscos que quase rasgaram o papel de excelente qualidade, na página daquela infausta terça-feira na agenda de couro cor de laranja, comprada na última semana do ano anterior, em Paris, a caminho do Réveillon em Courchevel, na loja de uma de suas grifes favoritas, na Rue de Sèvres, quando sequer lhe passava pela cabeça que o presidente da Rússia iria arruinar seus planos e do irmão, minuciosamente arquitetados ao longo dos últimos quatro anos e apenas brevemente interrompidos quando a Organização Mundial da

Saúde declarou, em 11 de março de 2020, a pandemia que contaminaria 800 milhões de habitantes da Terra, mataria 20 milhões, e divertiria o então presidente do Brasil, a quem aprazia imitar diante de câmeras de televisão pessoas agonizando pela falta de ar causada pelo coronavírus.

A partir daquele 11 de março, boa parte dos voos internacionais foram suspensos, o distanciamento social obrigatório esvaziou os canais de Veneza e as pistas de estações de esqui, e o empresário Emanuel "Manny" Schloendorf, aos setenta e cinco anos, debilitado pelo pulmão de fumante renitente desde os treze anos e o inequívoco e lento mergulho no mesmo tipo de demência senil que já privara a família das saborosas histórias vividas pelo avô Philip Heinrich no pitoresco vilarejo alsaciano de Ribeauvillé, maldita, surpreendente e miraculosamente escapou do contágio do vírus chinês, apesar de toda exposição, causada por seu casal de gêmeos, a ambientes contaminados, e recusa pessoal, por identificação ideológica com o presidente Jair Messias Bolsonaro, a deixar-se vacinar, incentivado por amigos negacionistas e seu casal de filhos, negacionistas por conveniência, sequiosos de tirar o terceiro vetor do triângulo de lucro da venda do Van Gogh do Leblon. Valéria e Alex só se vacinaram, sem conhecimento do pai, para cumprir exigências para viajar aos Estados Unidos.

Manny Schloendorf sobreviveu, apesar de tudo.

Mantendo intacto e operante seu apetite de voyeur. Mesmo em uma cadeira de rodas. Mesmo com uma bala de oxigênio ao lado. Cheirando a mofo e a gavetas há muito tempo fechadas.

Vladimir Putin está, desde então, no topo da lista de malditos abominados por Valéria e Alex Schloendorf. Odeiam-no de morte, muito mais do que o próprio presidente ucraniano Volodymyr Zelensky.

Proklyatyy Putin, maldito Putin, aprenderam a dizer em ucraniano.

Mas não abominam o mandante russo pelo massacre de mais de 700 mil velhos, crianças, grávidas, parturientes, bebês, inválidos, por todas as vítimas civis e militares dos sonhos megalômanos do ex-funcionário da KGB de reconstruir um império da dimensão da Rússia do czar Nicolau II, fuzilado pelos antepassados de Putin, com a mulher Alexandra, o menino Alexei e as quatro filhas, mais todos os empregados da família Romanov, no porão de uma casa em Ekaterinburgo, em julho de 1918.

Os gêmeos Schloendorf tampouco execram Vladimir Putin por conta dos avós indefesos, desamparados em casas sem calefação nem comida, sequer lembram dos jovens netos obrigados a abandoná-los, enviados ao front para terem suas entranhas explodidas por drones comprados do Irã ou dos Estados Unidos, seus rostos ontem cheios de luz juvenil atravessados por balas de fuzis enviados pelos países da Otan ou pela China, suas faces adolescentes enfiadas na lama das trincheiras de um lado e de outro, seus sorrisos esperançosos em passeios com as namoradas em parques de Moscou e Kiev esfacelados por minas terrestres vindas da Coreia do Norte, devorados por ratos gordos, obesos de tanta carne humana.

Não. Nenhuma dessas inconveniências dos inevitáveis danos colaterais da guerra entre Rússia e Ucrânia os enfurece tanto quanto a falta de visão de Vladimir Vladimirovich Putin ao abrir espaço para que o mundo ocidental, obrigado a demonstrar um mínimo que fosse de indignação contra a invasão, ao mesmo tempo sem querer perder as oportunidades de negócios e de estupendo faturamento abertas por conflitos armados, decretou, entre outras restrições, o bloqueio dos bens de milionários russos, sob a liderança dos Estados Unidos e seus aliados.

Com apenas uma canetada, de um momento a outro, 58 bilhões de dólares foram surripiados de magnatas de petróleo, metais e minerais, bancos, escuderias, times de futebol, redes de hotelaria. Seus helicópteros, seus jatinhos e seus iates foram proibidos de atracar e pousar em Mykonos, Londres, Porto Cervo, Genebra, Dubrovnik, Positano, Paris, Courchevel ou qualquer outra cidade, porto, ilha, estação de esqui do lado de cá da fronteira.

As sanções e bloqueios foram decretados apenas alguns dias após o primeiro ataque russo a Kharkiv.

Apenas alguns dias antes de os planos dos gêmeos caírem por terra.

O milionário russo anônimo, através de advogados londrinos com quem os advogados suíços dos gêmeos haviam engendrado a venda do Van Gogh, tendo perdido o acesso a alguns de seus milhões, aqueles oficialmente depositados em instituições financeiras legítimas fora do país de Putin, suspendeu os depósitos que estava prestes a fazer em bancos de cinco cidades diferentes — Zurique, Luxemburgo, Tel Aviv, Budapeste e Londres. Apenas por cautela, afirmavam seus *attorneys*. Aguardando somente, como tantos outros magnatas russos e empresários envolvidos em negócios com eles esperavam, que o poder e a influência de alguns dos homens mais ricos do planeta encontrassem logo formas de driblar as sanções.

Estavam enganados.

As barreiras foram se tornando mais e mais abrangentes.

O quase comprador do "Campos de girassóis ao meio-dia sob nuvens de tempestade" terminou por mandar cancelar a aquisição, preferindo concentrar seus ativos e aplicações em resorts nas praias e montanhas de nações asiáticas mais complacentes com o expansionismo putinesco. A aquisição de *objets d'art* para seu iate podia esperar.

Valéria e Alex, não.

A demência cordial de Manny Schloendorf até então vinha sendo uma bênção para as ambições do casal de filhos.

Graças à lenta deterioração da saúde mental do pai, Valéria e Alex obtinham as assinaturas e aquiescências necessárias para ir vendendo, discretamente, ações, imóveis, um terreno próximo à praia de Itacoatiara, um título do Iate Clube, até mesmo as acanhadas joias alsacianas deixadas pela avó Magdalena, mas que, no total amealhado ao longo dos anos, iam permitindo aos gêmeos manter um estilo de vida compatível com seus prazeres.

Ninguém no círculo social dos Schloendorf se surpreendia com essa lenta e inexorável venda de bens. Nem teria porquê. Todos se lembravam que o maior orgulho do herdeiro do incansável imigrante alemão — como o alsaciano Philip Heinrich se apresentava — era bater no peito e afirmar, em mesas de bridge, quadras de tênis do Country Club ou estábulos da Sociedade Hípica, que nunca — e sublinhava o *nunca* elevando a voz — nunca trabalhou um só dia em toda a sua vida. Era evidente para os pares de Manny Schloendorf que, morto o criador das riquezas usufruídas pelo filho desocupado, os bens da família murchariam.

Ledo engano.

Continuaram crescendo, acreditavam Valéria e Alex, transformados em aplicações em fundos na Bolsa de Valores de Nova York, operados por um insuspeito sócio do Country Club, ao qual outros sócios tinham, igualmente, aderido. Todos, também igualmente, sem declarar o fato às autoridades financeiras brasileiras. Não haveria razão para isso, justificavam, pois, afinal, as somas investidas lá, renderiam dinheiro lá. Onde os investidores teriam oportunidade de usufruir, entre um show da Broadway e um jantar no restaurante que estivesse na moda no SoHo.

Não foi bem assim.

Todos, igualmente, viram seus dólares transformados em ar quando o tal insuspeito sócio, depois de mudar-se para a Suíça, seu país de origem, declarou falência. Como a Suíça não deporta seus cidadãos, seja por qual falcatrua for, nem um tostão do dinheiro investido estava oficialmente declarado, não havia crime financeiro a reportar. E tudo continuou igual para todos os abastados tapeados.

Menos para Valéria e Alex.

Depois da rasteira do elegante grã-fino do Country Club, sobraram-lhes ainda alguns recursos. Mas, para Valéria, não passavam de ninharias. Participações acionárias menores aqui e ali, longe de permitir os prazeres médios a que ela se habituara, como Natal com neve em Aspen, uma semana de total relaxamento nas ilhas Seicheles, algumas compras em Manhattan, dias de cavalgada pelas colinas toscanas.

Viu-se forçada a aceitar trabalhos de produção de eventos, assessorias, corretagem de imóveis de luxo para novos-ricos do Centro-Oeste, essas discretas maneiras humilhantes que o mundo reserva para quem escorregou na escala social.

Alex parecia se incomodar menos. Pegava a prancha, enfiava-se mar adentro, passava dias seguidos surfando e usufruindo da serenidade trazida pela maconha de boa qualidade que sempre conseguia. Ia às reuniões da corretora, onde nunca ninguém decidia nada, levava algumas baganas para os sócios, pó quando lhe pediam, e vida que segue.

Foi numa dessas horas perdidas montado na prancha à espera da boa onda que lhe ocorreu a ideia salvadora. O óbvio, como disse à irmã.

— Somos donos de uma fortuna. Basta vendermos aquele quadro pendurado na parede do Daddy.

"Daddy" era como tinham sido treinados pela mãe, desde que começaram a emitir os primeiros vagidos, a chamar o pai. Jamais em português. Talvez, também, porque "papai" não se adequaria ao ex-solteirão Emanuel "Manny" Schloendorf, a quem jamais ocorreu nem pretendeu ter filhos, muito menos se casar. Amava demais a vida de orgias, prostitutas, bacanais, voyeurismo, tudo aquilo considerado incompatível com a chamada vida doméstica.

O acaso que alterou seus planos aterrissou no aeroporto do Galeão, no Rio de Janeiro em 1980, num Boeing 707 da Varig, na forma angelical de uma jovem americana loura, muito loura, filha de um pastor da, na tradução dos dizeres ostentados na placa afixada na frente do casarão antigo da Glória, "Igreja dos Penitentes do Terceiro Dia", uma nova religião fundada no estado de Utah, o mesmo dos mórmons.

A eclética doutrina da Penitents of The Third Day Church misturava ensinamentos cristãos com alguns elementos da Cabala, mais a crença budista na reencarnação. Essa última parte, já aceita no Brasil por conta do kardecismo, foi um dos motivos da decisão de começar a expansão por aqui.

A quase menina, aos dezesseis anos, chegou ao Brasil sem falar uma palavra de português, mas fluente em espanhol e quíchua. Fazia sentido. Os planos da sede da IPTD em Salt Lake City eram de enviar o pastor Andersen, primeiro nome Elliott, ao Peru. A surpreendentemente esquerdista junta militar então no poder, o *Gobierno Revolucionario de la Fuerza Armada*, liderado pelo general Francisco Morales Bermúdez, rejeitou a cristianização dos incas proposta pelos ianques do presidente Jimmy Carter. Desse acaso brotou a decisão de desviar a missão evangelizadora do pai de Margareth para o país que tinha outro general no poder, o brasileiro João Figueiredo, amigo e aliado dos Estados Unidos.

Margareth Anderson não se mostrava particularmente inteligente, nem versada nos procedimentos masculinos, menos ainda nos apetites carnais dos brasileiros, nem de longe preparada para investidas dos amorais homens do Rio de Janeiro e, pior, sem um pingo de malícia para perceber as intenções por trás da oferta de cessão gratuita do imóvel, pelo proprietário do casarão onde o templo seria instalado — um bronzeado filho de próspero imigrante alemão da Alsácia, de trinta e sete anos, chamado Emanuel Schloendorf.

— *But you can call me Manny* — ele sugeriu à garota, por quem sentiu incontrolável desejo de deflorar.

A jovem ianque agradeceu, acrescentando alguma pergunta banal que ele nem ouviu, já mergulhado em pensamentos lúbricos.

Manny Schloendorf retornava à fantasia púbere despertada por sua primeira masturbação em público, no início da adolescência, numa poltrona do Cine Metro Copacabana, assistindo a um filme intitulado *Amores clandestinos*. Melou as costas do assento da frente, em desabrida ânsia de tirar a virgindade da atrizinha americana lourinha, estrela da fita, uma certa Sandra Dee — de quem a filha do pastor era sósia da cabeça aos pés. Até mesmo no ar parvo e no jeito de caminhar, em que parecia estar com os joelhos atados.

O projeto de sedução da virgem de Salt Lake City transcorreu mais rápida e suavemente do que o abastado brasileiro desocupado poderia imaginar.

Ele a convidou para um passeio de barco pela Baía da Guanabara. Ela aceitou, o pai não se opôs. Saíram só os dois na lancha de um amigo de Manny Schloendorf. Na segunda caipirinha, ele já enfiara a língua dentro da boca da menina. Não foi necessária uma terceira para penetrá-la. E descobrir que a virgem de Utah não mais o era. Nem permitiu que ele colocasse camisinha, pois, aparentando genuína indignação, isso a faria sentir-se como uma prostituta.

A Sandra Dee rediviva não era tão obtusa quanto parecia. Nem seu pai tão indiferente às posses terrenas, como seu aspecto asceta poderia sugerir.

O casamento de Margareth e Emanuel realizou-se com presteza e discreta singeleza, no templo cujo prédio fora doado pelo genro ao sogro norte-americano — que o venderia seis meses depois, partindo com os fundos arrecadados de volta para Utah.

Sete meses depois da cerimônia religiosa, Margareth Anderson Schloendorf deu à luz um casal de gêmeos, registrados no Consulado Americano como Alexander Elliott e Valerie Marie Anderson Schloendorf, desde então portadores de dupla nacionalidade e passaporte de dois países, comodidade que se revelaria muito útil em seus futuros deslocamentos pelo mundo. Inclusive, e especialmente, nas tratativas para a venda do Van Gogh do Leblon.

> Essas emoções reiteradas e inesperadas, se tivessem de continuar, poderiam transformar um distúrbio mental passageiro e momentâneo em uma doença crônica. Tenho certeza de que, se nada interviesse, eu estaria atualmente em condições de fazer o mesmo que fiz no outro ano nos pomares, e talvez melhor. Agora sejamos tão firmes quanto possível e, em suma, não deixemos que passem demais por cima de nós. Desde o início, enfrentei uma oposição muito maldosa por aqui.
>
> [...] Há motivos para guardar a indignação para si, não é mesmo?
>
> [...] Se cedo ou tarde eu me tornar realmente louco, acho que não gostaria de ficar aqui no hospital, mas, só por enquanto, ainda quero sair daqui livremente. Porque, se ainda me entendo um pouco, haverá, entre aqui e lá, um intervalo.
>
> O melhor para mim seria certamente não ficar sozinho, mas eu preferiria permanecer eternamente numa cela de hospício a sacrificar outra existência pela minha.*

Oficialmente, a pandemia da covid terminou em 5 de maio de 2023, depois de matar 708.491 brasileiros. Oficialmente. Porque as sequelas danosas sobre pulmões, sistema cardíaco, juntas e, de forma notável e inexplicável, sobre a memória de outras centenas de milhares, continuou a fazer estragos.

Para as já estropiadas células da memória de Manny Schloendorf, a mortandade ganhou velocidade e uma reviravolta inesperada, nociva aos planos dos filhos. O pai tornou-se agressivo, tapava os ouvidos quando falavam com ele, não respondia perguntas, rejeitava os passeios na cadeira de rodas ao sol pelo calçadão do Leblon e, irredutível, passou a recusar-se a assi-

*Arles, 22 de março de 1889.

nar qualquer papel ou documento que os filhos lhe apresentavam. Inclusive aquele segundo por meio do qual Valéria passaria a fazer oficialmente a administração de todos os bens do pai.

— Curatela? — gritou, furioso, mal leu o título do documento que supostamente protegeria seus interesse e direitos, dando plenos poderes a Alex e Valéria, sob a alegação de ele "não ter mais capacidade jurídica para manifestar sua vontade". — Curatela!? — repetiu aos berros. — Curatela é a puta que os pariu! — exclamou, rasgando o documento e saindo do cômodo em sua cadeira de rodas elétrica. — E podem esquecer a venda dessa porra desse Van Gogh para russo, chinês, ou qualquer filhadaputa que for. Não assino mais merda nenhuma. Esse Van Gogh só sai daqui quando eu morrer.

Manny Schloendorf não sabia, mas tinha acabado de apressar seu destino natural.

DUAS SEMANAS ANTES

X

Imagens não mentem

Depois de décadas de excentricidades do herdeiro do conglomerado imobiliário, industrial, hoteleiro, mineiro, náutico e onde mais o pai europeu lograra investir, absorver, esmagar e lucrar, nenhuma peculiaridade de Emanuel "Manny" Schloendorf espantava mais seus pares.

Dos santos aos pecadores do Jockey Club Brasileiro, do Itanhangá Golf Clube e da Sociedade Hípica do Rio de Janeiro, dos Iate Clubes carioca e niteroiense, todos abominavam/invejavam o motorista audaz do Porsche 550 que por diversas vezes chispou pela contramão da avenida Niemeyer, provocando pânico e acidentes, nenhum com o conversível prata igualzinho ao de seu ídolo James Dean. Tal como condenavam e ardiam em invídia do surubeiro amealhador das mais fabulosas mulheres de São Paulo, Porto Alegre e Rio de Janeiro para as orgias organizadas com o filho de um general-presidente no Pão de Açúcar, vazadas para a imprensa, mas sem jamais ter uma linha sequer publicada naqueles tempos de censura, intimidação e cumplicidade dos órgãos de imprensa.

Nada mais espantava no priápico coroa que não hesitou em doar um quarteirão inteiro na Glória para o ministro de uma igreja americana neopentecostal ali construir seu templo, em troca da filha de dezesseis anos do pastor Elliott Lee Anderson. Uma lourinha fornida a quem Manny chamava de

Sandra Dee, com quem se casou e teve um casal de gêmeos, pouco antes de o sogro passar nos cobres o quarteirão de casarões do século XIX, adquirido por uma construtora acusada de ligações com o então prefeito da cidade, e viajar de volta para os Estados Unidos, onde, diziam as línguas mais bem-informadas nas mesas de biriba e pôquer dos vastos apartamentos da avenida Atlântica daqueles anos 1980, "a Sandra Dee do Manny" foi juntar-se ao trabalho evangelizador do pai, generosa e devidamente recompensada pelo velho Philip Heinrich Schloendorf, em moeda nacional americana e diamantes supostamente trazidos nas barras das saias de Magdalena Bruhns Schloendorf e das calças e paletós de seu marido Philip Heinrich ao escapar da Alsácia, logo após os exércitos aliados entrarem em Paris, em 25 de agosto de 1944.

Passou batida, tanto às rodas de grã-finos quando às de surubas de Manny Schloendorf, a maneira diferente como ele passou a vestir-se desde a semana antes da partida da esposa americana e dali para sempre. Trocou as onipresentes camisas polo — razão de um de seus apelidos, "jacaré" — por camisas sociais, sempre com as golas levantadas, ocultando o pescoço. Outra esquisitice era a de manter-se vestido com elas, mesmo à beira da piscina ou em passeios em iates. Nas surubas, nu da cintura para baixo, jamais retirava a camisa.

Tinha oito razões para isso.

As oito tesouradas que a lourinha dera nele, em mais um acesso de fúria de sua personalidade mercurial, conforme alegado por pessoas mais próximas a Manny, duas delas no pescoço, uma quase lhe perfurando a carótida, todas deixando cicatrizes na pele dada a queloides.

Houve, não obstante, quem insinuasse o rompante colérico ter acontecido após a americana flagrar o marido fazendo o que não devia nos corpinhos nus do filho e da filha.

Oito tesouradas.

Oito razões suficientes para o patriarca Schloendorf despachar a nora com um generoso cala-boca de volta a sua Utah natal, torcendo para que sua linda neta Valéria, dada a longos momentos de silêncio e inércia, como a mãe, não lhe tivesse herdado, também, os acessos de fúria. O neto Alex agia como se nada tivesse visto, ouvido ou sofrido.

De resto, tudo continuou igual.

E posto que nenhuma excentricidade de Manny Schloendorf a ninguém abismava, a ninguém ocorreu admirar-se quando se deu seu total e absoluto sumiço.

É mister ressaltar que todas as histórias ligadas à família Schloendorf e à origem de sua fortuna pareciam estar sempre à beira do heroísmo imigrante franco-tedesco, do assombroso tino comercial do patriarca, do estoicismo da vítima do preconceito francês contra seus concidadãos de origem alemã, assim como da invencionice deslavada, de aventuras inverossímeis, da lenda conveniente, da mentira pura e simples que cercava os Schloendorf. A posse do Van Gogh estaria em alguma dessas categorias, para os poucos advogados de companhias seguradoras a quem a presença da obra fora convenientemente confidenciada. Valéria e Alex a tinham entre as mais legítimas das muitas sagas. E, como tal, se viam no direito de dispor da obra como melhor lhes aprouvesse. Ou seja, como legítimos e únicos herdeiros, vendê-la e usufruir de alguns, muitos, milhões de dólares. Mesmo contra a vontade do pai. Com um simples ato. Roubá-la.

Aí entrava eu.

Quer eu quisesse ou não.

Caso eu relutasse ou me recusasse a participar do plano, tinham preparado uma ferramenta eficaz para me dissuadir.

Um vídeo.

Ou melhor, fragmentos de um vídeo.

Grosseiro e interrompido algumas vezes por um aparente defeito da câmera.

Gravado, em parte, há alguns meses.

Alex enfiou o pen drive no notebook prateado, já ligado, virou-o para mim e deu o play.

As imagens eram granuladas, registradas com pouca luz.

O que mostravam, contudo, era perfeitamente visível.

Um quarto. Iluminado por um único abajur, com algum véu por cima, Ao lado de uma cama grande. Na beirada da cama, sentada uma mulher de cabelos longos. Vestia uma camisola. Por trás dela, a alguns poucos metros, uma pessoa sentada em uma cadeira de rodas. O corpo está um pouco caído para a esquerda.

A porta do quarto é aberta.

Entra um homem.

Não é possível ver seu rosto, o quarto está mergulhado em semiescuridão.

A mulher de camisola se levanta.

O homem caminha até onde está a mulher de camisola.

Chega junto dela.

A câmera dá um zoom.

Aproxima-se.

É então possível distinguir o rosto do homem.

Seu rosto é o meu.

Alex pausou a imagem e ampliou-a de forma que ocupasse toda a tela do notebook.

Era eu.

Sou eu.

O homem no vídeo sou eu.

Era a primeira vez que me via em um vídeo.

Alex clicou de novo, as imagens voltaram a ter movimento.

A mulher chega junto ao homem do vídeo, começa a mexer em sua braguilha, retira dali seu pênis. Logo ele está com seu membro ereto. A mulher insere ali um preservativo, abre a camisola, apoia uma das pernas num dos braços do homem e se enfia no pênis do cara. Fazem movimentos de trepada, rápidos, desajeitados, como fantoches mal operados. Não dura muito. Tudo tem a aparência de um vídeo pornô amador ruim.

A mulher se afasta do homem do vídeo, retira o preservativo, joga-o num cesto de lixo ao lado da cama, pega o homem pelo braço, coloca-o para fora do quarto.

Na imagem seguinte, o quarto está vazio, exceto pelo velho na cadeira de rodas. A iluminação fraca é a mesma, mas permite ver que a porta se abre, como antes.

Como antes, vemos um homem entrar.

Veste-se exatamente como o homem de antes.

Como eu.

Dessa vez, traz algo seguro entre as duas mãos.

Não dá para ver exatamente o que é, mas parece uma corda. Ou uma toalha enrolada.

O homem do vídeo se aproxima por trás do velho na cadeira de rodas.

O homem com a corda, ou toalha enrolada, envolve aquilo no pescoço do velho na cadeira de rodas.

O velho na cadeira de rodas se debate.

O velho na cadeira se debate com mais intensidade.

O velho na cadeira de rodas sacode as pernas e os braços.

O velho na cadeira de rodas sacode muito os braços e as pernas.

O velho na cadeira de rodas para de agitar os braços.

Depois aquieta as pernas.

E se aquieta completamente.

Como se adormecesse.

O vídeo acaba.

Um cadáver não desaparece do Leblon, simplesmente não desaparece de um bairro de ricos e remediados, bolsonaristas e petistas, celebridades e falsos grã-finos, ex-governadores e ex-misses, rabinos e desembargadores, *personal stylists* e *personal trainers*, jornalistas, *restaurateurs*, marchands, *sushimen*, autores de novelas, moradores de alta visibilidade, assim, sem mais nem menos. Se Manny Schloendorf foi assassinado, esganado como mostra o vídeo, seu corpo tem de estar em alguma parte. Do bairro ou... onde? Lugar nenhum?

A última vez que isso aconteceu, o sumiço durou pouco mais de 48 horas.

Um herdeiro suíço, traficante de cocaína, mais seu comparsa libanês cabeleireiro, drogaram, seviciaram e mataram uma moça chamada Claudia Lessin. Atarantados, por estupidez e indiferença humana, amarraram o corpo a uma mala cheia de pedras e o lançaram, acreditavam, ao mar, de madrugada, numa escarpa da mesma avenida Niemeyer onde o pai dos gêmeos divertia-se provocando acidentes de motoristas espantados, enquanto chispava em direção ao Leblon dirigindo sua Porsche 550 à maneira de James Byron Dean.

O cadáver de Claudia Lessin foi encontrado dois dias depois. Não havia caído no mar.

Mas isso aconteceu em 1977. Durante o governo do general-presidente Ernesto Geisel.

O milionário pai de Michel Frank, que tinha amigos em altos postos do governo militar, conseguiu que o filho fugisse do Brasil. O cabeleireiro libanês foi absolvido do crime. O herdeiro suíço acabou assassinado com seis tiros na cara, anos depois, dentro da garagem do prédio onde morava, em Zurique.

Mas isso foi em 1977. Quase meio século atrás.

Onde estava o corpo do homem estrangulado neste ano, neste mês, talvez, nesta semana, dentro do quarto de seu próprio apartamento?

Estrangulado por mim, segundo as imagens do pen drive que Alex agora retirava do notebook.

Em caso de desgraça, um experiente advogado aposentado amigo de Ravello explicou, no advento de qualquer tipo de calamidade, natural ou humanamente provocada, seja incêndio, desabamento, tufão, naufrágio, bombardeio, enxurrada, deslizamento, explosão ou qualquer merdança que tenha vitimado alguém, a pessoa só é considerada oficialmente desaparecida no Brasil, só terá o cadáver ou os restos mortais procurados, se a vítima for oficialmente procurada.

Por oficialmente, entenda-se a apresentação, por algum parente consanguíneo, ou mesmo não biologicamente relacionado, algum amigo, vizinho, que seja, de pedido de busca, devidamente documentado, com a apresentação de algum, qualquer tipo de documento da suposta vítima.

"Oficialmente procurada", enfatizou o causídico octogenário.

Buscada, elucidou, em comissariado, delegacia ou Defesa Civil, Corpo de Bombeiros, Capitania dos Portos ou embaixada, consulado, secretaria, ministério, posto de saúde, não importa, desde que haja registro do nome da pessoa sumida, com prévia existência comprovada por documento, ela será considerada desaparecida. Só assim.

***

Se um pai desaparece, por exemplo, e seu sumiço não for notificado, a lei simplesmente ignora seu sumiço.

Se nenhum parente, próximo ou distante, se nenhum filho ou filha, noivo ou esposa, se nenhum colega de repartição, nenhum amante, nem quiropata, porteiro, vizinho, alfaiate, barbeiro ou modista, se não houver registro, por escrito, do sumiço de tal ou tal pessoa, ela, a vítima, pura e simplesmente, é considerada não existente. Como um fantasma. Como certas imagens em nossas recordações.

Um pai que some e ninguém dá falta, ninguém faz boletim de ocorrência de seu desaparecimento, não é um desaparecido.

Um pai em galopante processo de demência, como Manny Schloendorf, cuja deterioração mental e atitudes ilógicas não espantavam nem surpreendiam mais seu círculo social, não provocaria espanto ao desaparecer completamente do convívio com seus pares.

A ninguém ocorreria a fantasiosa possibilidade de Manny ter sido assassinado, na cadeira de rodas, dentro de seu apartamento no Leblon, logo após ter assistido ao coito entre uma puta e um michê, esganado pelo mesmo prostituto pouco depois, utilizando uma toalha de banho verde, enrolada como uma corda.

— Eu não matei seu pai — foi tudo o que consegui dizer, depois de algum tempo.

Os dois me olhavam fixamente. Como a um bicho a quem injetaram veneno no pescoço e os autores da experiência observam com genuína, quase inocentes curiosidade e aplicação, aguardando as manifestações da intoxicação.

— Eu não matei seu pai — repeti, tentando encontrar uma outra forma de mostrar que não ia me deixar ser incriminado por aquela maluquice. — Eu sei e vocês sabem que eu não enforquei seu pai.

— Igor, Igor, Igor — Valéria admoestou, com condescendência. — Imagens gravadas não mentem, Igor.

Alex completou, no mesmo tom de quem repreende benevolamente uma criança obtusa:

— Está tudo aqui, Igor, neste pen drive.

— Quer pra você? — Valéria ofereceu, tomando o pen drive do irmão. — Pode ficar. Alex fez outras cópias.

Continuei imóvel, sentado no banco alto. Valéria colocou o pen drive ao lado do meu prato intocado. Senti um fio de suor frio se arrastando a partir da minha nuca, descendo lento pelas costas, até o rego da bunda. Estarmos os três nus, ou quase nus, fazia eu me sentir meio ridículo, como aqueles atores de filmes pornôs toscos gravados em motéis da Via Dutra, que chegam no meio da sacanagem generalizada, andando de um lado para o outro de pau meia-bomba, enquanto o restante do elenco prossegue na fudelança mal-ajambrada.

— Não sou eu! Nesse vídeo, não sou eu! Vocês sabem que não sou eu!

— Igor, Igor, Igor... — Valéria repetia, piedosamente.

— Calma, Igor.

As falas de Alex e Valéria completavam-se. Pareciam ensaiadas, decoradas e repetidas sem nenhum tom de raiva, deboche, nem surpresa, tão monocórdias e serenas, quanto as minhas vinham carregadas da veemência e da indignação de quem se vê tapeado como um Jeca Tatu surdo, cego, mudo e jerico.

— Você viu no meu notebook, Igor. Você chega, fode a puta contratada pelo nosso Daddy, sai, depois volta e esgana ele. Está tudo gravado. Tem até close da sua cara.

— Minha cara só aparece antes de a mulher se enfiar no meu pau. Só ali. O cara que veio depois, o cara que estrangula seu pai, aparece de longe. Podia ser qualquer um.

— Poderia — Valéria concordou, gentilmente. — Porém, antes de sair, você para e dá uma última olhada.

— Está escuro. Só mostra de longe.

Valéria sorriu, fazendo ar de comediante de chanchada surpreendida. Virou-se para o irmão.

— Qual versão você mostrou para ele?

— A primeira.

— Ah! — exclamou, sem espontaneidade, colocando a mão na frente da boca. Dirigiu-se a mim: — O que você acha de *"êi ái"*?

Não entendi.

— *"Êi ái". Artificial Intelligence.* Inteligência artificial. Programas de computador capazes de criar qualquer coisa que você imaginar. Qualquer coisa. A imagem que você quiser. Hitler, Obama, Madonna, sobre a cara de outra pessoa. Falando o que você quiser que a Madonna diga. Ou que o Obama diga o que quer que seja. Nunca viu?

— Não.

— Chamam isso de *deep fake*, Igor.

— É o futuro. A nova verdade.

— O Alex aprendeu a fazer e editar *deep fakes* super bem.

O irmão agradeceu a lisonja com um amplo sorriso imodesto.

— Mostra para o Igor a versão final do vídeo dele com a mulher e o Daddy — ela sugeriu.

Alex enfiou um outro pen drive no notebook prateado. Deu play.

As imagens eram iguais às que eu vira há pouco.

Quarto, cama, abajur, mulher de camisola, velho na cadeira de rodas, eu entrando, chegando perto dela, minha cara antes de ela se enfiar em mim.

Imagens iguais.

Porém, não.

Não mais cinzentas e granuladas.

Essas eram coloridas.

Brilhantemente coloridas.

Claras.

Em foco.

Nenhum detalhe borrado.

Cama, quatro travesseiros, abajur, tecido transparente rosado sobre o abajur, mesa de cabeceira, cada imagem era brilhantemente, muito brilhantemente colorida, todas perfeitamente nítidas, todas em foco, todas sem nada, absolutamente nada borrado.

Dava para ver até a cor dos meus olhos. A camisola esverdeada da mulher. Sua peruca arruivada. Os dentes brancos entre lábios borrados de batom carmim.

Terminamos, ela retira a camisinha, joga-a num cesto de lixo feito de vime trançado sobre um carpete de estampas amarelas, ao lado da cama coberta por colcha azul clara, com riscos azuis escuros.

A mulher me conduz até a porta.

Eu paro, brevemente, antes de sair. Viro o rosto. Meu rosto é mostrado de perto. Meu rosto. Não é nenhum rosto inventado.

Eu saio.

Logo depois, é a mulher de camisola esverdeada quem sai, usando uma porta do lado oposto, retirando a peruca ruiva, levada na mão.

O quarto fica vazio por poucos segundos.

A porta abre.

Um homem entra.

A imagem do homem é trazida para perto.

Vejo claramente.

Um rosto idêntico ao meu.

Olhos idênticos aos meus perscrutam o quarto.

O velho está sentado de costas para a porta.

A pessoa idêntica a mim tem uma toalha verde entre as mãos. Caminha até o velho. Enrola a toalha em torno do pescoço dele, aperta-a por alguns minutos.

A imagem da pessoa igual a mim é aproximada de novo.

É uma cara de fúria. Olhos fechados, boca crispada, gemendo. É igual à cara de quem está gozando, ao final de uma trepada. De como eu talvez tenha gozado dentro da mulher de camisola esverdeada e peruca arruivada.

O velho estrebucha até se aquietar.

Então a pessoa idêntica a mim o deixa, o corpo levemente caído na cadeira de rodas, e está saindo quando se vira.

A câmera mostra a figura de perto.

Sou eu.

Minha cabeça, meu tronco, meus olhos, minha boca, meu queixo, meu maxilar. Em cores. Nitidamente.

Eu não estava lá e, entretanto, sou eu.

Depois de ter estrangulado o pai de Alex e Valéria.

Eu.

Com ar satisfeito.

Apaziguado.

— Bem-vindo ao futuro, Igor. — Alex sorriu, contente com o resultado do próprio trabalho. — Bem-vindo à nova verdade.

XI

Tudo que perdemos à noite

Entrei no Uber, deixei Alex me observando da entrada do prédio até o carro virar a rua adiante, mandei parar dois quarteirões antes de chegar à estação do metrô, saltei na Ataulfo de Paiva, desci duas quadras, atravessei a avenida litorânea, tirei o tênis, pulei na areia, fui até a beira da água, senti-a fria nos meus pés descalços, afundando na areia fofa, obrigando-me a um mínimo pequeno esforço, mas um esforço, assim mesmo, para me trazer de volta ao mundo real, de água salgada, gritos agudos de gaivotas buscando comida, um urubu estripando o que sobrara de algum peixe trazido pela maré da noite.

Precisava caminhar.

Penso melhor quando caminho ou corro.

A leste, por trás da silhueta da Pedra do Arpoador, rabiscos dourados tentavam atravessar a neblina. Com ou sem ela, ia amanhecer outro dia, pensei, e tudo vai começar novamente. Tudo igual. Mas diferente. Como naquela porra daquele vídeo da esganadura do pai dos gêmeos. E eu, assassino. E eu, futuro ladrão, Ladrão de um quadro de Van Gogh. Eu tinha escolha. Valéria e Alex me deram opções. Assassino ou ladrão.

Belas escolhas, hein?, debochei de mim mesmo. O que você prefere? Michê assassino ou michê ladrão?

Se aceitar me tornar ladrão de uma tela avaliada em tantos milhões de dólares que eu nem era capaz de mensurar, estaria livre da acusação — com prova nítida em vídeo — formulada por dois ricos herdeiros brancos, de famílias respeitáveis, da nata da sociedade carioca. E ainda receberia muitos bolos de notas de dólares entregues na minha mão.

Pobre, nunca mais. Quitinete em Copacabana, nunca mais. Tradutor de Libras, nunca mais. Horas em pé, interpretando falas insípidas ou burras, lanchando sanduíche seco de pão de forma com queijo, bebendo cafezinho frio de garrafa térmica, levando cantada de *bosses* enrustidos em rodízios de sushi, trabalhando desde manhã cedo até o final do dia de congresso de criadores de gado Nelore por um cachê vagaba, apertado dentro de um ônibus, trem, van sem ar-condicionado? Nunca mais.

E a michetagem? O que eu me digo para a michetagem? Nunca mais? Não faço só pelo dinheiro, eu sei, eu admito. Gosto de ser solicitado. Gosto de ser procurado. Gosto de quando me olham e mostram que valeu a pena o dinheiro gasto comigo. Gosto de terem tesão em mim. Gosto quando me pedem, quase me suplicam: "Me dá um beijo, na boca, me beija na boca, só um, me beija, goza em mim e me beija". Gosto que me desejem. Que me desejem muito. Que me desejem ardentemente. Que me desejem quando se mexem, me sentindo dentro de seus corpos, gemendo, chorando e pedindo, pedindo, pedindo mais. Porque sou a melhor coisa que aconteceu em suas vidas hoje, ontem, nos últimos tempos, como nunca, eu sei. Gosto. Me dá prazer.

Michetagem não é crime. Roubar, sim. Roubar é. Mas é crime quando são os donos a pedir que você roube?

Os futuros donos? E não é bem roubo o que Alex e Valéria querem que eu faça. É outra coisa. Eles querem que eu sequestre o Van Gogh. Com pedido de resgate. Em dólar. A ser depositado no exterior. E em conta bancária secreta, numerada. Deles.

***

Sabemos que somos cavalos de carga, e sabemos que será novamente a mesma carga que teremos que levar. E então perdemos a vontade, e preferiríamos viver numa campina com sol, um rio, a companhia de outros cavalos também livres, e o ato de procriação.*

O prédio da família Schloendorf tem cinco andares. Cada apartamento ocupa um andar inteiro. Todos continuam tal como foram construídos, entre 1952 e 1953, salvo a atualização das redes elétrica e hidráulica, realizada quando Manny Schloendorf ainda tinha ideias racionais, como a valorização do imóvel antigo em meio à gentrificação do Leblon e a derrubada dos últimos casarões à beira-mar, ocorrida dos anos 1980 em diante.

Em seu apartamento do terceiro andar, para onde se transferira após a morte da mãe e o internamento do pai no manicômio de Valença, Manny Schloendorf manteve tudo como os pais haviam deixado. Da parede amarronzada do corredor, coalhada de objetos, fotos e memorabília amealhados apressadamente na fuga da Alsácia, tudo permaneceu onde fora pregado, mais alguns móveis e quadros adquiridos em Portugal, nos meses enquanto o casal Magdalena Bruhns Schloendorf e Philip Heinrich Schloendorf aguardava permissão para imigrar para a Argentina, porém acabando por se contentar com o visto brasileiro. Até os azulejos e as louças sanitárias verdes do banheiro permaneceram quando Manny se mudou do apartamento que utilizava quando solteiro, na esquina da avenida Atlântica com a rua Júlio de Castilhos.

Tão logo sua Sandra Dee rediviva sumiu do Rio de Janeiro, Manny contratou duas babás e colocou a filha no quarto andar, o menino no quinto, o menor, em boa parte utilizado para armazenar o que não cabia nos outros andares, ou o que o velho casal relutava em se livrar.

*Arles, 10 de maio de 1888.

Há dois anos, com os neurônios do pai já rateando, Valéria reformou o dela, inteiro. Alex não se incomodou em continuar no apartamento-depósito. Juntos decidiram mandar pintar e mobiliar o antigo apartamento do pai no segundo andar, passando a alugá-lo por curtas temporadas para estrangeiros abastados, sequiosos de passar uma ou algumas semanas hospedados em frente ao mar do Leblon. Para tornar a movimentação mais ágil, sem depender de porteiros ou funcionários multilíngues, demitiram todos e instalaram interfones e câmeras no primeiro andar, decorado com um par de poltronas Barcelona, uma mesa de centro com livros de arte sobre um tapete tipo persa e duas grandes telas com imagens de galos de Aldemir Martins na parede. A entrada no Edifício Alsácia passou a ser possível digitando um código numérico e nada mais.

Na semana seguinte à fudelança com o casal de gêmeos, o apartamento do segundo andar seria ocupado por um casal argentino, ligado à indústria de moda, residente em Milão, e adeptos de surubas com mulheres e homens escolhidos por catálogos de "modelos". O entra-e-sai no Edifício Alsácia seria intenso, dia e noite — especialmente à noite. As câmeras da entrada e do elevador estariam, convenientemente, desligadas.

Eu poderia entrar e sair sem ninguém estranhar.

Levando uma mala pequena, onde facilmente caberia uma tela de uns cinquenta centímetros de altura por cem de largura.

— Vou dormir, já é tarde. Tome. — Valéria despiu a camisa que eu usava e me entregou. — Diga ao seu *sugar daddy* para lhe dar uma da coleção mais recente do Cesare Attolini. Esta é de dois anos atrás. Ou, então — aconselhou, parando à porta da copa-cozinha, nua e sorridente, antes de sair —, uma camisa dos antigos, tipo Armani ou Dolce & Gabbana.

Vesti a camisa. Tinha o cheiro dela, bom e adocicado, uma mistura de baunilha e laranja, me pareceu. O mesmo que recendia de todo o seu corpo.

— Vou chamar um carro para você — Alex avisou. — Mas, antes, quero te mostrar uma coisa.

— Mostrar o quê? — perguntei, desconfiado.

Alex pegou um molho de chaves dentro de um pote e saiu pela porta dos fundos, sem responder. Segui-o. Descemos as escadas. Paramos diante do apartamento marcado com o número três. Eu o conhecia. Tinha estado ali, oito meses antes.

Entramos.

Ele foi acendendo as luzes conforme passávamos de um cômodo a outro.

Era um apartamento velho, com cheiro de gaveta de remédios fechada tempo demais, abarrotado de bibelôs, pratinhos, cinzeiros, potes com canetas e tocos de lápis, um telefone preto sobre uma cadeira, folhas soltas, papéis, um spray de nariz, envelopes de comprimidos para febre, uma xícara de café com borra ressecada no fundo, um maço de cigarros amassado, um catálogo telefônico do Rio de Janeiro de 1985, taças empoeiradas e garrafas de bebidas dentro de uma cristaleira, um porta-retratos vazio, um outro, menor, emborcado, óculos de leitura, revistas empilhadas, recortes de jornais, um cachimbo, um objeto como um pincel longo, provavelmente um limpador de cachimbo, um calendário de 1991 de um banco agrícola, mais cacarecos e badalhocas para mim impossíveis de identificar.

— Daddy morava aqui. Éramos proibidos de entrar.

Havia uma porta fechada à direita da sala. Alex abriu-a. Acendeu a luz. Reconheci o corredor.

Paredes amarronzadas, em tom de camurça. Flâmulas, retratos emoldurados, pratos decorativos, fotos desbotadas de um vilarejo com um castelo ao fundo, objetos banais semelhantes a suvenires de viagem. Tudo exatamente igual ao que eu vira antes. Exceto por um retângulo entre toda a cacarecada anacrônica.

Um retângulo vazio. Um espaço mais claro na parede escura.

Mais ou menos de um metro de largura por cinquenta centímetros de altura.

A marca da ausência de um objeto ali pendurado por décadas. Oculto dos olhos de visitantes. Escondido, imaginei, lembrando do livro de Ravello sobre tesouros desaparecidos ao final da Segunda Guerra Mundial, dos olhos de caçadores de arte roubada pelos nazistas em fuga.

— É daqui que você vai roubar o quadro — Alex apontou.

— Não sou ladrão, já disse.

Percebi que ele não ouviu minha contestação, ou fingiu não dar importância — como vinha fazendo desde a conversa na copa-cozinha do apartamento de cima.

— Vamos pendurar ele de volta. Você entra, pega e sai. No meio das surubas dos argentinos, ninguém vai prestar atenção em mais alguém circulando pelo prédio. Toma. — Ele enfiou a chave da porta dos fundos no bolso da minha calça, aproveitando para roçar a mão na braguilha, logo apalpando meu pau. Retirei e arredei sua mão. Agiu como se nada tivesse acontecido.

— Sabe que estou gostando cada vez mais de você? Não é só porque você fode bem. Esse seu jeito tosco me excita, Igor.

Tirei a chave do bolso e lhe estendi.

— Não disse que aceitei.

Ele empurrou minha mão de volta.

— Mas vai aceitar. Você sabe que vai aceitar.

— Sou michê, não sou ladrão.

— Quantas vezes você já disse isso esta noite? Só não peço para parar porque cada vez que você diz "sou michê", eu fico cheio de tesão.

Levou a mão para acariciar meu rosto, me afastei. Sua mão cheirava ao mesmo perfume de Valéria. Algo mais que partilhavam, além de mim.

— Estou me apaixonando por você, sabia?

Foi minha vez de fingir não ter ouvido.

— Não vai chamar um carro para me levar? — perguntei, colocando a chave sobre a bancada da pia.

Ele encostou um dos dedos no ícone do aplicativo, marcou a opção "*black*", avisou qual seria o modelo do carro e o nome do motorista, que chegaria em três minutos. Foi o tempo justo de descermos pela escada dos fundos.

— O código para abrir a porta do prédio é um, dois, três, quatro, jogo da velha, cinco. Fácil de lembrar, fácil para qualquer um entrar. Visitante, puta ou ladrão.

Não retruquei.

— Compra uma maleta vagabunda preta que não chame atenção — observou, antes que eu entrasse no carro. — Mais ou menos do tamanho do quadro — acrescentou, colocando a chave no meu bolso.

***

Como diz meu bom amigo Roulin, "é servir de pedestal para os outros". No entanto, gostaríamos pelo menos de saber, para que ou para quem, não é? Assim, não poderíamos nos opor. Mas servir de pedestal para algo que ignoramos é irritante.*

Nunca roubei, nem furtei, nem surrupiei nada de ninguém. Oportunidades já tive. Inúmeras. Um relógio caído junto à cama do motel na avenida Niemeyer, uma aliança esquecida na pia da senhorinha da Hilário de Gouveia, um par de óculos escuros italianos deixado no balcão do quiosque em frente ao Copacabana Palace, algumas notas de dólar pulando para fora do calção molhado do gringo bêbado, chances não faltaram. Não peguei, não pego, não pegarei. Nunca. Só quero o que tenho direito. Só quero o que é meu. Sou michê, não sou ladrão. E tradutor de Libras. Mas se o dono de alguma coisa pede para você levar essa coisa, ainda assim, sou ladrão?

Cheguei ao Arpoador. As águas estavam calmas como uma lagoa. O cinza do céu e do mar pareciam um só.

Tirei a roupa, deixei dobrada na areia, mergulhei.

Fiquei boiando um tempo.

Precisava daquilo.

Em Ipanema, às 6 da manhã, ninguém repara se você está tomando banho de mar pelado.

*Arles, 22 de março de 1889.

XII

Os doppelgängers

Pensei em procurar o Ravello. Achei que devia procurar o Ravello. Depois de tudo o que a gente conversou sobre o Van Gogh do Leblon e tantas obras sumidas, roubadas de museus e famílias judias, ou destruídas pelos nazistas ao final da guerra, eu sabia que devia, que precisava, que não podia deixar de revelar para ele e saber sua opinião sobre a proposta do sequestro do "Campos de girassóis ao meio-dia sob nuvens de tempestade".

Bem, não era uma proposta. Era imposição. Chantagem, pura e simples chantagem.

Mesmo pagando bem, e pagando em dólares suficientes para virar minha vida de cabeça para baixo, não era convite. Era intimidação. Uma ordem. Para um subalterno. Para um servente de classe inferior. Envolta em condescendência. Ação de gente segura de seu domínio, habituada a fazer o mundo rodar do jeito e no ritmo que quisesse. Um mecanismo cujas entranhas Ravello conhecia bem e intimamente. Gente com quem lidava desde o início de sua carreira no Marrocos, ou seja lá onde tenha sido seu começo como falsário de obras de arte. A elite de quem aprendera a sugar o que tinham de melhor.

Dinheiro.

Eu devia falar com o Ravello.

***

Devia.

Mas tem dias que eu não quero falar com ninguém. Não quero ouvir a voz de ninguém.

Nem mesmo a de Ravello.

Menos ainda a minha.

E naquela manhã de sexta-feira, depois da noite e madrugada de fudelança com Valéria e Alex, seguida do lanche cínico de champanhe com presunto de Parma e melão, mais aquele pen drive filhadaputa com imagens *deep fake*, mais a descida ao apartamento bolorento do Daddy gagá e a visão do retângulo vazio na parede marrom, percebendo Alex recender ao mesmo perfume da irmã, tentando transar de novo, a caminhada na areia fria do amanhecer nublado, um amontoado de eventos e dúvidas a me deixar com a cabeça latejando, sem atinar sobre o que eu realmente queria e o que não queria, o que eu devia e não devia fazer, o que era o certo, o que era o errado, qual ação me desgraçaria ou me redimiria dali e para sempre, quanto daquilo era desgraça ou, se salvação, por que eu não conseguia vê-la.

Eu estava sendo esperto ou eles tinham me embrulhado? Otário ou sortudo? Era meu momento, finalmente chegado, o da oportunidade que abrirá todas as outras oportunidades?

Tão simples.

Apenas sumir com um quadro.

Que oficialmente nem existe mais. Que quase ninguém sabe que ainda existe. Que sobreviveu. Que vale ao menos 50 milhões de dólares. A chance, a minha chance de aportar no futuro, escancarar as portas dele, a oportunidade que, se não agarrarmos agora, já, imediatamente, iremos amargar pelo resto de nossos dias, aquela chance que passa, chispando, agora ou nunca mais, quando é preciso saltar e montar no cavalo doido? Se era tudo tão simples, por que eu tinha dúvidas?

"Tá perdidão, né?", a tal da voz dentro de mim falou para mim.

"É", concordei. "Estou."

"E ainda por cima esganou um velho entrevado."

Não me respondi.

"Diante das câmeras e com a maior cara de quem estava gostando."

Que sexta-feira de merda, aquela.

Boiar nas águas do Arpoador, antes do sol sair de todo, me trouxe um pouco de sossego. Pequeno, mas sossego. Porém não se pode ficar flutuando pelado, por horas a fio, enquanto babás, bebês e turistas vão ocupando as areias, e os primeiros vendedores de mate e queijo coalho iniciam seu berreiro.

O mundo não dá uma parada, aguardando você retomar o fôlego. Nada, nem ninguém, se apieda dos perdidos. Como eu estava. Por isso, precisava do silêncio. Como tantas vezes necessito. Como uma urgência médica. Uma máscara de oxigênio. Ar. Ar. Ar!

Como não tinha onde boiar, Van Gogh caminhava. Muito. Quilômetros.

Certa vez, em 1876, aos vinte e três anos, quando vivia na Inglaterra e dava aulas de francês, inglês e alemão para rapazes de dez a catorze anos numa escola na cidade portuária de Ramsgate, aconteceu um episódio assim.

Decidido a deixar a escola, onde o proprietário não lhe pagava salário, mas apenas lhe dava alimentação, um quarto e tratamento humilhante, decidiu postular um cargo de assistente de pastor em Londres. E visitar a irmã Anna em Welwyn, uma cidade além da capital britânica.

Tomou a estrada pela manhã, à noite chegou a Canterbury, onde visitou sem pressa a bela catedral. Prosseguiu a pé, sempre a pé, até atingir uma área rural onde havia "algumas grandes árvores, faias e olmos, na proximidade de um pequeno lago". Ali repousou. Às três da manhã, despertado pelo canto de pássaros, levantou-se e prosseguiu. Fez todo o percurso sem conversar com ninguém.

O silêncio o acalmava.

Chegou a Londres ao anoitecer. Não foi bem-sucedido no pedido de trabalho, partiu. Sempre a pé. Na manhã seguinte, chegou a seu destino.

Sentiu-se mais aliviado.

Tinha caminhado 160 quilômetros.

***

A mim, também, o silêncio acalma. Passo dias seguidos sem falar. Com ninguém. Sem falar nada, mesmo, nem uma palavra.

Vou na lanchonete, não perguntam, nem preciso responder, já sabem que vou tomar um açaí e comer uma tapioca, meu básico de toda manhã. Pago em dinheiro. Não tive, nem tenho, nem terei, cartão de crédito ou débito.

Nada em meu nome, tampouco no do Igor.

Tenho todos os documentos em ordem, já disse. Meus e do Igor. Mais reais até do que os emitidos pelo Detran, Instituto Felix Pacheco, os tais órgãos competentes. Ravello mandou o pessoal dele preparar para mim. Eu não tinha nenhum, antes de ele me conhecer na praia e começar a me ensinar quem foram Kandinsky e Kennedy, Banksy e Botticelli, Elizabeth Bishop e Elizabeth I; a ler Allen Ginsberg, Lúcio Cardoso, Caio Fernando Abreu, Cecília Meireles, Thomas Mann e Rimbaud; a ouvir Billie Holiday, Linda Batista, Piazzolla, Gardel, Nina Simone e Amália Rodrigues; a me habituar com os poemas e estranhas vozes de Serge Reggiani, Brel e Belchior; a me perder em peças de Harold Pinter, Arrabal e John Osborne; a tentar entender os lamentos nas fitas-cassete de Simon & Garfunkel, Cat Stevens, Janis Joplin e tantos e tantos vídeos de filmes de Jean Cocteau, Buñuel, Fassbinder, Bertolucci, Walter Hugo Khouri. Muita coisa em francês, sem legenda, embora eu deteste francês. Mesmo assim, entendo. Posso falar, se quiser, só que não quero. Língua ridícula.

Tenho certidão de nascimento, de reservista, CPF, título de eleitor, carteira de habilitação, de trabalho e de identidade. Já que podia escolher, mandei botar em todos o sobrenome Ravello. Como o da família do pai que inventei, Bernardo Ravello. Um caminhoneiro do Rio Grande do Sul poderia se chamar Bernardo José Ravello.

Dá um certo alívio para o filho de pai desconhecido passar a ter um com nome, sobrenome, lugar de origem. Se o Ravello de muitos prenomes, sobrenomes, origens e passaportes gostou ou se incomodou de eu me dar uma das identificações dele, não demonstrou. Nem comentou a respeito.

Para a mãe que me dei, juntei o nome verdadeiro da minha avó que eu lembrava, Catarina, com o da mulher com o buquê de flores do quadro "Olympia". Ficou Laura Catarina Ravello. Dali em diante, Bernardo e Laura passaram a ser os meus pais. Para Igor, achei que valia e dava mais credibilidade um segundo nome, e dois sobrenomes. Ficou Igor Francisco Gomes de Souza. Igor Brown vale apenas nos perfis de michetagem. Igor é filho de pai desconhecido. A mãe, já falecida, se chamava Tereza. Maria Tereza.

Com os documentos do filho de Bernardo e Laura Ravello é que fui à Polícia Federal e tirei o passaporte. Sem tropeços.

Igor não tem passaporte. Ainda. Nem sei se vai ter.

Gosto de silêncio.

Fecho as janelas da quitinete, ficam só as vibrações abafadas do trânsito da rua Barata Ribeiro, transversal à minha, e as vozes submersas de vizinhos, menos audíveis ainda porque coloco fones de ouvido conectados a aparelho nenhum, unicamente para ficar tranquilo no meu canto do mundo.

Sempre funciona.

Mas hoje não deu.

A gritaria dentro de mim era pior.

— Tu vais te foder — resumiu Ravello, em francês, quando terminei meu relato. Ele sempre recorria ao idioma em que mais facilmente se expressava.

— Por que vou me foder? — contestei, em português. — Pensou na quantidade de dinheiro que vem para mim? De uma vez só? Sabe quando eu ia poder ter esse dinheiro, se eu trabalhasse todos os dias, da minha vida inteira, como intérprete de Libras e michê? Nunca, Ravello. Nunca.

— *Tu es um naïve. Et un con.*

— Você nem conhece os gêmeos, não tem como dizer que...

— Conheço, sim — interrompeu, sempre em francês, e assim nossa discussão prosseguiu, intercalando as línguas em que cada um acreditava se sair melhor. — Conheço. E conheço muito bem.

— Os irmãos? Valéria e Alex?

— Não eles. Mas conheço inúmeros *doppelgängers* como eles. Quando se juntam, são exércitos de Átilas.

Eu não sabia o que eram Átilas, nunca tinha ouvido a palavra *doppel*-alguma-coisa.

— Átila foi uma espécie de precursor de Hitler, o primeiro grande destruidor da arte, da cultura, da civilização do Ocidente. Depois dele vieram os tempos de trevas.

Assenti com um movimento de cabeça, sem realmente compreender onde Ravello queria chegar.

— Tu não ouviste jamais falar que cada um de nós, que cada pessoa no mundo tem uma outra igual, completamente igual a ela, em alguma parte do planeta?

— Não. Nunca.

— Essa pessoa idêntica é o *doppelgänger.*

— *Doppel...? O quê?*

— *Doppelgänger*. O duplo. Felizmente os duplos nunca se encontram. Dá azar. É mau agouro. Presságio da morte.

— Morte de quem?

— De quem vê o *doppelgänger*.

— Alex e Valéria são gêmeos, Ravello. Não são *doppelgängers.*

— Tu não estás percebendo? A maldição?

— Maldição é não ter futuro. Viver numa quitinete para sempre.

— E pretendes alterar o futuro sendo cúmplice de um crime?

— Qual crime, Ravello? O quadro é deles.

— Desde quando?

Ravello foi até a prateleira onde mantém seus álbuns de música clássica, escolheu um, tirou da capa, colocou no toca-discos. Era um concerto suave de piano de Mozart. "Elvira Madigan". Dos seus favoritos, sempre que buscava alguma tranquilidade. Manteve-se em silêncio, refletindo, talvez.

— Maldição é não ter futuro — repeti, tentando retomar a discussão.

— Os *doppelgängers* — prosseguiu, sem dar atenção à minha tentativa de refutar sua superstição —, se eles tiverem inteligência extraordinária, como esse teus parecem ter, se forem astutos, se souberem ser viciosos como só as mentes brilhantes conseguem ser, além do mais se forem ricos, como são os teus *doppelgängers*, e com sólidas conexões com a máfia russa e os neonazistas, e aliados à rede de trapaças do mercado internacional de artes plásticas...

Parou a frase antes de terminá-la, sacudiu a cabeça, deu um longo assovio, calou-se e assim ficou, como se a medir-me, da cabeça aos pés. Suspirou.

— Eles vão te foder — falou, em português. — Foder, entendeste?

Parecia assustado. Nunca o tinha visto assim. Avisei que não havia concordado com o plano deles.

— Não, ainda — falou, desolado, voltando ao francês.

— Por isso vim conversar com você. Estou... sem saber... Se aceito ou... Tudo daqueles dois é muito... — Não encontrava a palavra para definir a mistura de fascínio e repulsa que eu sentia. — Tudo em Alex e Valéria é muito...

— Sofisticado? Perverso? Cruel? Cínico? Hipócrita? Diabólico?

— Cala a boca um pouquinho, Ravello. Só um minuto. Só para eu tentar ouvir o que eu mesmo estou pensando.

Calou-se. Cruzou os braços, aguardando.

Queria que Ravello entendesse a mistura de fascínio e aversão, tesão e medo, deslumbramento e raiva que não me deixavam pensar com clareza. Além de Alex e Valéria. E por conta de Valéria e Alex. Seria muito dinheiro, cash, notas de dólares, rolos e rolos de dólares, mais do que eu jamais poderia imaginar. Queria que Ravello compreendesse que eu não tinha dito que sim, não confirmara nada sobre o sequestro do Van Gogh, não porque rejeitasse cometer o roubo, não porque o roubo fosse uma atitude imoral, condenável, ilegal, errada. Não sabia se achava errado ou certo. Concordar com Alex e Valéria, ceder à tramoia em que haviam me envolvido, disso, sim, eu tinha raiva. Clara raiva. Me humilhava a superioridade deles. A certeza de que me tinham em suas mãos. Mas também percebia que havia um outro lado em mim, um certo tipo de vitória que não fazia sentido, mas me dava prazer.

— Nojo e prazer — falei em voz alta. Ravello continuou calado.

Não lhes disse que sim, mas tampouco conseguira dizer não. Nem para eles, nem para mim mesmo. Minha esperança era que Ravello pudesse entender o que se passava comigo e, consequentemente, me fazer entender qual razão me impedia de negar que eu iria ao prédio do Leblon na próxima semana, entraria, subiria ao terceiro andar, pegaria o quadro e...

— Tu sairias com um Van Gogh em baixo do braço, *mon beau petit con?* — Ravello interrompeu minhas elucubrações. — E tomarias um táxi? Ou chamarias um carro de aplicativo? E te dirigirias para onde? Teu pequeno-bem-pequeno apartamento, num edifício de vinte apartamentos por andar, habitado por putas da madrugada da avenida Atlântica? Onde tu esconderias o Van Gogh, enquanto aguardas o pagamento do resgate? Sob a tua cama? Entre baratas e teias de aranha?

Ia protestar, dizendo que mantenho meu apartamento sempre limpo, mas não vinha ao caso. Nem era verdade, tampouco.

— Não chegamos até esse ponto, eles e eu. Em nenhum momento falei que concordava com os planos deles. Nem o que aconteceria depois que eu pegasse o quadro.

— Aceitaste a chave.

— Alex enfiou no meu bolso, quando o carro que foi me buscar já estava saindo.

— Como enfiou a boca no teu pau, antes, e quase ia te mamando de novo, na cozinha velha.

— Não deixei.

— Mas gostaste de ouvir ele dizer que te ama.

— Não foi isso que Alex disse.

— Disse, sim. De outra maneira, mas disse. E tu gostaste.

Era besteira negar. Ravello me conhece de trás para a frente, de fora para dentro, nunca me julgou pior nem melhor que ninguém, nem pelas michetagens, nem por tudo que eu não sei, minha ignorância, meu passado sem nome verdadeiro, sem documentos, nenhuma vergonha de fazer o que tivesse de fazer, com quem quer que fosse, da idade ou sexo que aparecesse. E agora eu falava de um casal jovem, branco, bonito, rico, que dava todos os sinais de estar doido por mim. Pelo que eu sabia fazer com eles na cama.

— Sim — admiti, em voz baixa.

— Sim ou não?

— Já disse.

— Tu te sentiste poderoso quando estavas dentro dele e dentro dela, é ou não verdade? Sentiste que os dominava. Que tinhas o poder sobre aqueles brancos ricos. Que os tinha na coleira. Que eles fariam tudo o que tu quisesses. Sim? Sim? Me diz. Diz. Diz!

— Sim.

— Fale alto.

— Sim!

— Pois ao te fazer sentir assim poderoso é que os *doppelgängers* mostraram como são brilhantes. Como são unidos. Como podem te dominar. Como vão te foder.

XIII

Sem caminho marcado

Aquilo que hoje nos faz ficar doentes, oprimidos pelo desânimo, é o mesmo que nos dá a energia, uma vez passada a doença, para nos levantarmos e querermos nos recuperar no dia seguinte.

[...] Com muita frequência, eu disse a mim mesmo que preferia que não houvesse mais nada e que tudo estivesse acabado. Mas, sim, não somos senhores disso, de nossa existência, e é uma questão, ao que parece, de aprender e ainda querer viver, mesmo sofrendo.*

Ravello e eu continuamos aquele diálogo em duas línguas, eu cada vez mais perdido, ele mais e mais seguro da armadilha em que eu entrara, tolo e faminto, como as crianças desavisadas de história infantil na casa de açúcar da bruxa.

Ravello foi me fazendo alertas, como quem põe cartas de tarô sobre a mesa. Como uma família de classe média na Alsácia conseguiu obter o que talvez seja o último trabalho de Van Gogh? Como adquiriram? E onde adquiriram?

*Saint-Rémy-de-Provence, 25 de janeiro de 1890.

De que forma trouxeram para o Brasil uma obra de arte dada por destruída pelas tropas alemãs? Por que escolheram a mim, se não me conheciam? Como tomaram um desconhecido por aliado para um golpe que pode alcançar, fácil, perto ou mais de cinquenta milhões de dólares? Se não me conheciam, o que os levou a fazer um funcionário americano contratar Igor para um programa e lhe pagar um extra para acompanhá-lo numa rave dentro do estaleiro falido? Como armaram a coincidência de esbarrar com Igor na rave, usar seu telefone, salvar o número e chamá-lo na semana seguinte para um programa com os dois? Um encontro nos mesmos moldes e no mesmo prédio onde, meses antes, Igor comera uma puta, diante do pai gagá na cadeira de rodas? Um ato sexual gravado em detalhes, para depois usar as imagens no assassinato do pai? Como assassinaram o pai? Quem assassinou? Ele foi mesmo estrangulado? Se foi, onde estava o corpo? Esse pai demente não poderia estar enfurnado, com outro nome, em algum asilo discreto ou casa de velhos num bairro remoto? Ou mesmo em alguma outra cidade? Em outro estado? Valéria e Alex sabem que Igor e eu somos a mesma pessoa?

Interrompi o raciocínio de Ravello:

— Eles só conhecem o Igor.

— Não estou tão certo disso. Mas é um detalhe de menor importância neste momento.

Lembrei do encontro com Alex no banheiro do Riocentro. E da vez que Valéria passou por mim na convenção de vendedores de artigos eletrônicos. No banheiro, Alex mal viu minha cara, só estava a fim da minha pica. Valéria dava ordens e diretivas às funcionárias, seu olhar tinha me atravessado como a um invisível. Estava seguro de que nem ela, nem ele, sabiam que eu era um intérprete de Libras que trabalhou naquelas duas ocasiões, mas não as mencionei para Ravello.

— Sim, menos importante — concordei.

A teatralidade de colocar a tela de Van Gogh sozinha, bem no centro da parede clara, parecia lógica a Ravello.

— Como os *doppelgängers* devem ter se divertido — comentou —, enquanto planejavam e executavam a movimentação do quadro entre um apartamento e outro. Medindo centímetros e metros para que ficasse exatamente na mesma posição em que os avós o haviam pendurado décadas atrás.

Pronto para surpreender Igor, quando saísse do quarto onde se satisfizera com o casal de irmãos, onde Alex simulava cochilar, enquanto Valéria fingia ter fome e levava o michê contratado e pago adiantado em dinheiro vivo, para comer alguma coisa na copa-cozinha, como se fosse um namoradinho comum, não um prostituto acertado para a noite.

— Não sou prostituto — protestei. — Michê é temporário. Prostituto é profissão definitiva.

Ravello sacudiu a cabeça, com ar crítico.

— Porque tu fodes bem, tu crês ter o domínio dos outros.

— Eu nunca disse isso.

— Tu não tens domínio de nada. Tu és vulnerável. Estes *doppelgängers* te põem no chinelo. Ou no caixão. Eles têm conexões com as quadrilhas internacionais de roubo de arte. São perigosos.

— É o mesmo tipo de gente com quem você trabalha.

— Não. Minhas cópias não movimentam esses milhões de dólares. Nem de longe. E eu estou protegido.

— Como assim, protegido?

— Eles precisam de mim.

— Eles quem, Ravello?

— As empresas de seguros precisam de mim. Os colecionadores precisam de mim. Os autenticadores precisam de mim. Sou uma garantia para todos eles. Ninguém quer me ver preso e impedido de colaborar com o mercado de arte.

Compreendi que Ravello falava e admitia participação em lavagem de dinheiro internacional. De colaboração em investigações para apontar quadros falsos. Ou assegurar autenticidade a duplicatas, talvez.

— Sim, estou bem protegido — repetiu, num tom menos seguro que antes. — Mas, se algum dia alguma coisa me acontecer... — Ravello virou-se e foi até a prancheta onde sempre iniciava os estudos e esboços do que pintaria, impecavelmente forrada de um grosso material encoutado. — Vem até aqui.

Postei-me a seu lado.

— Enfia tuas mãos embaixo da prancheta.

Fiz o que ele mandava. Senti uma parte mais volumosa, bem no centro, sob o couro.

— O que tem aqui embaixo?

— Um esconderijo tão tolo que ninguém se ocupará dele.

— Esconderijo de quê?

— Neste momento não te interessa. Nem tenho porque te revelar, mas, se alguma coisa me acontecer um dia...

— Você disse que um monte de gente e de negócios dependem de você. E que por isso todos te protegem.

— Disse. E de fato é assim. Mas, caso alguma surpresa desagradável aconteça, corta esse forro e leva contigo o que tem escondido ali.

— São papéis, não são? Documentos?

Ravello deu dois tapinhas, em cada um dos lados da minha cara, sorriu e pediu:

— Traz um copo de suco de caju para mim? Copo cheio de gelo, por favor.

Gauguin diz que quando os marujos têm que carregar um fardo muito pesado ou levantar uma âncora, para poder levantar um peso muito grande, para serem capazes de um esforço extremo, eles todos cantam juntos para se animarem e para darem força uns aos outros.*

Quando voltei da copa, ele estava trocando o *long-play* no toca-discos. "Aposto que é uma sinfonia de Mahler", pensei, "Ou Brahms".

Quando a agulha atingiu o sulco, me surpreendi com o tom grave de uma voz feminina que eu não conhecia. Não era música clássica. Percebi que cantava em alemão — mais recitava que cantava — acompanhada apenas de um acordeão.

— Quem é?

— Ah, já morreu faz muito tempo. Uma exilada alemã dos tempos da Segunda Guerra Mundial. Namorou Ernest Hemingway, namorou Greta

*6 de junho de 1888.

Garbo, namorou Jean Gabin, Claudette Colbert, todos mortos. Como tu, ela não tinha limites, nem preconceitos. Tu nunca ouviste falar nela, com certeza.

— O que está cantando? — perguntei.

— "Lili Marleen", uma canção da época da Segunda Guerra Mundial.

— O que diz a letra?

— Ah, aquelas coisas melancólicas de quem sabe que vai morrer em batalha: *"Vor der Kaserne/ vor dem grossen Tor/ Stand eine Laterne und steht sie noch davor/ So wollen wir uns wiedersehn/ Bei der Laterne wolln wir stehn/ Wie einst Lilli Marleen, wie einst Lilli Marleen"*.

— Traduz.

— "Em frente ao quartel, em frente ao grande portão, havia um poste e embaixo dele ela ficava". Mais ou menos isso.

— Quem ficava?

— A heroína da canção, uma mulher chamada Lili Marleen. Ela ficava esperando o soldado, seu amante, voltar da guerra e encontrá-la no mesmo lugar onde a deixara ao partir.

— E ele volta?

— Em histórias de guerra, ninguém volta.

Era triste, a canção. Por que Ravello decidira ouvi-la naquele momento de nossa conversa?

Calei-me, ouvi a melodia melancólica até o fim.

Terminada, ele retirou o disco, enfiou-o dentro da capa, guardou-o. Tomou o suco de caju inteiro, de uma vez só.

— Queres um quibe? Mandei entregar uma dúzia. Daquele restaurante árabe da praça do Lido que tu gostas. Comprei também húmus. Pão sírio. E babaganuche. Queres?

Não queria, o que é raro comigo. Sou capaz de comer qualquer coisa, a qualquer hora. Mas não naquele momento. Um assunto continuava me espicaçando.

— Os caras de terno e gravata que vêm aqui são agentes de seguradoras internacionais? Representantes de compradores?

Ele tapou os olhos com as duas mãos, depois os ouvidos, em seguida a boca, antes de responder.

— Nada vejo, nada ouço, nada falo. Eu não sei quem compra minhas obras.

— Sim, sabe. Você mesmo me contou sobre alguns.

— Um ou outro, sim, como aquele texano, ou a executiva que veio encomendar uma cópia da Tamara de Lempicka, mas a maioria, não. Nem quero saber. Conheço seus agentes, e isso basta. Mesmo se eu soubesse, não te diria. É mais seguro para ti. Para todos.

— Eu nunca vou trair você, Ravello.

— Tu, não. Os *doppelgängers,* sim. E se sabem que tu foste meu *petit ami*? Que frequentas meu ateliê? Que tu sabes as obras que eu recriei aqui? — pareceu ter chegado a uma conclusão, quando perguntou: — E se te escolheram por minha causa?

XIV

Os invisíveis

Voltei caminhando pela rua Barata Ribeiro. Devia passar da meia-noite, pelo pouco trânsito na rua, um ou outro carro em longos intervalos, raros ônibus circulando.

Estava atordoado, com as frases de Ravello rodopiando na cabeça, tentando lembrar e colocar sentido em todas aquelas palavras ditas na língua estrangeira que eu detestava, sem certeza do quanto eu realmente tinha compreendido do significado delas. E mais surpreso do que alarmado pela certeza com que Ravello acreditava na maldição encarnada em Alex e Valéria.

Voltei sem pressa, atento aos transeuntes pelo caminho, como acho que faria, se um dia me animasse a passear pelo zoológico de São Cristóvão, como tantas vezes pensei em visitar, desde criança, mas nunca me levaram e, sozinho, adulto, ia fazer o que lá?

Nas noites de sexta e nas madrugadas de sábado, as mesas e cadeiras pelas calçadas dos bares e botequins da Barata Ribeiro ficam cheias dos que chegaram cedo dos subúrbios e cidades da periferia, com suas mochilas e marmitas do almoço, cumpriram os horários do expediente até o fim da tarde, juntaram-se aos colegas para encher a cara e só voltar para suas casas quando o metrô e os trens já estiverem mais vazios, o trânsito da Linha Vermelha, da Linha Amarela, da avenida Brasil e da ponte Rio-Niterói livres dos quilômetros de retenção do retorno dos trabalhadores nos veículos coletivos, somados aos SUVs das famílias e casais a caminho da Serra Fluminense ou das praias de Búzios e da Região dos Lagos.

Depois que se vão aqueles e aquelas, continuam na festança proletária da Barata Ribeiro quem come rodelas de linguiça, pizzas em fatias ou cortadas à francesa, corações de galinha, moelas, azeitonas, batatas fritas, mandioca cozida ou frita, croquetes de carne, bolinhos de bacalhau, torresmos engolidos com cerveja, uma ou outra caipiroska, até o mais tarde que conseguirem, qualquer coisa para não ter de voltar para seus apartamentos ali mesmo ou em transversais por perto, sem ar nem vista, exceto outras janelas e paredes de outros apartamentos também sem vista nem ar, para cair num sono alcoólico sem sonhos, até acordar depois do meio-dia do sábado, desobrigados de aturar patrão e horário, pegar a cadeira de alumínio, a barraca, o isopor com gelo e alguns latões de cerveja, andar de chinelo de borracha até as areias de Copacabana, e curtir ali a ressaca do sábado.

Hôtel-Dieu de Arles - 17 de janeiro de 1889

Querido Théo,

Não estou acostumado com bondade, meu estimado irmão, exceto a sua. Tanta gente parece ter prazer em zombar de minhas aflições e inadequação ao mundo, que não espero senão ultraje, repúdio e desprezo. Portanto, foi com absoluta surpresa e profunda comoção que recebi, no hospital onde fui compulsoriamente internado após a mutilação de minha orelha, a dedicada atenção e afetuoso tratamento, físico e mental, de um jovem médico, um estagiário chamado Félix Rey. Chego a ficar com os olhos cheios d'água toda vez que, tomado por delicadeza que só posso alcançar como fraternal, ele me fala com doçura, enquanto troca os curativos de meu ferimento.

Para demonstrar minha gratidão, pintei o retrato do jovem doutor Rey e lhe dei de presente. Ele disse ter gostado e levou-o para a casa da mãe, onde ainda reside.

O que aconteceu com minha tela, eu preferiria não ficar jamais sabendo, Théo. Mas sempre há alguém que se apraz em provocar o sofrimento e a humilhação do outro e assim se deu.

Toda a cidade ficou sabendo, e assim chegou ao meu conhecimento que a senhora Julie Vincent Rey, mãe do homem jovem que me levou às lágrimas com sua doce humanidade, detestou o retrato do filho. Primeiro enrolou a tela, para escondê-la no sótão. Depois usou-a para tapar um buraco no galinheiro.

Faço esse tipo de caminhada de vez em quando, tanto pela Barata Ribeiro quanto pela avenida Nossa Senhora de Copacabana, as duas mais populosas do bairro, inconsciente, mas no fundo intencionalmente, para demonstrar minha teoria de invisibilidade.

No mundo, li em algum lugar, ou o Ravello disse, ou alguém comentou perto de mim, uma pesquisa da ONU, ou sei lá de quem, assegurou existir umas 8 bilhões de pessoas no mundo. Rá! Oito bilhões? Rá! Número errado, totalmente equivocado. Esse tipo de estatística, eu sei e provo, não contam os moradores invisíveis do planeta Terra. Provo isso qualquer noite de sexta ou de sábado em que saia andando pela Barata Ribeiro.

Com meu próprio exemplo.

Um intérprete de Libras é invisível.

Repare, da próxima vez que tiver de assistir na televisão ao discurso de algum ministro, por exemplo. Ou estiver em uma conferência, um congresso, uma entrevista, premiação, um festival literário, ver um pronunciamento presidencial, onde quer que haja intenção de incluir deficientes auditivos — surdos como se dizia, antes da existência de profissionais como nós.

Como eu.

Você enxerga o rapaz ou a moça ao lado do ministro na tela? Ou ao lado do escritor palestrante? Você a vê, o vê, movimentando mãos, braços e rosto? Fale a verdade: antes de eu tocar no assunto, você a via? Você o via?

Pode descrever seu rosto, o tipo de nariz, a cor das sobrancelhas, o corte do cabelo? Ela ou ele é ou não invisível para você?

Não se envergonhe de não nos ver. Ninguém nos vê.

Como não enxergam o maleiro do hotel, a tia da faxina, o motorista do táxi; a enfermeira na clínica do SUS, o entregador de comida, a moça ou a velha que serve cafezinho no escritório, a gari que varre a rua atulhada de lixo depois da passagem do bloquinho de carnaval, o porteiro do prédio, o garoto que pede: "Tio, compra uma bala para me ajudar", a senhora ou senhor na frente da farmácia que pergunta se você pode comprar um pacote de fraldas geriátricas ou uma lata de leite em pó, o pintor ruivo saindo do sanatório de doidos em Saint-Rémy-de-Provence, em direção aos campos de girassóis e aos trigais, carregando suas telas e tralhas, o atendente da lavanderia, a balconista da lanchonete, o carinha com o cachorro a dormir encolhidos sob a marquise do banco internacional, a moça com o cartaz "compro ouro", a família embaixo do viaduto, a moça do caixa do supermercado. O artista cuja tela serviu para tapar um buraco no galinheiro. O falsificador de quadros. O michê. Eu.

Nós somos os que não entram nas estatísticas, aqueles que passam diante dos seus olhos, todos os dias, a toda hora do dia e da noite, dos olhos desses tais 8 bilhões de pessoas, sem que ninguém nos veja.

Talvez por isso Valéria e Alex tenham me escolhido. Por minha invisibilidade. Só existo por minha piroca. Só existo quando me pagam. Passado o tesão imperativo, puf. Eu sumo. Puf. Sumimos todos os não mais necessitados. Gente como nós não está incluída entre os 8 bilhões de legítimos habitantes deste planetinha azul, como um dia disse um cosmonauta russo chamado Iuri Gagarin.

Tinha um motoqueiro parado em frente ao meu prédio. Sentado no selim, as pernas esticadas com as botinas apoiadas na calçada, o capacete pendurado no guidão, como quem estivesse esperando faz tempo. Não dei importância, enfiei a chave para abrir o portão e ia fechar quando ele perguntou:

— Conhece o morador do 617?

É o número do meu apartamento. Ninguém, nunca, me procurou aqui.

— Tenho uma encomenda para ele. Para o morador do 617.

Jamais recebi encomenda. Nunca houve entrega de coisa alguma para mim depois de minha mudança, pouco antes da pandemia. Nem Ravello sabe onde eu moro. Para as notas fiscais do trabalho de tradutor de Libras, sempre usei o endereço dele, não este.

— Não conheço — menti. — Sou novo no prédio.

— Porra, tô aqui tem mais de duas horas, já toquei o interfone uma porrada de vezes, ninguém atende. E não tem porteiro.

— Não tem — confirmei.

— Eu ganho por cada entrega. Se eu não entregar, não ganho. Já subiram duas garotas, pedi para deixarem na porta do cara, mas elas estavam com clientes e disseram que não podiam perder tempo. Uma já saiu de novo, já voltou para a avenida Atlântica.

Talvez houvesse um engano e eu estava me preocupando sem razão.

— Quem é o morador do 617?

— Senhor Igor Brown — o entregador leu no aplicativo.

Senti um certo incômodo, admito. Um baita de um incômodo, para ser sincero. Se ninguém sabia que eu vivia ali, como poderia conhecer o endereço do michê por trás do qual eu me protejo? Quem teria enviado alguma coisa para ele? Enviado o quê? Com qual intenção?

— Como é mesmo o nome do morador? — quis me certificar.

— Igor Brown — o rapaz repetiu. — Apartamento 617.

Achei mais seguro encerrar a situação.

— Não conheço — repeti, fechando o portão e subindo os quatro degraus para a porta de vidro da entrada.

— Cara, será que você não podia...? — o motoqueiro fez uma última tentativa. — Será que não dava para levar a encomenda e deixar na porta do apartamento dele? Igor Brown? Ou entregar amanhã pra mim?

— Não dá. Não conheço essa pessoa. Se deixar na porta, vão levar. Aqui roubam tudo.

— Isso aqui, não — o entregador argumentou, tirando a encomenda do baú da moto. — Ninguém vai roubar uma flor dessas.

Me arrepiei.

O motoqueiro segurava um girassol.

***

Com raiva eu corro melhor. Ganho mais velocidade, meu fôlego aumenta, meus músculos parecem não sentir nada, só a certeza de que posso ser mais rápido do que o babaca à minha frente, agora cada vez mais distante, e outro logo ali, e logo também na minha traseira, enquanto vou vendo se aproximar a Colônia de Pescadores e o Forte de Copacabana, cada vez mais perto, e mais perto, e mais perto, até chegar junto ao píer do Corpo de Bombeiros e enfim mergulhar nas águas do Posto 6 como se as estivesse rasgando, arrombando as águas, como se as abrisse com minhas próprias mãos, de alto a baixo, o corpo do filhadaputa capaz de provocar essa fúria a ferver dentro das minhas veias, dentro do meu peito um vulcão que não domino e contra o qual só posso fazer o que estou fazendo agora, nadar sob as águas do oceano Atlântico, passando por uma tartaruga indiferente, até chegar às pedras do Costão, erguer a cabeça, retomando o fôlego, o olhar entrando em foco diante da curva azul da praia de Copacabana até o Leme, enquanto o sol nascendo rabisca o céu e me lembra outras tantas manhãs quando acordei ali na areia, aos doze, treze, catorze anos, antes de Ravello, sozinho e ainda sem nome, porém aferrado à mesma confiança de agora: não vão me vencer.

Ninguém vai me vencer.

O cartão que acompanhava o girassol, e despertou meu ódio das lembranças do tempo em que eu fazia qualquer coisa com qualquer um por um prato de comida, o retângulo de papel com as iniciais AS que apagou meu cansaço de duas noites sem dormir, me fez botar uma sunga e sair feito um maluco descalço em disparada até a praia e correr, correr, correr sem parar até chegar ao Forte de Copacabana, mergulhar e nadar debaixo d'água até meu fôlego quase estourar, tinha apenas uma linha. Quatro palavras. Nenhuma assinatura. Nem seria necessário. Quem mais me enviaria um girassol, no meio da madrugada, com a frase:

"Agora você é meu".

***

— Nunca subestimes um viado apaixonado — Ravello disse, em francês, com indisfarçado tom de apreensão, levantando-se do banco, pousando a lente de aumento com a qual analisava as minúcias de sua cópia completada da odalisca de calças vermelhas, afastando-se do Matisse mais perfeito do que o original de Matisse. Era a primeira vez que o ouvia usar a palavra brasileira em vez do *pê-dê*, a abreviatura de *pédéraste*, habitual. — Por que não me contaste imediatamente que ele te seguiu?

— Alex não me seguiu. É pior que isso.

— Pior?

Expliquei ao artista de mais de setenta anos, avesso ao uso de computadores, redes sociais, smartphones, *world wide web* ou qualquer tecnologia surgida nas últimas três décadas, e para quem a arte pictórica morrera de Andy Warhol em diante, não ser mais necessário nos anos 2020 contratar ninguém para seguir os passos e saber percursos e destinos de quem se quer encontrar.

— Como? — duvidou.

— A chave que Alex enfiou em meu bolso, lembra?

— Sim. Para esfregar a mão em tua braguilha. Para transar de novo.

— Era o que ele queria que eu pensasse. Queria que eu me irritasse e me distraísse.

— Se tu deixasses, ele te chuparia de novo.

— Talvez. Mas conseguiu me distrair. E não prestei atenção à chave.

— A chave da porta dos fundos do apartamento onde está o Van Gogh?

— Sim.

Eu me lembrava claramente do que fiz depois. Os quarteirões a bordo do carro chamado por Alex, antes de saltar, caminhar até a praia, andar pela areia molhada do Leblon ao Arpoador, o banho de mar pelado, vestir as roupas dobradas e deixadas na areia, atravessar o corredor junto ao parque Garota de Ipanema com os tênis na mão, pegar a Francisco Otaviano e, poucos metros à frente, a avenida Atlântica, caminhar pela pista de ciclistas até minha casa, absorto, sem dar atenção aos protestos e xingamentos da velharia fazendo jogging e dos ciclistas a quem meus passos absortos atrapalhavam, chegar em casa, jogar a roupa num canto até a hora de levar para a lavanderia, tomar uma longa chuveirada morna, sem ideia de quanto tempo passei dentro do box, sem ideia dos sinais que aquela porra daquela chave dentro do meu bolso vinha emitindo desde que o Uber se afastou do prédio de Valéria e Alex.

— Uma chave que é um...

— Localizador. Como tem em alguns smartphones — acrescentei, para deixar mais claro para quem, como ele, ignora novas tecnologias. — Como tem em alguns tipos de telefone celular.

— Uma chave que é um espião.

— Uma chave com um chip localizador, Ravello. Apenas isso. Tecnologia básica.

— Estás com ela?

— É evidente que não.

— Deixaste onde?

— No meu apartamento.

— Por quê?

— Alex já sabe mesmo o meu endereço, não faz diferença. Mas não quero que saiba mais nada. Onde você mora, por exemplo. Quero jogar a chave fora, mas...

— Precisas fazer uma cópia desta chave. Uma cópia comum. Sem esse... espião eletrônico.

— Sem o chip? Por quê?

— Podes precisar dela para pegar o Van Gogh.

— Não sei se vou roubar o quadro.

— Sequestrar. Não foi sequestrar que eles te propuseram?

— Foi.

— Então vão pedir resgate.

— Pedir resgate? Pedir a quem?

— Copias a chave que Alex te deu, sem esse chip espião, e deixas a chave aqui comigo.

— Você não me respondeu. Quem vai pedir resgate?

Ravello cruzou os braços, me olhando com surpresa. Só então me dei conta da minha reação abobalhada dos últimos dias. Um sequestro, seja de pessoa, animal ou objeto, tem por objetivo uma compensação financeira para sua devolução, é claro. Obviamente exige um pagamento. Surpreso com a armadilha exibida no notebook prateado de Alex, meio pelado naquela copa-cozinha gelada pelo ar-condicionado central, atordoado pelas imagens — *minhas imagens* — da esganadura do velho, fiquei tomado pela raiva e pela burrice, a ponto de sequer me fazer, ou a eles, a pergunta básica. Quem pagará o resgate?

— Para quem, Ravello? Para quem Valéria e Alex vão pedir resgate?

— Eles? Para ninguém.

— Ninguém?

— Eles são as vítimas, não o criminoso. O criminoso é que vai exigir resgate.

— O criminoso?

— O criminoso. O mesmo homem que estrangulou o pai deles e sumiu com o corpo. Com o corpo e com a tela de Van Gogh. Esse criminoso é que vai exigir uma grande soma em euros, ou dólares, ou barrinhas de ouro, ou seja qual for que esse criminoso exija. Para que a família tenha o corpo do amado pai de volta. Junto a "Campos de girassóis ao meio-dia sob nuvens de tempestade".

— Exigir de quem?

— Da seguradora do quadro.

— Como sabe que o Van Gogh tem seguro? E se não tiver?

— O pai era um escroque, os filhos são *doppelgängers*. Gente desse tipo não dispensa seguro. Seguro alto. De empresa internacional. Até para poder armar um plano como esse, em que tu entrastes como um *pantin*.

— O que é um *pantin*?

— Um boneco de madeira, manipulado por cordas que os espectadores não vêm.

— Fantoche.

— Tu és o fantoche desses *doppelgängers*.

Calou-se, esperando algum comentário meu. Eu não tinha nada a dizer. Se dissesse, era para traduzir *pantin* por palhaço, em vez de fantoche.

— Porém — ele retomou —, o menino da dupla...

— Homem — corrigi. — Alex é mais velho que eu.

— Esse Alex... Ele... Mandou esse bilhete que te enfureceu... Junto com a flor tantas vezes retratada por Van Gogh...

— Girassol. *Tournesol* em sua língua, Ravello.

Pelo tom cada vez mais baixo de sua voz, e pelas longas pausas, percebi: Ravello estava medindo o que dizia. E tecia algum tipo de raciocínio em que, eu também conhecia, toda aquela embolação passaria a fazer sentido.

— Estou certo — continuou, agora mais rapidamente — de que as particularidades do pagamento do resgate irão incluir discrição e negociações de depósitos em bancos fora do Brasil. Com essa, ou essas, seguradoras internacionais. Agora eu preciso que tu me digas. A ti, quanto os *doppelgängers* te prometeram?

Um punhado de dólares, em dinheiro vivo, era tudo o que me lembrava. Por mais que tentasse, só me recordava das palavras "bolada de dólares". Mas havia razão para ser tudo tão vago da parte de Valéria e Alex: eu não me comprometera.

— Se esse Van Gogh foi roubado de uma vítima do nazismo, tu estarás metido em um crime muito mais grave do que imaginas. Há organizações internacionais caçando arte sumida na Segunda Guerra Mundial. FBI. Interpol. Um crime muito mais grave. Muito mais. Pensa bem no que vais fazer.

— Eu não falei que topava roubar.

— Sequestrar.

— Eu não disse que topava.

Ravello colocou alguns gelos num copo alto, serviu-se de uma garrafa com líquido amarelado, completou-o com água até a borda. O resultado tinha o aspecto de água suja. Era um *pastis,* sua bebida favorita. Já provei. Tem gosto de vômito.

— Manda uma mensagem para o teu apaixonado. Diz que quer vê-lo. Só isso: "Quero te ver".

BAGDÁ, 1959

VIDIGAL, 2024

XV

Ya'akov, Nira e Eli Khadouri

Da garupa do mototáxi eu o vi, antes mesmo de chegar ao topo do morro, sentado em uma das mesas do terraço do bar, me esperando. E eu não estava atrasado. Achei que ia ser o contrário: ele me deixaria aguardando por pelo menos uns dez minutos, para demonstrar indiferença, antes de aparecer no Arvrão, num horário em que os moradores do bairro ainda não voltaram para casa ou não se animaram a sair para tomar uma cerveja, e os turistas já tinham feito sua peregrinação sociofolclórica à favela do Vidigal.

Que há muito tempo deixou de ser favela. Antes mesmo das Olimpíadas e da Copa do Mundo, quando os jornalistas fizeram dali um point, especialmente os europeus à cata de reportagens sobre locais exóticos do Rio de Janeiro para fascinar leitores-seguidores-telespectadores encantados com a-vida-na-favela-é-só-alegria-apesar-da-pobreza de filmes como *Orfeu do carnaval*.

Há décadas existem ali grupos de teatro, inclusive o premiado Nós do Morro, há pousadas listadas e cotadas com muitas estrelas na internet, sem falar nos edifícios de três, quatro e cinco andares com varandas de vidro fumê e piscinas — pequenas, mas, ainda assim, piscinas — nas coberturas. Umas, segundo sites frívolos, compradas por celebridades internacionais como o futebolista David Beckham. Outras — reveladas à meia-voz por vizinhos ciosos da própria sobrevivência — construídas e comercializadas por milicianos. No tempo em que artistas e craques do esporte ganhavam pouco dinheiro por sua grande arte, uma das moradoras do Vidigal foi a hoje mitológica cantora Gal Costa. Ainda assim, ainda há quem chame o bairro de favela, como Ravello, que lá nunca pisou, e estranhe um encontro marcado em um bar, mesmo que fosse o mais instagramável da área.

Ele não percebeu minha chegada quando saltei do mototáxi e caminhei em sua direção. Ou fingiu não me ver. Parecia um turista inglês na Itália, todo louro, todo vestido de linho branco e creme, mas os mesmos óculos espelhados da noite da rave compunham o retrato. Eu me vi refletido neles, de bermudão, chinelão e uma camiseta sem mangas, com os músculos e o bronzeado bem visíveis, conforme Ravello sugerira. Havia outras, várias instruções para a conversa que eu deveria levar com Alex. A primeira delas: não seja o primeiro a falar. Espere que ele te dirija a palavra. E fale o mínimo necessário.

Parei em frente a ele. Ficamos ambos calados. Aguardei.

— Pontual. Gosto disso — finalmente disse. — Sente-se. Seu pau está bem na frente da minha cara e esse volume não me deixa raciocinar direito.

Continuei de pé, calado, mais alguns segundos.

— Tira os óculos — comandei.

Ele retirou-os. Seus olhos azuis lacrimejaram. Fechou-os, abriu, piscou, tentando acostumar-se à intensa luz das três da tarde, no alto do morro carioca. Não eram lentes de contato coloridas, como as da irmã.

Sentei-me.

— Sabe por que marquei de nos encontrarmos aqui?

Dei de ombros.

— Aqui conheço todo mundo que vale a pena. Desde garoto. Comprava muita maconha deles, só para ajudar. Depois distribuía de graça no meu colégio. Se você me atacar, tenho quem me defenda.

Continuei olhando calado para ele. A paisagem por trás, se estendendo da praia do Leblon até o Arpoador, fazia uma moldura quase da cor dos olhos dele, marcando em seus cabelos louros um halo como os de alguns santos de Filippo Lippi. "Esse filhadaputa é bonito", pensei.

— Para que você me chamou, Igor? Se é para trepar, podemos sair direto para um daqueles motéis ali embaixo, na avenida Niemeyer. Você já esteve em muitos deles, eu aposto.

Estive, pensei. Em todos. Inclusive dois que fecharam durante a pandemia. Com os enrustidos e os casados, homens e mulheres, em geral no meio da tarde, quando diziam sair para uma consulta com a ginecologista, ou uma visita a um amigo em apuros financeiros, razões que evitam perguntas.

Um rapaz do bar se aproximou, colocou um copo de caipirinha na frente de Alex — me perguntou o que eu queria beber, falei água sem gás, ele se retirou.

— Caipirinha de cachaça com tangerina, manjericão e uma raspa de gengibre. — Alex levantou o copo, como a brindar. — Uma das boas coisas do Brasil. Você não quer uma?

Sacudi a cabeça.

— Naquela noite você também não bebeu. Mas falou que não gostava de champanhe. Não bebe nada?

— Não.

— Por isso tem esse corpo. E essa pele cor de chocolate que dá vontade de lamber. E a energia na cama, como naquela noite.

Fiz como se não tivesse ouvido. Ele voltou à noite de quinta.

— Que trepada, Igor, que trepada.

O rapaz trouxe a água mineral e um copo com gelo. Tomei uns goles direto da garrafa pequena.

— Você me deixou louco aquela noite — disse, tão logo o rapaz se afastou. — Quero transar de novo com você. — Sorria, parecendo verdadeiramente alegre, olhando direto para minha braguilha.

— Tira o olho.

— Relaxa. O pessoal daqui me conhece. Sabe que eu gosto de uma boa sacanagem.

Bebi o que restava na garrafa.

— Estou doido por você, Igor. Sério.

— O quadro — eu o interrompi. — O Van Gogh do seu pai.

— Depois a gente fala disso. *Business later, fuck first*. Vamos para um motel lá embaixo.

— "Campos de girassóis ao meio-dia sob nuvens de tempestade". Que você e sua irmã querem que eu sequestre.

— Depois a gente fala disso. Primeiro vamos trepar.

— Cala a boca e me ouve.

— Quando você fala assim, fico com mais tesão ainda.

— Aquele quadro do seu pai não é verdadeiro.

Alex se surpreendeu, mas reagiu de imediato.

— Claro que é verdadeiro.

— "Campos de girassóis ao meio-dia sob nuvens de tempestade" está na lista das pinturas de Van Gogh que os nazistas destruíram.

— Aquele quadro é um autêntico Van Gogh. A última pintura que ele fez, antes de se matar. Onde você viu essa informação louca de que é falso?

— O original foi destruído.

— Destruído é o caralho. Aquele quadro não está listado porque meu avô nunca o expôs em lugar nenhum. Nem emprestou para nenhuma retrospectiva.

— Destruído — repeti.

— Falam que foi destruído porque sumiu e nunca mais viram de novo. As seguradoras de grandes obras de arte sabem que ele existe. Que é autêntico. Inclusive, já avaliaram. De onde você tirou essa informação babaca?

— De um livro francês.

— Esquece essa porra desse quadro, Igor. Vamos transar.

— Está na lista das obras de Van Gogh que não existem mais.

— Vamos lá pra baixo foder.

— Você e a Valéria querem que eu sequestre um quadro que não existe oficialmente. Por quê?

— Depois a gente fala do sequestro. Eu vou fazer de você um cara rico, Igor. O michê mais rico do Brasil. Cheio de dólares!

— Pelo sequestro de um quadro que não existe?

— Tanto existe que você viu. E ficou embasbacado, não ficou?

"Nenhum sentimento, nenhuma sensação, nenhuma emoção, não admitas nada pessoal que sentiste", Ravello sublinhara. Deveria demonstrar indiferença à proposta de dinheiro. Virei-me em busca do garçom.

— Traz mais uma água sem gás — pedi.

Alex se agitou na cadeira, debruçou-se sobre a mesa e falou claramente irritado:

— Não está interessado no bolo de dólares que a gente pode te pagar?

Se o raciocínio de Ravello estava certo, tínhamos chegado ao momento próximo à cartada final.

— Depende.

— Depende de quê? É dólar, porra. Uma bolada. E você é pobre.

— Sou. E você quer que eu te coma.

Ele ficou sem saber como reagir diante da minha sinceridade. Ravello, mais uma vez, estava certo. Completei, para aquietá-lo:

— Eu posso até trepar com você.

— Então vamos descer. Eu estou com o carro aqui perto.

— Mas, antes, você tem que responder a uma pergunta sobre o Van Gogh do seu pai.

— O que o Van Gogh tem a ver com a nossa trepada?

— Onde seu pai comprou?

Alex deu a resposta que confirmou a justeza do planejamento de Ravello.

— Não comprou em lugar nenhum. Era do meu avô. Ele trouxe da Europa, quando veio para o Brasil.

Pronto. Eu já podia fechar com a próxima pergunta armada.

— Seu avô veio fugido?

— Meu avô? Fugido por quê? Ele não era judeu. Os judeus é que fugiram.

— Muitos nazistas, também. Para a Argentina e para o Brasil.

A caipirinha de tangerina com manjericão ficou a meio caminho, segura próximo a sua boca, mas Alex não bebeu. Apertou os olhos, como fazem os míopes, quando querem colocar a imagem em foco. Citei os nomes que Ravello me fizera memorizar.

— Josef Mengele. Adolf Eichmann. Gustav Wagner. Franz Stangl. Eduard Roschmann. Erich Priebke. Esses são os nazistas que se sabe que fugiram para cá. E para a Argentina. E para o Paraguai. Alguns foram presos e deportados, mas a maioria sumiu. Mengele morreu no Brasil. De ataque do coração. Numa praia.

Alex tomou um gole, colocou o copo na mesa, mas continuou a segurá-lo.

— Minha pronúncia é uma merda, mas você estudou em escola alemã, então deve conhecer esses nomes todos. — completei direto e seco, como Ravello me dissera para fazer: — Seu avô era nazista?

***

Na manhã de 14 de julho de 1958, na véspera de sua viagem a Londres, onde se encontraria com a noiva, a princesa Sabiha, do Egito, o jovem rei do Iraque Faiçal, de vinte e três anos, acordou ao som de intenso tiroteio.

Não era um som comum em Bagdá, muito menos próximo de seu bem protegido palácio Rihab.

Hostilidades armadas vinham acontecendo no país, porém longe dali, na fronteira com a Síria. Ou estavam relegadas ao passado, quando seu avô, Faiçal, com o auxílio do capitão inglês T. E. Lawrence, conhecido como Lawrence da Arábia, rebelou-se em 1916 contra o Império Turco-Otomano e tomou para si e seus filhos boa parte do território que, após a Segunda Guerra Mundial, incluiria Iraque, Jordânia, Síria e Palestina.

Judeus e muçulmanos, assim como a minoria cristã, conviviam harmoniosamente no território regido pelo herdeiro hachemita. Alguns funcionários de Faiçal II, um rapaz refinado, de gostos ocidentais, educado na Harrow School, na Inglaterra, a mesma frequentada por seu primo rei da Jordânia Hussein I, eram judeus. Inclusive o bibliotecário a quem recorria em busca de autores relevantes surgidos no pós-guerra, o iraquiano Ya'akov Khadouri e sua mulher, Nira, nascida na Pérsia, poliglota que falava e escrevia em seis idiomas.

A mulher de Ya'akov frequentemente o visitava na biblioteca do palácio Rihab. E sempre levava Eli, o filho deles. O garoto, desde muito pequeno, se mostrava encantado com os livros de arte ocidental que tinha permissão de, delicadamente, folhear. O que fazia, silenciosa e atentamente, por horas seguidas. Uma tarde, ao lhe darem uma caixa de lápis de cor e um caderno, viram, boquiabertos, o pequeno Eli desenhar, quase à perfeição, uma cópia do "*Cristo abrasado a la cruz*", de El Greco.

Nira passou, dali em diante, a incentivar o filho a criar cópias de outros grandes artistas. Chegou mesmo a tomar emprestados alguns livros de menor tamanho da Biblioteca Real, todos devidamente devolvidos na visita seguinte. Percebeu que ao filho encantavam, especialmente, quadros de Jan Van Eyck, Raphael e Luca Signorelli. Deste, especialmente uma obra intitulada "Corte de Pan", uma reunião de atléticos deuses nus que não devia fazer sentido para uma criança de tão tenra idade.

***

Para a família Khadouri, e tantas outras, mais de uma década após o fim da Segunda Guerra Mundial e do Holocausto, aqueles eram tempos de tranquilidade e paz no Iraque, embora a oposição do rei Faiçal II à formação da República Árabe Unida, costurada entre Egito e Síria, tivesse desagradado alguns setores militares, preocupados com o crescente fortalecimento de Israel, com o apoio dos Estados Unidos. Mas nada que pudesse levar a crer num golpe militar.

Estavam enganados.

Na manhã de 14 de julho de 1958, véspera de sua viagem a Londres, onde encontraria sua noiva, a princesa Sabiha do Egito, o jovem rei do Iraque Faiçal II foi informado de que militares rebeldes haviam tomado todas as áreas importantes da capital e declarado a república.

Liderados pelo capitão Abdul Sattar, os revoltosos invadiram o palácio Rihab. Detiveram Faiçal II, membros de sua família, como a avó Nafissa, e funcionários presentes naquela manhã, inclusive o bibliotecário Ya'akov Khadouri. Em seguida, ordenaram que todos se dirigissem ao pátio central.

Ao passarem pela horta junto à cozinha, uma fileira de soldados abriu fogo. Faiçal II foi atingido com vários tiros na cabeça. Depois, o penduraram pelo pescoço, em praça pública. Em seguida arrastram seu corpo pelas ruas de Bagdá e o incendiaram diante de uma multidão aos berros. Relatos posteriores de exilados afirmavam que, antes mesmo de arrastarem o corpo para fora do palácio, o jovem rei do Iraque tivera os órgãos genitais decepados e fora eviscerado.

Acredita-se que os restos mortais de Ya'akov Khadouri, assim como os do cozinheiro turco do rei e os de outros funcionários palacianos tenham tido destino semelhante ao de Faiçal II e, após dias jogados à fome de abutres e cães vadios, sepultados em cova coletiva, sem identificação, fora de Bagdá, enquanto os capitães e coronéis do golpe militar traíam-se uns aos outros em uma caça pelo posto de chefe supremo.

A rotina de traições continuaria até, alguns anos depois, o poder chegar e permanecer nas mãos de um antigo guarda-costas ou ex-professor, dependendo da fonte de informação, um facínora ou um líder carismático, também dependendo da fonte, chamado Saddam Hussein, que disputaria a liderança regional numa guerra de oito anos com o Irã e, em agosto de 1990, invadiria outro vizinho, o Kuwait, acabando por guerrear uma coligação de quarenta e dois países, arrastando o povo de seu país, rico em petróleo, para um dos níveis de vida mais miseráveis do mundo.

Quando Saddam Hussein iniciou a Guerra do Golfo, a expatriada Nira Khadouri havia morrido há mais de vinte anos em seu exílio na Espanha. Fugira, como tantos outros judeus e cristãos, depois do massacre no palácio Rihab.

Vivera as últimas décadas numa pequena cidade da Catalunha, confortavelmente sustentada por fundos de fonte não identificada, trazidos em dinheiro vivo por portadores diferentes a cada vez. Um deles deixara escapar serem envios originados do Rio de Janeiro, no Brasil, o que lhe pareceu uma insólita mentira, pois que não conhecia ninguém naquele distante país da América do Sul.

Ou assim acreditava.

Por sua própria decisão, Nira jamais quisera saber, nem permitira que lhe informassem, o destino do filho deixado numa agência católica de adoção, sem revelar sua religião original, evitando assim, ela esperava, perseguições antissemitas.

A transferência da responsabilidade pela criança para freiras da Ordem de Santa Zita aconteceu na Itália, o penúltimo dos muitos países por onde Nira Khadouri passara, exausta e desesperançada, após escapar dos militares golpistas de Bagdá.

Foram semanas e meses, com apenas uma mala, um medo sem tamanho, e uma criança nas mãos, atravessando Jordânia, Líbano, Grécia, Iugoslávia e Albânia, sobrevivendo de seus dotes de tradutora e professora de muitas línguas, até decidir ser mais seguro para Eli ficar na cidade de Ravello, onde a agência de adoção se comprometeu a manter os estudos de pintura e desenho da criança extraordinariamente talentosa em fazer cópias perfeitas de grandes obras de arte.

***

Também uma criança no berço, se a olharmos detidamente, tem o infinito nos olhos. Em suma, eu não sei nada, mas justamente este sentimento de não saber torna a vida real que vivemos atualmente comparada a um simples trajeto de trem. Andamos depressa, mas não distinguimos nenhum objeto de muito perto, e sobretudo não conseguimos ver a locomotiva.*

*Arles, 29 de julho de 1888.

XVI

Os moleques da praia

Ravello pintava quando entrei, digitando os códigos numéricos fáceis e idênticos — 1914-1918 — apenas invertidos, da primeira e da segunda portas de metal — azul-marinho a primeira, pintada de verde a segunda —, novidades exigidas por seus agentes de seguradoras. Como o falsário e as seguradoras se entendiam, eu não tinha a mais pálida ideia, nem tinha interesse em me aprofundar nisso. Me bastava saber que ele e elas eram mutuamente úteis. O resto não era da minha conta. Como ele deixara bem claro.

— Oi, Ravello. Estou chegando do Vidigal — avisei.

Ele levantou os olhos, óculos pendurados na ponta do nariz, ainda alheio, como ficava quando está mergulhado em seu processo de recriação.

— Arram — resmungou, entre os dentes.

Eu me sinto bem e me acalmo sempre que entro no ateliê de Ravello e o vejo flutuando em seu mundo particular. O resmungo, que é como sempre começam nossos encontros, parece que me ajusta dentro de mim mesmo, ainda que eu nem desconfiasse se estava ou não tumultuado. Entre aquelas imitações, cópias, rascunhos e quadros falsos eu me sinto apaziguado. O mais próximo que imagino do que seja *sentir-se em casa*.

— Estava com ele — falei, alto, fechando a porta verde.

— Arram.

— Com Alex.

Confio no Ravello, mais do que em qualquer outra pessoa no mundo. Quando eu era um garoto nas areias de Copacabana, dormindo por ali mesmo ou em algum vão de porta de banco, pedindo ou catando comida pelas portas e sacos de plástico preto de lanchonetes e botequins, foi ele quem me puxou, como se retira num naufrágio alguém a se afogar. Porque escolheu a mim, eu não sei. Ele já tinha pegado outros moleques fortes, em outras rodas de futevôlei, do Posto 4 ao Posto 6, depois pagava um hambúrguer com fritas ou um galeto com arroz, feijão e salada de tomate, dava algum trocado, *bença e tchau*. Esse tipo de coroa tão frequente e comum em Copacabana.

Não sei por que fez comigo o que fez.

Fui um dos moleques levados, ainda suado, o corpo salgado de água marinha, para o ateliê. Seria mais um e pronto. Era bom para ele, era bom para nós: tesão, mamada, galeto, cheeseburger, um short ou algumas notas, e só.

Mas não ficou no só.

Nunca perguntei por que me acolheu, me protegeu, me instruiu.

Nunca perguntei nada, aliás. Não sou de perguntar. Quem quiser falar, me fala. Respeito o silêncio dos outros. Como quero que respeitem o meu.

Olhando para trás, acho que foi depois daquela tarde em que vi a "Olympia" de Manet. E a mulher preta com a braçada de flores. A mulher igual à minha avó. Laure. A preta africana dos impressionistas.

Ravello passou a me olhar de maneira diferente depois daquela tarde. A me tratar diferente. E sou grato por isso.

Daquela molecada do futevôlei, ninguém está mais por lá. O barraqueiro em frente à rua Sá Ferreira me disse que foram sumindo, um a um, metidos em merdas com a polícia ou com traficantes, fugidos dela ou eliminados por eles. Não sobrou nenhum. Quer dizer, sobrei eu. Fora dali. Porque Ravello me tirou. Sou grato por isso. Nunca falei para ele, mas sou. Grato. De verdade. Confio nele como confiaria no meu pai, se eu tivesse um.

Mas tem coisas que eu não conto para ele.

Não tenho vontade de lhe contar, nem gosto de lembrar. Coisas do meu passado. Do meu tempo antes de ele me pegar.

***

Aprendi na época em que dormia nas plataformas vazias da estação Central do Brasil, ou ali pelos arredores do Ministério do Exército: um moleque amarrava com barbante seu tornozelo ao de um outro garoto, e esse no tornozelo do que dormia ao lado, que por sua vez se atava ao mais próximo, e assim podíamos dormir sem susto dos caras querendo raptar a gente ou fazer maldade. Juntávamos seis, oito, quantos estivéssemos perambulando ou tentando conseguir uns trocados por aquelas ruas. Uns não eram sozinhos, como eu, porém as mães estavam trabalhando como prostitutas pelos lados da Praça da República e as madrugadas eram as melhores horas para faturar.

Ligados pelos barbantes em nossos tornozelos, se algum filhadaputa puxasse um de nós, como acontecia tantas vezes, nós acordávamos e, mesmo pequenos, sempre com algum pedaço de pau ou barra de ferro guardada por perto, juntos a gente enfrentava e botava o escroto para correr.

Uma ou outra menina se protegia junto com a gente. Era mais comum ficarem com as mães, pegando clientes para alguma rapidinha no carro dos caras, mesmo. Alguns ofereciam grana extra, às vezes um talão inteiro de vale-refeição, se levassem a filha junto. Principalmente se a garota fosse virgem. O que nem sempre era fácil, pois quase todas tinham tido um padrasto, um tio, algum parente que chegou antes do adulto disposto a pagar pelo cabaço. Acontecia às vezes de essas meninas engravidarem. Encontrei uma sentada em frente a uma farmácia da Visconde de Pirajá, perto do Jardim de Alah, com o neném no colo, pedindo latas de leite em pó para alimentar a criança.

Era mais difícil resguardar as meninas. E nem sempre a gente mesmo escapava.

Naquela noite eu não estava na Central do Brasil. Não estava com meu tornozelo atado ao de ninguém. Estava em Copacabana, dormindo na areia perto do valão da rua Santa Clara, quando vieram uns grandões. Eram cinco. Eu estava sozinho. Não tinha nenhum dos outros moleques para me ajudar.

Os grandões me seguraram, taparam minha boca, abriram minhas pernas e me curraram. Um a um. Doeu pra caramba. Mas eu não chorei. Nem gritei de dor. Não ia dar essa satisfação àqueles filhas-da-puta. Me deixaram lá, sangrando e todo esporrado, do lado da língua negra de esgoto. Quando tive forças para me mexer, me arrastei até o mar, entrei na água e fiquei lá, boiando, boiando, até o sol aparecer no horizonte azul de Copacabana.

Desde aquela madrugada nunca mais consegui chorar.

Sempre que preciso descobrir como eu estou, de verdade, entro no mar e fico boiando. Pelo maior tempo que puder.

E passei a dormir com um estilete na mão.

Eu nunca perguntei, nem Ravello nunca contou por que começou a me fazer ler livros, a ouvir certas músicas e ver certos filmes, pagou para eu fazer o supletivo, depois o curso de tradução de Libras, me orientou como tratar os clientes de michetagem, me instruiu a prestar atenção nas conversas dele com clientes, às vezes falando português, outras em idiomas com os quais eu fui acostumando o ouvido, até chegar ao ponto, como agora, em que meio que falo inglês, quase bem, meio que falo italiano, não muito mal, sei me virar em espanhol, entendo, mas detesto falar francês.

Só leio em francês as cartas de Vincent para Théo. Nem queria ler, mas não consigo. Onde quer que eu abra, parece que tem um recado de Vincent para mim, parece que ele está falando comigo.

> **O melhor que resta a fazer é talvez rir de nossas pequenas misérias e também um pouco das grandes da vida humana. Assuma sua posição como homem e siga bem firme em direção ao seu objetivo. Nós, artistas, na sociedade atual, não somos mais do que o cântaro partido.***

Já ouvi Ravello falando no idioma que eu sei que era árabe, mas nem me interessei em saber coisa nenhuma daquela língua. Exceto uma palavra que

*Arles, 19 de março de 1889.

ouvi ele repetir mais de uma vez. *Al-Úmu*. Era uma pergunta, que ele fez. *Al-Úmu?* Para um agente suíço, outra para um espanhol, e outros. Muitas vezes, mesmo. *Al-Úmu?* Descobri que significa "mãe".

Muitos agentes de seguro falam com Ravello em francês. A maioria. São suíços, vários deles. Tem os suíços que falam em alemão, também, mas desses nem fico perto. Quando falam em francês, eu ouço e fico calado. Não gosto da língua, já disse.

De tanto vê-los, uma vez me dei conta de uma coisa, assim, meio bizarra. Posso quase dizer que eles se incluem também entre os invisíveis, os agentes de seguro. Todos, e são muitos, todos homens, todos acima dos trinta anos, têm a mesma cara, o mesmo jeito de não mover os músculos do rosto quando conversam, o mesmo terno da mesma cor que não dá para saber se é azul escuro, cinza, ou cinza azulado. Nunca tiram o paletó. Nunca afrouxam a gravata. Sempre calçam sapatos e meias pretos.

Eles me veem sentado pelo ateliê do Ravello, mas não estranham. Agentes de companhia de seguro, que lidam com falsificações de milhões de dólares e roubo de obras que valem centenas de milhões de euros ou libras, não têm mesmo com o que se espantar.

Essa relação entre falsário, ou copista, como Ravello prefere ser chamado, e seguradoras acabaria se mostrando mais salvadora do que eu jamais poderia supor.

— *Stop*! *Arrêt*! Nem mais um passo, não se aproxime! — gritou, em francês, ao mesmo tempo buscando algum pano para cobrir a tela no cavalete.

Congelei, como naquelas brincadeiras que tantas vezes vi crianças fazerem, numa pose esdrúxula, um braço para a frente, outro para trás, apoiado numa perna, a outra no ar.

— É uma encomenda secreta?

— É secreta. Mas não é uma encomenda. É para ti.

— "O príncipe alemão" de Albrecht Dürer?

— Tu lembras?

— Você disse que parecia comigo. Só que louro.

— Eu mudei de ideia.

— Não pareço mais com o príncipe?

Só então ele notou minha pose congelada.

— Tu podes entrar. Só não podes olhar. Vou cobrir. Espera!

Relaxei. Fui me aproximando devagar. Estava curioso.

— Ainda não pintei a parede de verde, Ravello.

— Então pinte. Verde-imperial denso, lembra-te. Muito intensamente verde. Teu presente está pronto — disse, cobrindo a pequena tela retangular, sem que eu conseguisse ver nada. — Eu estava a fazer alguns retoques, apenas, quando tu entrastes.

Afastou-se do quadro coberto, foi até a bandeja com garrafas e copos, serviu-se da mesma bebida amarelada favorita, adicionou água e uns cubos de gelo, bebeu.

— Tu estás com um ar quase sombrio. Não foi bom teu encontro com o *doppelgänger* apaixonado?

— Foi. Até certo ponto.

— Bom ou ruim?

— Bom. E ruim.

Minha intenção era contar toda a conversa com Alex. Sem omitir nada, pretendia. Mesmo se, no fundo, sem admitir para mim mesmo, talvez evitasse explicitar o que aconteceu no final. Um ato espontâneo, descontrolado, que surpreendeu a mim mesmo.

Pretendia.

Contar tudo.

E relatei, de fato, praticamente cada uma das frases que ouvi e perguntei. Mencionei cada detalhe, pequeno e grande, de que me lembrei, inclusive o da caipirinha de tangerina com toque de manjericão e raspa de gengibre, sua roupa de linho como um turista inglês na Itália, o olhar fixo em minha braguilha, a alegação de autenticidade da obra de Van Gogh de acordo com uma avaliação de um especialista estrangeiro, meus inúmeros momentos de silêncio para levá-lo a falar mais do que pretendia, tal como Ravello recomendara, as perguntas que me fizera decorar e que fui jogando para cima de Alex, uma a uma, à medida que ele ia se mostrando menos na defensiva. E todos os nomes de nazistas fugidos para a América do Sul de que me lembrei.

— E o *doppelgänger* a cada momento com mais tesão por ti — Ravello acrescentou.

Sim, e com os repetidos convites para descer e trepar em algum dos motéis da avenida Niemeyer, num frenesi tal como Ravello tão precisamente antecipara. Não sei jogar xadrez, mas imagino que os enxadristas utilizem estratégia semelhante à empregada por Alex e eu na mesa do bar, no alto do morro do Vidigal: dependendo de onde a peça for colocada no tabuleiro, será inevitável a movimentação do adversário.

— "Amor de pica, fica". Lembra que te contei?

— "Amor de pica"...

— "Fica". É de bichas de outra geração. Meu primeiro amante brasileiro que me ensinou. Tu levas uma outra vantagem, além do tesão de Alex por ti.

— Levo?

— Alex é o menos inteligente dos *doppelgängers*.

— Ele não é burro, Ravello. Sempre que puxei o assunto do sequestro do quadro, ele mudou o rumo da conversa.

— Eu não disse que Alex é um idiota. Nenhum psicopata é. Pelo contrário. Mas numa escala de perversidade, a nota dele é bem mais baixa que a da irmã. E será com ela que tu acabarás por lidar. Valéria, não é esse o nome dela?

— Valéria. Sim.

— Ela é que vai decidir sobre ti.

— Decidir o quê?

— Depois de tudo o que fizeste por eles, depois de tudo o que sabes deles, terão de achar a melhor maneira de...

Calou-se. Em seguida falou duas ou três palavras em línguas que não compreendi, como se a procurar a maneira mais clara de me fazer compreender.

— De se livrar de ti.

Pode ser que eu não tenha compreendido o sentido do que Ravello dissera em francês. Ou que, sim, pior ainda, entendera perfeitamente as palavras ditas em tom de alerta. E não sabia se estava incrédulo ou alarmado.

Diante do meu silêncio, deixou bem claro:

— De como irão te matar.

XVII

Atração pelo abismo

Aprendi a nunca duvidar do instinto de Ravello.

Mesmo quando não entendo ou acho difícil de acreditar. Mesmo quando o que diz me parece meio absurdo, acato sua opinião. Por tudo o que ele viveu, porque tem a cultura que não terei nunca, porque sei que não chega aleatoriamente ao que diz, sem base, nem sem raciocínio. Remoídas por dias e dias, enquanto mergulhado em silêncio ou nas sinfonias de Brahms e Mahler, suas escolhas quando está a cismar com alguma dúvida, um quebra-cabeças, um enigma como as tramas de Valéria e Alex. Mais as dela do que as do irmão.

Se não contesto, como não me recordo de jamais tê-lo feito, também acato porque opinião é algo que Ravello raramente expressa. Ele ouve, ouve, ouve muito. Pergunta muito, também. Às vezes, as perguntas nem parecem fazer sentido, como quando quis saber o tipo de roupa que Alex e Valéria vestiam, como eram seus sapatos, se eu tinha visto algum porta-retratos no apartamento deles, os quadros dispostos pelas paredes, quem primeiro se dirigiu para o quarto, o tamanho da cama onde transamos, o tipo e os materiais dos eletrodomésticos, a origem do presunto oferecido, o estilo e o material da geladeira, as cores e o tamanho da copa-cozinha, de qual material era feito o piso, até como era decorado o hall de entrada do prédio do Leblon.

Repito: não contesto suas razões. Entendo que é a maneira como vai compondo o retrato de quem quer analisar. Como se fossem camadas de pintura numa tela. Para chegar a forma, cor e textura certas.

— Valéria. Mãe americana, o pai, filho e neto de europeus. Pedi a uns amigos informações sobre Valéria e Alex. Os gêmeos são mais velhos que tu. Têm dupla cidadania. Podem entrar e sair dos Estados Unidos quando bem entenderem.

— Pediu informações a quem?

— Gente das antigas. Um amigo advogado, dois inspetores de polícia aposentados e agentes de clientes. As mesmas pessoas que souberam das histórias loucas que te contei do pai deles. E da mãe americana. Você não prestou muita atenção quando conversamos. Da mãe americana que tentou matar o pai a tesouradas. E a razão. Uma das possibilidades.

Eu teria me interessado por uma história de mãe tentando matar pai a tesouradas. Ravello esquecera de me contar. Ou guardara para si a informação.

— Valéria. É dela o controle dessa situação toda, a venda do quadro para bilionários russos. Antes da guerra de Putin contra a Ucrânia. Aposto que também partiu dela a ideia de livrar-se do pai. E de mandar te chamar para fazer sexo com ela e o irmão. Tu não disseste que foi Valéria quem pegou teu telefone naquela festa em Niterói?

— Rave. É "rave" que chama.

— Pegou teu telefone e também empurrou o irmão para cima de ti, não foi assim que se passou o primeiro encontro? Quando Alex beijou teu peito, em plena festa? Eu não vejo um átimo de espontaneidade, nem de acaso, em nada disso. Havia um empregado deles que te levou à festa, não havia? Estou seguro de que a mente capaz de engendrar essas minúcias é a dela. Valéria. Essa trama inteira do sequestro da obra de Van Gogh seguramente veio dela. Alex obedece. Quais serão as próximas etapas que ela tramou?

Não duvido das opiniões de Ravello, disse e repito, mas dou umas brecadas nele de vez em quando.

— De onde você tira essas certezas, se nunca viu, nem conversou com nenhum dos dois?

Ravello sorriu, com ar de quem se vê obrigado a exercer uma paciência cansada com um interlocutor obtuso, e pareceu mudar de assunto radicalmente:

— Quando vais pintar tua parede de verde-imperial-denso?

A reviravolta me desconcertou.

— Ainda tenho mais para contar do encontro com Alex.

— Sim, certo. Naturalmente que tens mais a me dizer. E eu quero ouvir, para decidirmos os próximos passos. Tive a ideia de um plano de como tu podes lidar com a *doppelgänger* brilhante.

— Valéria?

— Evidentemente.

— Acho que ela me... — fiquei em dúvida de como definir o sentimento de Valéria por mim.

— Te despreza?

— Sim.

— Evidentemente te despreza. Como também te despreza Alex. Tu és de classe inferior. Sentem repugnância pelo que és e deles mesmos, por te desejarem tanto. Os dois te querem. Muito. E tu? Tens tesão nela? Nele?

— Tenho tesão em todo mundo, você sabe.

— O desejo dos *doppelgängers* por ti... É tua proteção. Tua única proteção. O desejo e o desprezo. Eles sentem com... com tanto, qual é a palavra mesmo, essa atração intensa pelo que sentimos repulsa? Não me vem a palavra, nem em francês, nem em língua nenhuma. Espere um momento, espere. Vou achar a palavra. Há uma simbiose ali, percebes?

— Simbiose? Simbiose é o que, Ravello?

— Um e outro não são um e outro. São gêmeos. E extremamente semelhantes. O que um sente, o outro também sente. O tesão de Alex por ti é tal qual o tesão de Valéria por ti. Te desejam e te desprezam, percebes? Tem uma maneira de definir isso que agora não me vem à cabeça. Te querem, ardentemente. E têm asco de ti. E de si mesmos por isso.

Caminhou até uma das estantes, não a dos livros de arte, mas aquela onde acumulava, sem ordem, os livros de poemas, romances, em todas as línguas que era capaz de ler, inclusive árabe e persa, e onde se misturavam dicionários novos e desbeiçados, alguns com o carimbo "*Librairie Gibert Jeune, 26 Boulevard Saint-Michel*". Mexeu neles, abriu um ou outro, passou páginas com rapidez, parou em algumas, até parecer se lembrar de um livro na estante ao lado, e foi direto na prateleira, de onde retirou um exemplar de capa dura, antigo como quase todos ali, e em poucas folheadas tinha encontrado o que procurava.

— Cá está! — proclamou, vitorioso — "*Doppelzüngigkeit, Zweifelhaftigkeit. Impuls und Selbstzerstörung: die gesammelten Werke von Edith Radke!*"

— Isso quer dizer o quê?

— Eu sabia que havia uma maneira de falar desses impulsos de atração e repulsa, mas não me ocorreu o óbvio. Só os alemães criam palavras para sentimentos tão complexos e contraditórios. Edith Radke, uma discípula de Freud que sobreviveu ao campo de concentração de Ravensbrück, foi quem conseguiu definir.

Trouxe o livro até a mim.

— Veja. Leia aqui — apontou.

— Não sei ler alemão, Ravello.

— "*Anziehungskraft auf den Abgrund*" — ele apontou.

— Isso quer dizer o quê?

— O que os *doppelgängers* sentem por você. Irresistivelmente. Arrebatadoramente. O que pode salvar a tua vida. Porque tu sabes que eles pretendem te matar quando fores roubar o quadro, não sabes? Sim?

— Eu... não cheguei a imaginar que...

— Vão. Te matar. Não sei como, mas é claro que vão. Já se satisfizeram contigo, já te usaram, poderiam te descartar. Mas então é aí que entra a "*Anziehungskraft auf den Abgrund*".

— Isso é o quê?

— "Atração pelo abismo". Afundar junto contigo no que consideram o mais baixo, o mais desprezível. Nesse salto deles no desconhecido é que poderá estar a tua salvação.

Alex afastou-se de mim. O rosto, ainda há pouco próximo do meu, o tronco inclinado sobre a mesa, recolhendo-se, como uma súbita maré baixa. Ele me fez lembrar a imagem do mar se retraindo, antes de voltar como o tsunami no oceano Índico em dezembro de 2004, tantas vezes exibida e reexibida na televisão. Seu rosto tomara uma expressão impossível de decifrar. Perturbação? Espanto? Indignação? Aquiescência? Deboche? Nervosismo? Fúria?

— Mengele — repeti. — Priebke. Eichmann. Stangl... — não consegui recordar os outros nomes.

Seus olhos piscaram várias vezes seguidas, rapidamente, e por um momento me pareceu que ele ia chorar. Ou pular em cima de mim. Então deu uma gargalhada. Alta, sonora, cheia de raiva ou espontaneidade, eu não saberia dizer. Em seguida outra, e mais outra, bateu as mãos nas pernas algumas vezes, tossiu, deu uma nova risada, inclinou-se até recostar as costas na cadeira, agora dando risadinhas pequenas.

— Puta que o pariu — disse, depois de dar um gole na caipirinha. — Caralho, Igor, puta que o pariu! Que porra de maluquice é essa? Avô nazista? Meu avô? Cheirou uma fileira? Queimou um baseado? Está doidão? Em que porra de merda de livro de arte você foi buscar essa ideia de que o meu Van Gogh, que o Van Gogh da minha família, é a porra de uma merda de pilhagem nazista?

O Alex seguro de si tinha voltado. O ricaço louro agia como o contratante do michê simplório, para descobrir estar ao lado de um pobretão gostoso, mas doidão. Eu precisava reagir.

— Tem um livro que diz, sim, que fala desses... — Tentei lembrar o título, ainda desconcertado com a reação de Alex.

Eu tinha até esperado que a pergunta sobre o avô nazista o levasse a uma reação raivosa. Talvez tentasse me dar uma porrada na cara ou que se levantasse da mesa aos berros, ou, ainda, fingisse indignação, negando que sua família da Alsácia jamais tivesse mantido ligações com os nazistas. Os Schloendorf eram apenas e afinal alemães como tantos alsacianos também alemães se consideravam. O que eu não esperava que pudesse acontecer, o que não acreditava que Alex fizesse, seria admitir que "Campos de girassóis ao meio-dia sob nuvens de tempestade" fosse uma das 30 mil obras de arte desaparecidas, ocultadas, destruídas ou não, desde o final da Segunda Guerra Mundial.

— É um livro francês sério, porra! — falei, alto, tentando demonstrar revolta. — Está lá escrito, claramente, que esse quadro sumiu. Que pode ter sido destruído. Ou roubado.

— Desde quando você lê em francês, Igor?

— Eu entendo. Não falo, mas entendo.

— Michê que entende francês? Como é que é isso, Igor? Está escondendo o jogo? Você é mais do que uma piroca gostosa?

Talvez eu tivesse me mostrado menos limitado do que deveria. Precisava consertar essa impressão.

— Não estou escondendo nada. Inglês, eu falo. Você viu que eu atendi seu empregado americano. Quem está escondendo o jogo é você, fugindo do assunto.

— Que assunto, caralho?

— Esse Van Gogh sumiu. Pode ter sido roubado de alguma família judia. Tem pouco tempo o Museu de Arte de Zurique tirou cinco quadros de exposição. Um deles era um Van Gogh. Eram de um cara que vendia armas para os nazistas...

— ...chamado Emil Bührle? Na Zurique Kunsthaus? Eu também li. Não corremos esse risco.

Alex fez sinal para o rapaz do bar trazer outra caipirinha como a que acabara de esvaziar. Mordiscava os pedaços de gelo.

— Queria estar fazendo isso com seu peito. Mordendo seus mamilos. Ir descendo minha língua, enfiar no seu umbigo, lamber essa sua barriguinha musculosa e ir até os pentelhos... — riu, de olho na minha braguilha. — Vejo que você está ficando de pau duro.

O papo do filhadaputa estava, mesmo, me excitando. Não comentei. Voltei ao que realmente me interessava.

— Se eu topar sequestrar o Van Gogh, quanto eu levo?

— Você vai sequestrar o meu Van Gogh. Você sabe que vai.

— Como pode ter certeza?

— Conheço gente ambiciosa. Você não quer ser michê a vida toda. Daqui a alguns anos, você vai estar velho. Carne mole não vale nada na sua profissão.

Olhou o relógio.

— Preciso ir. Quer uma carona até lá embaixo? — ofereceu, deixando algumas notas sobre a mesa, sob o copo da caipirinha esvaziada em dois goles. — Posso te deixar na entrada do metrô da Antero de Quental.

Entrei no carro. Descemos a estrada do Vidigal. Ao chegar na parte de baixo, em vez de se dirigir ao Leblon, virou à direita, a caminho do motel Vips. Tinha a mão no meu pau. Eu não reclamei.

Nem contei para o Ravello.

Sem pressa, calado há um bom tempo, Ravello preparava mais um de seus drinques amarelos. Eu tinha certeza de que seu silêncio também tinha outro significado. Estava preocupado com minha sobrevivência e considerando planos para me salvar a vida.

— Aquele livro sobre as obras sumidas durante a Segunda Guerra, te recordas? — perguntou, acomodando-se em sua velha poltrona de couro, com o assento afundado de tanto uso, os braços brilhantes de tão esfregados.

— *Trèsors d'Art Disparus?*

— Sim, lembro.

— Pega-o. Abra na página do Van Gogh.

Fui até a estante, peguei o livro.

A página do "Campos de girassóis ao meio-dia sob nuvens de tempestade" estava marcada com uma folha de papel grosso. Abri-o. De um lado, estava a foto antiga do quadro, de má qualidade, parecendo mostrar um desbotado campo de trigo ou girassóis. Junto, na folha de papel, Ravello fizera uma cópia dela. O azul cerúleo ganhara subtons, as densas nuvens de tempestade mostravam-se mais sombrias, os girassóis reluziam abaixo delas, ao explosivo meio-dia, tudo reunido naquela pequena folha retangular de papel Canson como um... Um duplo, um *doppelgänger* em miniatura da tela do Leblon.

— Mas como...? — perguntei, admirado. — Como conseguiu? Você nunca viu o Van Gogh do Leblon!

Ravello riu, divertindo-se com a limitação do meu raciocínio.

— Tu não me ouviste contar sobre as recriações de Van Gogh que fiz para o Museu de Arte de São Paulo?

— Sim, me lembro. Eu me lembro da encomenda que as seguradoras lhe fizeram e também a outros dois artistas.

— Outros três. Cada um de nós pintou as mesmas quatro obras do Masp.

— Que estão em cofres de quatro bancos diferentes.

— Sim. Cada banco tem um Van Gogh autêntico e três cópias.

— Recriações — corrigiu-me.

— Mas você teve acesso total aos quadros do Masp. Pôde estudá-los. Reproduzir cada detalhe.

— Para recriar aquelas quatro obras, tive de estudar, muito, verdadeiramente muito, como Vincent manuseava as tintas, especialmente as sobras de tintas, até chegar às suas misturas de cores. Estudei e memorizei as direções e a intensidade, a pressão ou a suavidade de suas pinceladas. E, muito detalhadamente, me familiarizei com os crayons, o giz, a cinza, a terra, a estopa, tudo com que Vincent ia formando desde os rascunhos, até os esfregões finais com pedaços de madeira, com seus dedos, com laterais de lápis, ao completar cada obra.

Eu não tinha certeza se estava acompanhando o raciocínio de Ravello, menos ainda onde ele queria chegar.

— A arte é uma grande ilusão, eu te disse.

— Sim, Ravello, sim. Uma grande ilusão. Mas uma tela que você nunca viu, um quadro que...

— Se eu quiser, eu posso pintar como Van Gogh — ele me interrompeu. — E isso poderá salvar a sua vida,

— Salvar minha vida? Como assim?

Ergueu a cabeça, com indisfarçável orgulho:

— *Je suis Vincent van Gogh*!

Quando voltei da chuveirada, Alex dormia. De bruços, o rosto afundado no travesseiro, as costas bronzeadas e parte da bunda de pelos dourados contrastando com os lençóis claros do motel que encobriam o restante de seu corpo. Parecia um menino, ronronando em paz. As caipirinhas e a trepada o tinham relaxado. Ao contrário de mim. Senti inveja. E tesão. Como era bonito, o filhadaputa. Deitei-me a seu lado, levantei o lençol, cuspi no meu pau, comecei a penetrá-lo. Ele gemeu, acordando. Abriu-se para mim. Entrei, suavemente primeiro, depois inteiro. Peguei seu rosto, virei-o para mim. Beijei-o na boca.

O DIA SEGUINTE

XVIII

Horas mortas

Ela se atrasou. Claro. Tinha de marcar o descaso à minha mensagem de conversar sobre os desdobramentos da proposta do sequestro do Van Gogh. O que fariam comigo — essa era minha preocupação, eu não citava no *zap*.

Eu imaginara que Valéria me deixaria esperando, exposto às duplas e trios de ciclistas ladrões de celulares, frequentes naquele trecho do Leblon, naquele horário, e às irrequietas patrulhas policiais circulando sem foco. Alex teria agido do mesmo jeito, no bar do Vidigal, se não fosse pelo tesão de me arrastar para um motel da avenida Niemeyer. Se Alex e Valéria pensavam e sentiam igual, como os *doppelgängers* insistentemente citados por Ravello, ela também ia querer terminar me levando para algum motel. Eu aceitaria. Aceitarei. Só espero não ser o mesmo onde estivera com seu irmão.

Fiquei parado por um tempo do lado de fora da estação do metrô, onde cheguei pontualmente às dez da noite, conforme havíamos combinado. Uma hora morta, numa área morta, a apenas alguns quarteirões dos vivíssimos bares ruidosos da rua Dias Ferreira, onde gatas doidonas, ainda despidas com biquínis de praia da tarde, costumam desfilar a bordo de conversíveis de playboys de outros bairros, gritando impropérios para outras bonitonas, também quimicamente alteradas, sentadas em mesas com outros playboys da Barra da Tijuca e cercanias.

Saí caminhando devagar, rodando pela tristonha praça Antero de Quental, mais melancólica ainda naquelas horas mortas, com seu paliteiro de palmeiras anêmicas pontuando um dos jardins mais esquisitos da Zona Sul do Rio de Janeiro. Conheci a praça antes. Era graciosa, em sua simplicidade de quando o Leblon ainda não era bairro de gente rica. Tinha um escritor, Rubem Fonseca, morador das redondezas, que gostava de passear por ali, passar um tempo sentado em algum banco, e chegou a colocar uma placa com seu nome numa das árvores que a construtora do metrô arrancou e jogou no lixo. Se bem que os canteiros despejados com desmazelo na praça Cardeal Arcoverde, em volta da estação mais próxima de onde eu moro, têm arranjos de plantas mais prosaicos ainda.

Um velho, ou assim me pareceu, enrolado em uma manta emporcalhada, deitado sobre pedaços de papelão junto ao canto exíguo dos aparelhos de ginástica, a cabeça apoiada, à maneira de um travesseiro, num saco plástico cheio de latas para reciclagem, grunhiu algo em minha direção quando passei perto, provavelmente bêbado demais para conseguir pedir ajuda. Chequei meus bolsos, tinha algumas notas, guardei a que precisaria para a condução de volta, caminhei até ele, coloquei em suas mãos, fechei-as sobre elas.

— Não perca — eu lhe disse, sabendo que não me ouvia, em seu estupor. — Nem deixe que lhe tomem.

Naquela tarde, já estava saindo do ateliê para ir em casa, me vestir de Igor para o encontro com Valéria, quando Ravello me chamou e pediu que esperasse um momento. Aos pés da prancheta, pegou um pacote retangular, embrulhado em papel pardo, amarrado com barbantes. Ia me entregar, parou e perguntou:

— Pintaste a parede?

— Pintei.

— Verde-imperial?

— Sim.

— Ficou bonita?

— Ficou esquisita.

— Porque está faltando isto — sorriu, estendendo o pacote. — A pintura que te prometi.

Comecei a desamarrar o barbante, Ravello segurou minha mão.

— Não. Só abras quando chegares em casa.

Sentei-me na cama da quitinete, desembrulhei o quadro que Ravello pintara para mim.

Não era uma cópia do "Autorretrato" de Albrecht Dürer.

Era um detalhe da "Olympia" de Manet.

Apenas um rosto.

O da mulher negra trazendo a braçada de flores.

Com um acréscimo.

Atrás dela havia um espelho redondo.

O rosto refletido era o meu.

Dei mais algumas voltas pela praça, em ziguezague, apenas para fazer de outra forma o mesmo caminho, pela terceira ou quarta vez, quando um carro comprido parou, com o pisca-alerta ligado, um pouco à frente, na esvaziada rua General Urquiza. Era idêntico ao carro de Alex, só que de outra cor.

Cheguei perto, o vidro foi baixado na janela do carona. Valéria estava ao volante. Apertou um botão, a porta destravou. Entrei. O vidro da janela foi novamente erguido. O carro partiu. Não prestei atenção aos caminhos que tomava.

Nenhum de nós disse uma palavra. Era um jogo, sem dúvida, para saber quem venceria o constrangimento entre dois estranhos que só se haviam encontrado em circunstâncias incomuns para uma mulher da classe social dela, com um michê da minha: esfregação numa rave, fudelança em dupla, pagamento adiantado, melão com presunto, seminus na cozinha, mostra de vídeo de sexo tosco com prostituta testemunhado por velho entrevado, versão do mesmo vídeo com esganadura do velho na cadeira de rodas, chantagem para me fazer cometer um roubo. Um sequestro, nas palavras dela, ou do irmão. De ambos. Um diálogo cuidadosamente ensaiado entre os gêmeos.

O jogo do silêncio não fora algo que eu planejara, mas minha intuição me deu um ponto de vantagem. Eu não colocara o cinto de segurança, tanto porque não gosto de me sentir espremido contra o assento, quanto porque sempre me sento no banco de trás de táxis ou de Uber. Valéria usava o seu. Meu descaso a provocaria, presumi. Nem houve tempo. Um irritante plingue-plingue metálico passou a soar insistentemente e, ela e eu sabíamos, só pararia quando meu cinto fosse afivelado. Aguardei que Valéria me dissesse para fazê-lo. Não foi sua jogada. Em vez disso, começou a falar, propositadamente sussurrando, enquanto o agudo som estridente picotava o ar. Eu ouvia alguns trechos nos instantes em que o sinete parava por alguns segundos. Fragmentos de frases.

— ...você quis... nem meu irmão... lá ou aqui, todo lugar que possa... não pense que... de lá para cá, nem que... não eu, não, nem... fica muito além da...

Continuamos assim, entre o tilintar do aviso de afivelar cinto e suas palavras murmuradas, passando por quarteirões de ruas e avenidas embaçados atrás dos vidros escurecidos do carro, até chegarmos à pista junto à Lagoa Rodrigo de Freitas, perto da saída do Túnel Rebouças, de onde o cintilar das luzes de Ipanema era claramente distinguível.

Afivelei o cinto, o ruído cessou. Não lhe dei tempo, lancei logo a pergunta:

— Vocês vão me matar depois?

Sempre atenta ao caminho à frente, Valéria continuou dirigindo, sem nenhuma reação perceptível. Suspirou. Disse, em tom indiferente:

— Depois de quê?

— Do roubo. Depois de eu tirar o Van Gogh de lá.

— Não é roubo. É sequestro.

— Vão me pagar quanto?

— Depende da compradora.

— É uma mulher?

— É. Talvez seja. Ou não.

— Quero meu dinheiro em dólares. Notas. Fáceis de trocar. Nada de barrinhas de ouro, criptomoedas, não trabalho com essa porra. Entendeu?

Valéria fez o retorno em frente ao posto de gasolina da Fonte da Saudade, tomou a avenida Borges de Medeiros, subiu o viaduto, entramos no Túnel Rebouças, sem me responder. Eu me perguntei por que estamos indo para a Zona Norte. Valéria era o tipo de pessoa, eu acreditava, que só saía da Zona Sul para fazer o que os grã-finos costumam fazer. Ir a ensaios de escolas de samba.

— O depósito para nós, para Alex e eu — falou, sem virar o rosto para mim — vai ser feito no exterior. É uma operação complexa, envolvendo bancos e instituições financeiras de países diferentes, em continentes diferentes. Tem até uma operadora do Uzbequistão. Você não entenderia, nem tenho paciência para lhe explicar. Não vou revelar detalhes. Nem para o seu namoradinho eu contei. Ele quer os lucros. Isso lhe basta.

— Que namoradinho?

Tive a sensação de que ela tinha um sorriso irônico, discreto, quando se voltou rapidamente para mim, logo retornando os olhos para as pistas do túnel.

— Alex me contou a tarde de amor de vocês dois ontem, no motel.

— Contou o quê?

— Tudo. A tarde de amor empolgante. Que vocês transaram várias vezes. Muitas. Até ele não aguentar mais. Uma tarde de amor ardente, com piscina aquecida, vista para o oceano Atlântico, e várias garrafas de champanhe. Champanhe Dom Pérignon. Champanhe, Igor?

— Bebi uma taça, para brindar com Alex.

— Depois do seu discurso sobre detestar champanhe francês, seu namoradinho e você esvaziaram duas garrafas do champanhe francês mais caro do motel. E ele ainda ficou chupando champanhe que servia em seu umbigo. Que clichê ridículo. Molhava a cabeça do seu pênis e depois lambia. Imitaram um filme pornô antigo? Não se espante de eu saber detalhes. Alex me conta tudo. Como eu conto tudo para ele. Quase tudo — corrigiu-se.

Valéria estava vários pontos à frente em nosso jogo. Não me passou pela cabeça que os irmãos partilhassem esse tipo de detalhes íntimos.

— Me alegra ver Alex feliz — disse ela. — Ele raramente é. Nunca foi.

Saímos da primeira parte do túnel. Ela pegou a direita, na direção do Cosme Velho e de Laranjeiras.

— Quer subir até o Corcovado?

— Não.

— Então vamos só até o Mirante do Morro Dona Marta. A vista do Rio lá de cima é deslumbrante. Sempre levo meus amigos estrangeiros lá.

— Tem uma favela ali embaixo, você sabe.

— Sim, eu sei. Estrangeiros também adoram ver favela. Acham "*exotic and so fascinating*" — ironizou.

— Já morei lá. Tem muita gente boa que vive nesse lugar.

— Eu sei que você já morou lá. Que você já foi favelado.

— Você e Alex sabem muito sobre mim.

Achei que ela havia confirmado com a cabeça, mas logo em seguida não tive mais certeza.

— A sua favela — ela disse, sem me olhar — virou atração turística depois que o Michael Jackson gravou um vídeo lá, "They don't care about us".

— Não sou do tempo do Michael Jackson.

— Mas sabe quem foi, não sabe? — Seu tom era de claro sarcasmo. Mais ainda quando acrescentou: — Foi boa a festa de ontem, não foi?

— Do que você está falando agora?

— A do meu irmão putinha e o michê por quem ele se apaixonou. O michê contratado para sequestrar nosso quadro.

— Alex não é uma putinha. Ele estava...

— Enamorado — ela completou. — É evidente que Alex está enamorado!

— Está. E eu gosto.

— Você usou todos os seus truques de michê para deixar meu irmão de quatro por você.

— Não precisei de muitos. Ele é gostoso. Carinhoso. Trepa bem. Gosta de trepar. Como eu. A gente se entende bem na cama.

A subida para o mirante era cheia de curvas. Não passou nenhum veículo subindo ou descendo. Valéria aumentara a velocidade. Sua impaciência agora era palpável.

— Um michê que nem bonito é. Eu sei o que você quer, Igor.

— Sabe?

— Você quer se dar bem, levar mais dinheiro nessa operação com o Van Gogh, virar o namorado do meu irmão.

— Não.

— Não? Não, Igor? Pois ele me revelou que alugou uma suíte no Copacabana Palace para amanhã. E que vocês vão passar a tarde no Village Mall onde ele vai comprar roupas novas para você. E sandálias Hermès. Banho de loja no michê. Calças, camisas, cintos, carteira, o que precisar. Na Gucci, na Louis Vuitton, na Dolce & Gabbana, em todas as lojas de grife onde você nunca entrou. Grifes para tentar apagar esse teu jeito de sexo de aluguel. Para tentar fantasiar você de amigo de Alex Schloendorf. Com mesa reservada para jantar no Cipriani, de frente para a pérgola e a piscina.

— Sim. Mas eu avisei que não quero.

Se os *doppelgängers* sentem igual, como Ravello tanto frisa, aquela conversa seria sinal de inveja? De uma parte estar recebendo mais atenção que outra? Mais prazer? Valéria estaria com ciúmes do irmão?

— Falei para o Alex que não vou.

— Alex está de casamento marcado com uma menina de boa família de Curitiba, sabia?

— Sim. E daí?

— Você não beijou Alex na boca só uma vez.

— Não.

— Beijou muitas vezes. Depois Alex dormiu recostado no seu peito.

— Sim.

— Não te disse que eu sei tudo?

Chegamos ao mirante. Havia outros dois ou três automóveis, distantes um do outro, pelo estacionamento. Não vi pessoas.

— Não, Valéria, você não sabe.

Ela estacionou de frente para as luzes faiscantes de Botafogo, distante dos outros carros, desligou o motor. Ao fundo, a pedra do Pão de Açúcar delineava o limite entre a cidade e o escuro profundo da Baía de Guanabara.

— Do alto e de longe, o Rio de Janeiro é lindo. — Valéria suspirou, desafivelando seu cinto. Fiz o mesmo. Ela abriu a porta, fazendo menção de sair, mas parou. Virou-se para mim e pareceu que ia dizer alguma coisa. Hesitou.

— Já viajou, Igor?

— Não entendi.

— Desculpe. Não estou querendo te humilhar. Não foi minha intenção.

— Humilhar? Por quê?

— Grenoble. Já ouviu falar? Zakynthos? Ilhas Maldivas? Croácia? Toscana?

— Não.

— Sabe dirigir?

— Não.

— Sabe esquiar?

— Não.

— Você monta?

— Monta o quê?

— Tem um passeio a cavalo que eu adoro fazer na Toscana. E o Alex também. Entre Pienza, Gubbio e Artena. Parando para almoçar, enquanto os cavalos descansam. E é um encanto fazer uma visita ali perto, a San Gimignano. Já ouviu falar?

— Não.

— Uma joia medieval. Fazem muitos filmes por lá. E de Siena? Ouviu falar?

— Não.

— Alex e eu sempre passamos por lá, quando visitamos Florença. Florença você conhece, evidentemente. A Galleria Uffizi, o David de Michelangelo...

Não respondi.

— Alex e eu estamos pensando em levar a noiva dele para fazer essa cavalgada pelas colinas da Toscana. Talvez até planejar que o casamento seja por lá. Flavia tem família na Itália. Fabricam tecidos. Para alta-costura. — Ela mudou de assuntou sem pausar o discurso: — É bonito ver o Pão de Açúcar daqui do Mirante. Lá você já foi, tenho certeza.

Novamente não respondi.

Seu silêncio durou pouco.

— O Brasil não tem jeito. Depois de resolvermos a situação do nosso Van Gogh, vou-me embora. Quero viver sem sustos. Entre pessoas como eu.

Um dos carros estacionados ligou o motor, acenderam-se os faróis. Conforme girou na pista para sair, jogou luz por trás do rosto de Valéria. Foi como mágica. Delineou uma silhueta de um ouro escuro por alguns instantes, criando nela um halo idêntico, entre o lascivo e o místico, libidinoso e oculto, ao das Virgens Marias de Filippo Lippi. Tal como o esplendor que eu vira em torno de Alex no bar do Vidigal, me incendiando de tesão e encantamento como nunca por nenhum outro homem. O mesmo enredamento me invadia agora, diante daquela mulher bela como uma santa católica, bela como eu jamais vira fora dos quadros e de esculturas, pia e inacessível lá, aqui carnal e palpável, fazendo aflorar o que nunca tinha sentido por nenhuma mulher. Entendi, então, meu arrebatamento a cada gozada dentro do corpo de Alex.

Pensei em dizer para ela: “O meu tesão é por você”.

Tive vontade de contar para ela: “Quando eu como o Alex, quem eu queria estar fodendo era você. Você, Valéria. Você”.

As palavras não saíam da minha boca, mas eu me ouvia, contando para ela: “Fico de pau duro com o Alex porque, na minha imaginação, é em você que vou enfiar minha pica”.

Eu falava, falava, falava, e não conseguia dizer nada para fora da boca.

“É você que eu vou comer por trás, pela frente, enfiar meu pau na tua boca, esfregar nas tuas coxas, botar ele entre os seus peitos, no rego da tua bunda, te lamber toda, morder tua orelha, enfiar minha língua no teu ouvido, morder teu pescoço, deixar ali a marca dos meus dentes, te fazer gritar, gemer, pedir mais, falar me come, seu michê filhadaputa, me fode, me arromba, me endoidece. Você gostou de trepar comigo, Valéria, sei que gostou.”

Nem um som. Nada. Eu continuava dizendo tudo o que queria que ela ouvisse, mas dentro do carro era só silêncio.

“Você nunca tinha sido comida como eu te comi, fala a verdade. Fala a verdade, Valéria. Nunca, ninguém, te fodeu tão bem. Nunca, ninguém, te fez gozar tanto como eu te fiz gozar. Você gemeu mais que o seu irmão. Você riu, Valéria. Você riu! Riu como uma criança. Deu gargalhada gozando. Quando foi que isso te aconteceu antes? Nunca, Valéria, eu aposto. Nunca! É você, Valéria. É por você. Eu beijo o Alex, eu faço carinho no Alex, eu fodo com o Alex pensando em você. Só me imaginando com você. Dentro de você.”

Nem uma palavra sequer consegui dizer.

Em vez disso, avancei sobre ela, segurei com força sua cabeça, puxei-a para mim. Ela resistiu. Tentou me afastar. Puxei com mais vigor. Ela virou o rosto, evitando que minha boca a tocasse. Investi sobre ela, consegui beijá-la do lado dos lábios. Quanto mais ela se debatia, mais eu a agarrava, mais excitado eu ficava, mais tinha vontade de penetrá-la ali mesmo, rasgar sua blusa e morder seus peitos, deitá-la no banco e possuí-la à força, comer aquela mulher altiva e provocadora como uma mártir cristã, agora pegando-a pelos cabelos, ela me dando tapas e socos no peito e na cabeça, se debatendo, gemendo, mas sem dizer nenhuma palavra. Então a joguei contra a porta, ela bateu com a cabeça no vidro da janela, disse um "ai", suas mãos se abriram, seus olhos reviraram, logo voltaram a ficar estáveis, olhando para os meus muito assustada e eu parei.

Larguei seus cabelos.

Acariciei seu rosto.

Desci as mãos por seu pescoço, até seus seios. Apalpei-os. Apertei-os. Meu pau latejava de tanto tesão. Abri minha braguilha.

Seus olhos já não mostravam medo.

Sem que eu antevisse, Valéria me deu um soco no ouvido, em seguida outro no pescoço, como alguém treinada em defesa pessoal. Aturdido, com uma das mãos dentro da calça, senti novo golpe no ouvido. Ela se inclinou sobre mim, célere, abriu a porta do meu lado, me empurrou, me chutou. Caí para fora, junto à murada. Ela abriu o porta-luvas, puxou dali um objeto metálico. Uma pistola. Prateada. Segurou-a firmemente, com as duas mãos. Sabia o que fazia. Com calma, apontou-a para mim. Para minha cabeça. Para o meio da minha testa. Tinha o dedo no gatilho. Ia atirar.

De súbito, pareceu mudar de ideia.

Ainda com a porta aberta, deu partida no carro, enquanto eu, de quatro, tentava me levantar.

Vi as luzes traseiras se afastando, até sumirem, descendo a estrada.

DOIS DIAS DEPOIS

XIX

Sem piedade

Aquela música não me lembrava de jamais Ravello ter ouvido. Não comigo por perto, com certeza. Era um disco. Um LP. Ele tinha muitos, num móvel separado das estantes de CDs e cassetes, gravações preciosas, dizia, de música clássica e de artistas populares em outros tempos, alguns dos quais me apresentara, como Melina Mercouri, cantando em grego, mais uma das línguas que Ravello falava. Mas ele raramente retirava a tampa de acrílico para usar o toca-discos alemão, acho que eu já disse antes, acumulando poeira num canto do ateliê.

Fora direto lá, quase saltando da velha poltrona de couro. Logo encontrou, retirou da estante um LP de capa dupla e o colocou para tocar num volume tão alto que me dificultava atinar o sentido de sua frase curta, quando terminei o relato de minha descida pelos becos e vielas da favela Dona Marta, naquela madrugada, depois de jogado para fora do carro de Valéria e da pistola prateada apontada para minha testa:

— Sem piedade!

Ficou andando de um lado para o outro, enquanto os sons intensos de uma ópera, que era uma ópera eu tinha certeza, sacudiam os vidros dos janelões.

De forma incessante e pujante, os instrumentos se combinavam de maneira esmagadora.

Eu percebia trompas, trompetes, tubas e trombones, avançando e recuando numa melodia a que eram adicionados muitos, muitos violinos e violoncelos, flautas, fagotes e clarinetes, e pratos, e bumbos, tambores — ou o que soava como tambores —, oboés e clarinetes, trompetes, tudo junto, subindo, e subindo mais, cada vez mais tonitruantes, ensurdecendo, depois suavizando, diminuindo o tom e adoçando, quase tanto quanto nas sinfonias de Mahler a que Ravello se entregava quando buscava soluções para problemas que se via obrigado a encarar. Ou enigmas que exigiam serem solucionados.

Ravello parou de andar subitamente. Foi ao toca-discos, levantou o braço.

Foi assombroso o brusco silêncio na sala.

Podia ouvir sua respiração agitada.

Quedou-se imóvel por um tempo.

Tive a sensação de que ia começar a dizer alguma coisa, mas nada. Só a respiração pesada. Pensei num animal feroz, preso numa jaula. Mas como, se eu nunca tinha visto um bicho de verdade, nunca tinha pisado num zoológico?

Tirou o disco, enfiou-o na capa e guardou o LP. Permaneceu de costas por mais um longo minuto. Respirou fundo. Só então virou-se para mim.

— Fala! Quero ouvir! Fala! Diz-me o que te passou pela tua cabeça. Diz! Diz!

A cólera de seu tom me surpreendeu. Respondi com sinceridade:

— Parece música de filme de caubói.

— Música? Música! De qual música falas?

— Essa. Que você ouvia aos berros. Não foi o que me perguntou?

— Richard Wagner! Caubói?

— Música de índios atacando caravana de brancos. Flechas de fogo. Incêndio. Gritaria. Tiros. Caubóis matando gente. Cavalos caindo.

— Índios! Índios? Depois de tudo o que tu contaste? Ora, vá te deixar foder pelos gregos! Tu és um idiota! Completo idiota!

Esses ataques de fúria de Ravello eu já testemunhara, mas poucas, raríssimas vezes. Posso contar nos dedos. De uma só mão. Quando se enganou na mistura de cores de uma paisagem de Camille Pissarro, sua cópia desandou, e ele a destruiu, com cavalete e todo o resto, e os pisoteou. Quando contestou furibundo o comentário de um cliente que achou pouco tropicais as cores dadas por ele a um Gauguin, enfiou um estilete na tela, cortando-a de alto a baixo, jogando os pedaços sobre o ricaço libanês. Mais que qualquer outra, me lembro da tarde em que cheguei e o encontrei uivando, chorando e quebrando copos e pratos depois de receber a notícia da morte de uma pessoa na Espanha, que nunca descobri quem fora. A noite em que expulsou uma empresária alemã, depois de ouvi-la chamar de afrescalhada sua cópia de "O caminhante sobre o mar de névoa", de Caspar David Friedrich. E mais algumas outras. Poucas. Comigo, porém, jamais. Contra mim, nunca. E era a mim que seu furor então se dirigia.

— Precisei ouvir essa infernal "Cavalgada das valquírias", eu que abomino a truculência de Richard Wagner, para tentar fazer algum sentido do que me revelastes! Precisei desses malditos deuses nórdicos porque a música de Wagner me deixa tão aturdido que acabo me acalmando. E eu precisava me acalmar. Fiquei chocado com tua maldade.

— Que maldade, Ravello?

— *Râpé*. Bárbaro!

— Mas o que é "râpé"?

— Pega o dicionário.

— Não precisa — falei, abrindo o app de tradução do meu celular. Logo decifrei.

— *Râpé* significa "estupro". Eu não estuprei a Valéria.

— Tu ias cometer um estupro. Tu ias usar tua força masculina, a tua brutal força masculina para subjugar uma pessoa mais fraca. Tu ias cometer o crime mais praticado nessas malditas guerras que explodem a todo momento, por todas as partes do mundo. E que vitimam justamente aqueles que são os mais fracos. As mulheres e as crianças. Uma covardia, uma covardia sem tamanho! Tu só não o fizeste porque ela te enfrentou. Não vês a barbaridade que irias cometer? A covardia?

— Nenhuma! Covardia nenhuma. Barbaridade nenhuma. Ela me queria daquele jeito. Valéria queria que eu fizesse aquilo, queria que eu a agarrasse, que eu a comesse com força, com domínio sobre seu corpo! Valéria me desejava! Ela estava cheia de tesão por mim! Ela queria. Eu fiz o que ela esperava que eu fizesse. Ela queria ser penetrada com fúria, queria que eu me mostrasse mais forte do que ela. E Valéria estava gostando!

— Gostando? Para depois te dar um tiro na cabeça? Ela seria capaz. Tu sabes que ela seria capaz!

— Isso foi depois. Mas, antes...

— Cala-te! Ela só não atirou porque deve ter-lhe passado pela cabeça o quanto tu podes ser útil nessa venda do Van Gogh.

— Ela tem tesão em mim, Ravello. Ela queria tanto minha pica quanto o irmão dela.

— Cala tua boca!

Ravello sacudia a cabeça, novamente andando de um lado para o outro do ateliê, intensamente, impacientemente. Nunca tinha ouvido sua voz em tom tão alto, tão agudo. Falava cada vez mais rápido, engolindo as últimas sílabas de algumas palavras. O francês que sempre pronunciava impecavelmente, como um professor do idioma, revelava, aqui e ali, um sotaque, estrangeiro, sem dúvida, diferente de qualquer outra pessoa que eu já tivesse ouvido.

— Não vês que tu não tinhas desejo? Era ódio o que tu sentias! Ódio! Tu odiavas aquela mulher e ela percebeu. Se ela quis antes, se ela te desejou antes, ardentemente que fosse, ali não te queria mais. Tu te tornaste um monstro. Ela reagiu, ela te socou, ela te empurrou, ela tentou te manter longe enquanto tu agarravas seu cabelo como... como um troglodita.

De nenhuma maneira eu conseguia atinar como Ravello, que desde o primeiro momento falava de Valéria como uma encarnação da perversidade, como uma maléfica *doppelgänger,* agente de uma perniciosa armadilha para me incriminar pelo assassínio do pai, utilizando sedução, estratagemas, recursos pérfidos e até truques de inteligência artificial, passava a ser defendida pelo mesmo homem que, desde o começo, me alertara sobre seu diabolismo.

— Valéria queria que eu a comesse. Valéria me excitava para que eu penetrasse nela — retruquei. — Valéria queria que eu a fodesse ali mesmo, dentro do carro, naquele lugar deserto, junto da favela, para onde me levou. Não compreende o fetiche dela? Ser comida com violência num lugar público. Perto da favela. Com todo o perigo que aquela situação representava.

— Sim e não, sim e não, sim e não!

Pude apenas olhar para ele, perplexo. Não sabia o que lhe responder.

— Por que te calas?

Foi minha vez de repetir o gesto dele e sacudir a cabeça de quem nega qualquer compreensão do que se passa.

— Tu não percebes?

— Não, Ravello. Não percebo.

— Tu fodeste o irmão dela à exaustão. Fodeste Alex até ele te pedir para que parasses. Até ele não mais aguentar que o fodesses tanto.

— Sim. Outros já pediram que eu parasse.

— Mas não eram *doppelgängers*! Não eram...

Calou-se. Gesticulava, circulando uma mão em torno da outra, como se daquela forma pudesse me fazer perceber algo que não lhe vinha em palavras.

— Não eram o que, Ravello?

Insistiu no gesto, girando as mãos, enfiando os dedos de uma na outra, gaguejando, até desistir, baixar os braços e chegar mais perto de mim, falando baixo como se receasse que outros ouvissem. Ou como se receasse o que ele mesmo dizia:

— Tu fizeste o imperdoável.

Ele agora segurava meus pulsos, apertando-os.

— Tu fizeste o *doppelgänger* se encantar e se apaixonar.

Falou, muito pausadamente, voltando à correta pronúncia francesa habitual. Carregada, porém, de um tom de urgência, como um alerta.

— Tu deste a um dos duplos o prazer e, pior, muito pior, tu deste ao irmão de Valéria o carinho, tu deste a ele, e apenas a ele, o que tinha de ser dela. Tinha de ser dos dois, pois que são um só, porém tinha de ser dela, primeiro. Dela, antes de tudo. Valéria é o cérebro dos *doppelgängers*. Ela é que é capaz de conceber a estratégia, é ela quem sabe manipular, o irmão é apenas, apenas... apenas...

— Apenas o quê?

— Alex é apenas um pederasta obediente. Sim, apenas um pederasta obediente e, entretanto... entretanto... foi a essa criatura, esse *doppelgänger* passivo a quem ela chamou de "meu irmão putinha", foi a esse, e não a ela, que tu demonstraste amor.

— Demonstrei o que, Ravello?

— Amor.

— Você endoidou.

— Amor.

— Que amor, porra, que amor? Eu apenas fodi ele. E fodi bem fodido. É o que eu faço. É o que sei fazer.

— Tu o fodeste com amor.

— Que porra de conversa maluca é essa?

— Amor, sim. Amor! E da pior espécie. Amor como tu jamais esperaste sentir. Tu amas o *doppelgänger*.

Amar é um verbo que nunca utilizei. Nunca fez sentido para mim. Tampouco vi ou ouvi utilizado fora de cenas de novelas e de anúncios de televisão para vender panetone em datas festivas. Teve um poeta famoso, cujo nome não me lembro, que admitia fazer versos de amor só para comer gente. Se não me engano, era um coroa que gostava de comer novinhas. Escrevia, seduzia, comia, depois passava para outra. Amar era útil para ele comer as meninas. Mas amar um homem? Ademais, um homem que eu já estava comendo? O raciocínio de Ravello desmilinguía-se depois daquela hora da cavalgada dos deuses nórdicos. Eu lhe disse isso. Mas ele não me ouviu. E continuou:

— Valéria percebeu que tu amas o irmão. E ele a ti. Atravessaste a barreira que só ela comandava. Amando Alex e não a ela, tu provocaste a fúria de Valéria. Como é possível a parte amada da dupla não ser a mais inteligente, a mais bela, a mais preparada? Como é possível você amar o "irmão putinha"? Isso era inaceitável. Era doloroso. Você rejeitou justamente a metade mais astuta, a mais esplêndida, a mais digna de admiração dos *doppelgängers*.

Mais uma vez Ravello se calou, sacudindo levemente a cabeça, de um lado para o outro.

— Que tolo foste.

Ouvi, calado. As palavras dele começavam a fazer sentido. E eu não estava gostando de ter de reconhecer isso.

— Ela te seduziu, seu grande tolo. Ela te fez crer que era a ela que tu desejavas, não ao irmão. Valéria manipulou tua vaidade e, ao mesmo tempo, a tua segurança de que teu poder está no teu pau. Tudo simples assim.

E foi se mostrando agressiva. Foi deixando claro como era uma mulher de classe muito superior à tua. Que tu não eras senão um michê contratado para comer um casal de irmãos. Contratado e pago. Tu eras alguém que jamais tocaria numa mulher como ela. A não ser quando ela quisesse. Se ela quisesse. Quanto ela te pagasse para fodê-la. Percebes o jogo que ela fez?

— Ravello, eu acho que, neste caso, você...

— Não me interrompe. Ouve! O carro, com ela própria ao volante, na mesma praça do Leblon onde um motorista havia me pegado da primeira vez para comer a puta, assistido pelo velho na cadeira de rodas. A rota aparentemente espontânea, tomando a pista em torno da Lagoa, o túnel para a Zona Norte, descendo no Cosme Velho, o convite para visitar o Corcovado, o desvio para o Mirante Dona Marta. "Já foste à Toscana?", ela te perguntou. "Sabes cavalgar? Sabes esquiar?". Deixando clara, límpida e transparente a diferença entre a tua classe de servidor, e a dela, de classe a ser servida.

Conforme ele falava, tudo o que passei na noite anterior voltava a minha mente. Igual, mas diferente. De espontâneo não teria havido nada. Nenhuma rua, nenhuma avenida, nenhum viaduto fora tomado por acaso. Havia uma estratégia, e ela foi seguida à risca. Como na puta e o velho. Como o americano na rave. Como os figos com presunto. Melão. Melão com presunto. E o champanhe. Tudo minuciosamente arquitetado. Cada frase. Palavra por palavra. Um jogo, tudo.

— Ela te fez acreditar que tu jamais a terias. Um outro homem, sim, seu "irmão putinha", sim. Mas não a ela. Que tu jamais poderias possuir uma mulher como ela. Se não à força. Se usasses violência. Só assim devolverias o asco, o desprezo, o nojo do michê, não vês? Não vês?

O instante em que meu desejo aflorou por ela, sem fronteira nem limite, lembrei-me, foi o momento em que os faróis do outro carro a iluminaram, criando um halo etéreo, e vi nela a mesma beleza santa despertada pelo halo dourado em torno da cabeça de Alex, no final da tarde, no alto da outra favela, a do Vidigal.

Sentei-me. Estava meio zonzo. Uma sensação parecida como a que senti caído no piso do estacionamento, vendo as luzes traseiras do carro de Valéria sumirem na estrada. Aturdido e sem entender o que se passara entre nós. O perdedor do jogo. A perplexidade do goleiro depois de sofrer o gol.

— Agorinha mesmo você... — balbuciei. — Você defendeu Valéria. E depois chama tudo isso de... uma tapeação. Uma...

— Sedução.

— Mas você foi contra eu comer a Valéria ali mesmo e...

— Eu fui. Eu sou. Sempre serei. Tenho certeza de que ela foi abusada quando criança. Talvez por aquele pai louco. A sedução é seu recurso para acreditar que a culpa do abuso é dela. E não do pai.

— Não te compreendo, Ravello.

— Nada é mais doloroso do que um estupro. É uma cicatriz que não fecha. Uma dor que nunca passa. Jamais. Jamais.

SESSENTA E CINCO ANOS ANTES

XX

Albânia, 1959

Alertada de que Ya'akov fora fuzilado, decapitado, incendiado, devorado por aves de rapina e enterrado em uma cova coletiva além dos limites de Bagdá, Nira Khadouri compreendeu que, só abandonando tudo o que havia construído no Iraque, ela e o filho escapariam do destino do marido e de todos os funcionários e familiares ligados ao rei Faiçal II.

E que, para sobreviverem, teria de esquecer os limites de decência e humanidade que a haviam norteado até então.

Pelos longos meses entre a fuga de Bagdá para a Jordânia, pelo deserto, até chegar a Ravello e tomar a decisão mais dolorosa de sua vida, a de ali deixar o filho em segurança, Nira subornou, tapeou, mentiu, ludibriou, dissimulou, seduziu, enganou, extorquiu, furtou, caloteou, usou todos os recursos e estratagemas legais e ilegais, honestos ou inescrupulosos na busca desesperada de um abrigo seguro para ela e, mais que tudo, para preservar a vida e o prodigioso talento de seu pequeno Eli.

Conseguiu, de uma maneira ou de outra, até chegarem ao Porto de Saranda, última etapa antes de cruzarem o mar Adriático para Brindisi, na Itália, onde lhes fora assegurado asilo.

Ali, guardas do corrupto regime do ditador Enver Hoxha exigiram dinheiro para permitir a travessia.

Ela não tinha mais nenhum.

Ofereceu seu próprio corpo.

Os militares a levaram para uma cela e ali, um a um, se satisfizeram.

Ao perceber o pequeno Eli a chorar num canto, um deles decidiu divertir-se dentro do corpo franzino do menino.

Nenhuma luta, nenhum berro, nenhum pedido de piedade de Nira impediu que o soldado fizesse sua vontade com o filho, diante da mãe.

Mesmo depois de a criança ter desmaiado de dor.

PARIS, CENTO E TREZE ANOS ANTES

RIO DE JANEIRO, CENTO E TREZE ANOS DEPOIS

XXI

A falsa Mona Lisa do Louvre

DEVO TER ADORMECIDO. No chão, como sempre durmo melhor. Em cima do tapete afegão de Ravello, o que era mais perfeito ainda.

Tenho cama, colchão, lençol, travesseiro, na minha quitinete, aquilo tudo previsto para fechar os olhos e adormecer, como todo mundo, mas nunca me acostumei. Foi tanto tempo dormindo pelas calçadas do Catete e do Centro, nas areias de Botafogo e Copacabana, nas escadas da Candelária, no piso cimentado das plataformas da Central do Brasil que, sem me dar conta, até hoje, no meio da noite saio da cama e vou para o chão. Eu me sinto mais, sei lá, tranquilo assim, do que em cima de um colchão. Ou um sofá, como creio que foi onde adormeci, ouvindo Ravello contar sobre a falsa Mona Lisa.

— A falsa — confirmou —, a que está no Louvre. Adorada por milhões. Fotografada por gente crédula, convencida pela publicidade oficial, todos amontoados, com seus celulares, máquinas fotográficas e filmadoras, em torno do quadro mais famoso da arte ocidental. Uma cópia. Muitíssimo bem-feita. Mas uma cópia.

— Como sabe que a Mona Lisa do Louvre é falsa? Por que esse assunto nunca apareceu na mídia?

— Apareceu, mas foi abafado. Pense nos milhões de euros que a França, que a Europa, lucra com os turistas sequiosos de contarem que viram a

Mona Lisa. São mais de 10 milhões de visitantes por ano. Quem quer perder tanto dinheiro?

Se existe uma pessoa no mundo capaz de apontar o que é falso e o que é autêntico em matéria de arte, esse alguém estava bem ali na minha frente. Mas a Mona Lisa do Louvre? Falsa? Era duro de acreditar, eu lhe disse.

— Todo especialista em arte sabe que a Gioconda do Louvre é uma cópia. Foi pintada em 1505, dois anos depois da original de Leonardo. Antes de Da Vinci criar a técnica do *sfumato,* que utiliza verniz de madeira para derreter e suavizar as marcas das pinceladas a ponto de desaparecerem.

— O oposto das pinceladas brutas que distinguem a pintura de Van Gogh.

— Exatamente. Brutas e espontâneas. Van Gogh não fazia esboços, pintava direto, conforme seus sentimentos afloravam.

— Pintava direto na tela?

— Sim, a partir de um certo momento de sua carreira. O total oposto de artistas como Leonardo da Vinci e seus discípulos. A Mona Lisa que pode ser vista no Museu do Prado, em Madri, não apresenta nenhum sinal de *sfumato*. Porque Leonardo ainda não tinha inventado a técnica. Pense na Mona Lisa de Paris, distante dos visitantes, vista de longe, por trás de vidros. Como tantas cópias, em tantos museus do mundo. Como os Van Gogh do Masp. A bela cópia no Louvre foi trabalho de um dos mais talentosos discípulos de Leonardo, um certo Francesco Melzi.

— Mas e a verdadeira? Onde está? Foi roubada? Está desaparecida?

— É a Mona Lisa escandalosamente exibida no Museu do Prado, em Madri. Sem vidros. Sem distanciamento. Muito mais bela. De cores mais vivas. Mas um acordo entre Espanha e França não permite que a verdade seja revelada.

Abri os olhos e o vi sentado no banco alto, diante da prancheta. Sinal de estar trabalhando no rascunho de alguma obra que lhe exigia mais detalhismo. Só depois passaria a tela para o cavalete. Pelas caixas de som saíam, baixos, os delicados acordes de um concerto para oboé de Mozart, ouvido nos momentos de calmaria e dúvidas solucionadas, eu sabia.

— Acho que vou para casa — bocejei. — Que horas são?

— Quase duas da manhã. A boa hora.

— Boa hora?

Ravello e eu nos entendemos, já disse, ele falando em francês, eu lhe respondendo em português. Mas, às vezes, a concisão ou a construção de suas frases, num idioma que, no fundo, no fundo, não domino, ou talvez até porque eu ainda estivesse sonado, me confundem. Ele estava querendo dizer que já era tarde e eu devia ir para minha casa? Preferia ficar sozinho?

— Não, absolutamente não. Qual foi tua combinação com os *doppelgängers*?

— Nenhuma. Alex mandou mensagem cancelando a ida ao shopping e ao Copacabana Palace.

— Tu disseste que não querias ir.

— Sim, eu disse.

— E Valéria?

— Não respondeu ao meu *zap* de pedido de desculpas, que você me orientou a escrever e enviar.

— Claro que não responderia. Ela precisa se mostrar ofendida. O importante é que tenhas mandado. Então não tiveste contato nem com um, nem com outro.

— Nenhum dos dois.

— Isso significa que estão elaborando uma nova estratégia. Do que fazer contigo. Ótimo. Ótimo.

— Ótimo?

— Então esta é mesmo a boa hora — repetiu, olhando o pequeno relógio antigo, com a imagem do Mickey Mouse, que mantinha no pulso direito. — Uma e cinquenta e dois da manhã, é a hora perfeita.

— Perfeita para quê?

— Venha aqui.

Levantei-me, cheguei junto à prancheta. Ravello pegou uma caixa de fósforos, colocou na minha mão.

— Abre.

Abri. Ali estava a cópia da chave do apartamento do Leblon que ele me mandara fazer. Sem chip localizador.

— Esta é a boa hora para ires ao Leblon e sequestrar o Van Gogh.

E me espantei:

— Mas você mesmo me alertou para a gravidade do crime, se for um quadro roubado. Você falou da Interpol, você me alertou que…

— Depois falaremos disso. Primeiro, pega o quadro — apontou para a maleta preta a seus pés. — Vincent pintava em telas de sessenta por cinquenta centímetros. Algumas das maiores chegavam a 1,70 m. Seja qual for o tamanho do Van Gogh do Leblon, caberá nesta mala.

A mala preta era leve. Dentro, Ravello colocara várias toalhas e um cilindro de papelão rígido. Tirou a tampa, despejou o conteúdo sobre as toalhas: um alicate, uma chave de fenda plana, uma espátula e um par de luvas.

— Põe as luvas antes mesmo de entrares no prédio. Não deixarás impressões digitais, mas, principalmente, quando pegares o quadro, não deixarás mancha em nenhuma tela.

— Por que essa chave de fenda, o alicate, a...

— Tu vais retirar a tela da moldura. Como Vincenzo Peruggia fez com a Mona Lisa.

— Não sei fazer isso. Nunca fiz isso.

— Vou te ensinar.

Retirado da parede, o quadro deveria ser colocado chão. Se não for acarpetado, e eu não tinha certeza se era, algumas toalhas serviriam de amparo. Como quase toda tela do século XIX, ela possivelmente estava presa à moldura com pregos. A chave de fenda e o alicate serviriam para levantá-los.

— Com delicadeza, com extrema delicadeza, sem nenhuma virilidade, para evitar que rasgues a tela. Lembra-te que ela foi pintada há mais de cento e trinta anos.

— Não sou um bruto, Ravello.

— Sim, és. E tua brutalidade é parte de teu encanto.

— Às vezes penso que você não me conhece direito.

— Tu és bruto e encantador, mas, nesse caso, não o sejas. Quando tiveres puxado todos os pregos, o Van Gogh deve estar solto. Retire cautelosamente da moldura, muito cautelosamente. Coloque, delicadamente, ouviste, delicadamente, entre as toalhas, dentro da mala. Em camadas. Com o "Campos de girassóis" bem protegido entre elas.

O "Campos de girassóis" do holandês invisível, pensei.

***

Nada foi como eu imaginava que seria.

Com certeza teriam alterado o código para entrar no prédio.

Continuava igual.

1-2-3-4-jogo da velha-5, digitei, já de luvas...

Atravessei o hall, entrei na parte dos fundos do edifício.

Teria de subir com cautela a escada da parte de serviço, às escuras.

A luz acendeu automaticamente.

Vestia camiseta e calça pretas, coloquei um boné, tudo para dificultar identificação nas gravações pelas câmeras de segurança espalhadas pelo prédio, uma óbvia cautela de Alex e Valéria. Uma prova, caso fosse necessário reforçar às seguradoras a audácia do ato do sequestrador.

Não havia nenhuma.

Nem no hall, nem na escadaria, nem junto à porta da entrada de serviço do apartamento.

Prevendo terem trocado a fechadura, levava algumas outras chaves de fenda de dimensões diferentes, além das fornecidas por Ravello, para desatar os parafusos. E um pé-de-cabra, como último recurso, se fosse necessário arrombar a porta.

Apenas por desencargo de consciência, enfiei a cópia da chave na fechadura.

Entrou.

Girei.

Ouvi um clique.

Virei a maçaneta.

A porta se abriu.

A luz do lado de fora iluminou a área de serviço e a cozinha, para onde dava a porta do corredor, em cuja parede atulhada de memorabília, porta-retratos, flâmulas, cacarecos e suvenires de viagens do século passado, estava ele.

"Campos de girassóis ao meio-dia sob nuvens de tempestade".

Onde teriam colocado as câmeras de segurança?

Chequei pelo teto, pelos cantos, sobre os umbrais das portas, nas paredes laterais e em frente.

Não havia uma sequer.

Corri o zíper da mala, tirei as toalhas, em seguida o cilindro com os apetrechos para desaparafusar as alças que certamente pregavam o quadro à parede.

Segurei-o pelas laterais.

Ele se deslocou.

Estava solto.

Preso apenas por um arco de arame, pendurado em um prego.

Retirei-o sem esforço.

Era bem mais leve do que eu imaginara.

O piso era acarpetado. Pousei o quadro ali.

A tela estava fixada por pregos, como Ravello previra. Comecei a retirá-los, um a um. Foi fácil, suave, apenas um deles, enferrujado, resistiu um tanto.

Logo, a tela estava livre.

Deitei-a delicadamente sobre a primeira camada de toalhas, como se estivesse a colocar um bebê para dormir. Fui pondo por cima, em camadas, toalha por toalha, certo de que, no minuto seguinte, Valéria e Alex iriam irromper corredor adentro, apontando armas para minha cabeça numa das mãos, os celulares ligando para a polícia na outra. E havia preparado a única defesa para me livrar. E exigir um percentual maior, compatível com os riscos que estava correndo: eu rasgaria a tela, de um lado a outro, destruindo a fortuna que contavam obter.

Nenhuma das portas foi aberta de supetão.

O apartamento continuava silencioso.

Fechei a mala.

Levantei-me.

Caminhei para fora do corredor.

Para fora da cozinha.

Desci as escadas.

Cheguei ao hall.

Saí do prédio.

Caminhei dois quarteirões em direção à avenida Ataulfo de Paiva, peguei o primeiro táxi que apareceu. Dei o endereço de Ravello, onde deixaria a mala.

Nunca poderia imaginar que sequestrar um quadro de 80 milhões de dólares fosse tão fácil.

Muito fácil.

Fácil demais.

E você me invejaria por isso ou aquilo? Oh, meu velho, não, porque aquilo que busco pode ser encontrado por qualquer um, por você, talvez, antes do que por mim. Ah, e eu sou tão atrasado e tenho uma visão tão estreita para tantas coisas, se ao menos eu soubesse por que e o que fazer para melhorar. Mas, infelizmente, nem sempre vemos o argueiro em nossos próprios olhos. *

* *Dordrecht, 3 de abril de 1878*

XXII

Um morto ressuscita

Pablo Picasso foi um dos primeiros acusados no roubo da Mona Lisa, em 1911. Não seria sua primeira vez que se via envolvido com ilegalidades no mercado de arte. Apenas quatro anos antes, uma batida policial encontrou em seu ateliê duas esculturas roubadas do Louvre, duas cabeças antiquíssimas, provenientes da antiga Ibéria.

Não fora Pablo Picasso quem as roubara — mas não hesitara em comprá-las do ladrão belga Gary Peret. Alegou desconhecer a origem ilegal das peças. E lucrou com elas. Seu estilo primitivo inspirou-o, ou foi copiado por ele, conforme contava Ravello, para criar seu valioso e famosíssimo quadro "As senhoritas de Avignon".

— Um duplo roubo — apontava Ravello. — O roubo dos objetos, que certamente Picasso teria visto nas muitas vezes que visitara o Louvre. E cujo roubo ele poderia, perfeitamente, ter encomendado a Gary Peret. E a apropriação cultural do estilo e estética de outros povos, como Picasso fez descaradamente a vida inteira.

Receptador de arte roubada, sim, Pablo Picasso foi, mas a acusação de roubo da Mona Lisa não pôde ser provada e só contribuiu para aumentar a popularidade de iconoclasta do artista espanhol.

Outras celebridades, como o poeta simbolista Guillaume Mallarmé, assim como um amante da atriz Sarah Bernhardt, um ex-garçom holandês chamado Herbert Blyth, que depois imigraria para os Estados Unidos, se tornaria ator e criaria o sobrenome Barrymore, mais inúmeros pés-rapados se sucederam nas manchetes e hipóteses, cada vez mais delirantes, do desaparecimento da pintura atribuída a Leonardo da Vinci.

— *Atribuída*, repara — Ravello fez questão de acentuar. — *Atribuída* a Leonardo da Vinci.

A Mona Lisa, até então apenas mais uma das milhares de telas sem maior destaque, pendurada entre outras milhares pelos salões do Louvre, passou de discreto retrato de Lisa Gherardini, a mulher de um abastado comerciante de Florença, a grande estrela desaparecida da arte renascentista.

— A coadjuvante virou estrela por ter desaparecido — ironizou Ravello, acrescentando uma observação que não compreendi. — Uma proto-Greta Garbo ao contrário.

As semanas e meses foram se sucedendo, logo um ano, depois mais um, e nada de a polícia francesa encontrar o quadro roubado. A celebridade da esposa de Francesco del Giocondo só fazia aumentar. O número de visitantes do Louvre, nesse meio-tempo, também cresceu. Todos queriam ver o espaço vazio, onde o quadro roubado estivera por tanto tempo.

Enquanto isso, a tela estava escondida no modesto apartamento da Rue de l'Hôpital Saint-Louis, perto da estação de trens da Gare du Nord, habitado por um inexpressivo artista italiano, Vincenzo Peruggia. Que, disfarçado de faxineiro, certa noite de agosto de 1911 simplesmente retirou a tela de sua moldura, enrolou-a, escondeu-a dentro do casaco e a levou. Supostamente sua intenção era a de devolver o trabalho do gênio italiano para algum museu da Itália.

— Mas aquela não era a falsa Mona Lisa? — perguntei a Ravello. — A cópia feita por… esqueci o nome.

— Francesco Melzi. Sim. Mas o ladrão não sabia. Achava que era a original de Da Vinci.

— Que já estava em Madri?

— Já.

***

Em relativamente poucos anos, todo o comércio de arte se desenvolveu em relação com à própria arte. — Mas tudo se tornou muito uma espécie de especulação de banqueiros e ainda é — não digo inteiramente — simplesmente digo demais. Por que, na medida em que isso funciona como uma bolha, não deveria ir pelo mesmo caminho do comércio de tulipas? Você vai observar que uma pintura não é uma tulipa. — É claro que há uma enorme diferença e, naturalmente, eu, que amo as pinturas e de modo algum as tulipas, sei muito bem disso.*

Dois anos depois de ter roubado e escondido a Mona Lisa do Louvre, em 1913, Vincenzo Peruggia teve seu suposto fervoroso patriotismo derrotado por uma ganância bastante autêntica.

Em uma carta ao poderoso marchand florentino Alfredo Geri, Peruggia ofereceu entregar a Mona Lisa do Louvre para a coleção de arte mais prestigiada de seu país, a da Galleria Uffizi. Com uma condição: de receber uma polpuda recompensa pela devolução da obra-prima à nação de onde, na sua opinião, ela jamais deveria ter sido levada.

O comerciante de arte respondeu que aceitava.

Peruggia atravessou, sem problemas, a fronteira entre França e Itália levando a Mona Lisa na bagagem. Em Florença, marcou encontro com o marchand no hotel onde se hospedou. Alfredo Geri foi ao seu encontro, conforme combinado, acompanhado do diretor da Galleria Uffizi.

Quando Peruggia exibiu o resultado de seu ato audacioso aos dois, a polícia apareceu e ele foi preso.

A história, porém, não se encerrou com sua detenção. A Mona Lisa do Louvre ainda foi exibida em várias cidades italianas por semanas, antes de, finalmente, ser entregue de volta ao Louvre, em janeiro de 2014.

*Etten, 6 de dezembro de 1881.

Peruggia acabou condenado a apenas um ano e quinze dias dias de prisão. E passou a ser visto, até o fim de seus dias, como um patriota que queria devolver um grande bem cultural a seu país. Na verdade, estava em Madri.

— Compreendes, agora, o que sempre esteve por trás do sequestro de uma obra de Van Gogh? Uma obra que ninguém sabia não ter sido destruída? Que ninguém sequer imaginava estar no Brasil? — Ravello me questionou, na tarde seguinte, os dois ajoelhados no tapete afegão, debruçados a descobrir as minúcias da plantação de girassóis como a eternizara um holandês invisível, ao meio-dia do verão de 1890. Ele usava uma lupa. Seu encantamento vibrava a cada palavra. — Nessa época, Van Gogh já dominava as teorias de Eugène Chevreul. Repare a harmonização e o contraste que ele faz com os vermelhos e os verdes.

A beleza selvagem, eu via. O que Ravello queria que eu entendesse, não. Ele tentou explicar, então, da maneira menos complexa que um artista rebuscado como ele poderia:

— O vermelho, posto junto ao verde, reforça essa cor. E vice-versa. São cores complementares. Mas quando Van Gogh pinta o vermelho junto do amarelo, ele altera a percepção do amarelo, levando o olhar humano a perceber um tom violeta que lá não estava. É a mágica da arte, criando novas percepções para nosso olhar. Entendeu?

— Hum... mais ou menos.

— Mas te encanta, não? Olha aqui a estrada. A cor original da tinta, repare, é cinza, no entanto, por conta da justaposição dos verdes das hastes dos girassóis, a estrada dá a impressão de ser vermelha. Não é?

— É.

— *Voilà! La magie de l'art.* Mas isto aqui, cá em cima, não tem nada a ver com arte.

— O quê?

— Aqui na parte de cima, tu vês? Onde a tela cobre a estrutura de madeira. Tu vês? Aqui. — Ele colocou o dedo em cima, para não deixar dúvida. — Ficou uma pequena mancha da ferrugem de algum prego. Tu vês?

Peguei a lupa. Devia ser do único prego que tive alguma dificuldade para retirar.

— Sim. Vejo. Mas, sobre a sua teoria, não, Ravello, eu não compreendo o que sempre esteve por trás do sequestro deste Van Gogh.

Eu lhe devolvi a lupa.

A maquinação oculta do que, para mim, era simplesmente o roubo de algo valioso, me escapava totalmente. Eu tinha outras dúvidas. Muitas. Uma delas fruto de minha ignorância sobre Van Gogh.

— Não entendo porque a assinatura ali — apontei, à esquerda da tela — não é Van Gogh. Está escrito *Vincent*. É sinal de ser falso?

— Absolutamente, não. Van Gogh ambicionava ver sua arte reconhecida internacionalmente. E como tinha vivido em Londres, em Paris, na Bélgica, sabia que ninguém conseguiria pronunciar o sobrenome dele direito fora da Holanda.

— Pronunciar Van Gogh?

Ravello falou alguma coisa que me soou como *"Fêeinncórr"*.

— É assim que se pronuncia? Você também fala holandês?

— Um pouco.

— É "*Fâhncóor*r" que se pronuncia?

— Quase isso. Tu vês como é difícil dizer o nome dele? Por essas razões de mercado de arte é que Van Gogh assinava as obras com seu prenome: Vincent. Em Arles, o chamavam de *Monsieur Vincent* e, não, *Monsieur Van Gogh*.

— Um louco com ambições de ser artista famoso — me admirei.

— Ele nunca foi louco — Ravello explicou, um tanto irritado. — Ele tinha angústias, sim, grandes, enormes angústias porque era profundamente humano e se identificava com quem sente a dor de existir e quer mudar o mundo. Vincent era uma alma torturada, sim, sim, era. Louco? Não, não, não. Vivia em perpétua angústia, sim. Porque o sofrimento do mundo tocava cada célula de seu corpo.

Não contestei imediatamente. Logo disse o que me pareceu óbvio:

— Não são assim os loucos?

— Não, não! Ele amava demais. Amava as pessoas, as cores, as caminhadas, os insetos, a arte. Tudo. Isso não é loucura. É humanidade. Profunda humanidade.

— Mas as crises, os ataques, os delírios não são coisas de um homem...

— Louco? Ou manifestações de profundo entendimento da indiferença do mundo? Vincent tinha uma sensibilidade intensa demais, sim, tinha crises, sim, mas de maneira alguma era um maluco, sem noção do que fazia. Van Gogh não é um artista do inconsciente, como tantos querem rotulá-lo. Reduzi-lo. Não. Cada pincelada de Van Gogh vem carregada de intenções e teorias sobre os caminhos da arte. E ele estava muito adiante de seu tempo. Os contemporâneos de Vincent não conseguiam entender que ele lhes abria as portas para uma nova visão não apenas da arte, mas também da vida.

Uma nova visão da vida. Era isso, também que eu percebia, sem muita consciência, nas cartas dele ao irmão Théo, que eu vinha lendo, cada vez com mais frequência.

— Tu ainda não respondeste minha pergunta. Sobre os paralelos do sequestro desta tela no Leblon e o roubo da falsa Mona Lisa, em Paris.

Eu lhe disse que não via nenhuma relação entre o patriotismo do ladrão italiano da Mona Lisa, que ele achava ser a verdadeira, e a chantagem que me levara a cometer o roubo que eu fizera naquela madrugada. Ravello pareceu decepcionado.

— Viste televisão hoje?

— Não tenho televisão, você sabe.

— Ao menos lestes as manchetes dos jornais? Nas bancas, tu lestes?

— Vim pela praia, correndo até aqui.

— Não abristes notícias no teu celular?

— Nunca faço isso

Ele se levantou com alguma dificuldade, apoiando-se nas mãos, como vinha fazendo com cada vez mais frequência nos últimos anos. Foi até a mesa de jantar, ainda montada com o café da manhã, pegou os dois jornais do Rio que lia diariamente — o terceiro, de São Paulo, só chegava por volta do meio-dia — e colocou-os abertos à minha frente.

Os dois jornais exibiam manchetes sobre o quadro, com títulos semelhantes.

Um, na parte de baixo da primeira página, onde a notícia principal era a prisão de quatro oficiais do Exército e um da Polícia Federal por planejarem o assassinato do presidente Lula, do vice Geraldo Alckmin, e do Ministro do Supremo Tribunal Federal Alexandre de Moraes. O outro, com algum destaque, à direita das fotos dos militares golpistas associados ao ex-presidente Jair Bolsonaro: "Quadro de Van Gogh é roubado na Zona Sul. Ladrões exigem milhões para devolver a obra".

A notícia sobre o quadro desaparecido no outro, mais específica, misturada a informações sobre o fim do encontro de chefes de Estado do mundo todo no G20, sublinhava o que qualquer leitor seria capaz de entender — o valor daquele sumiço: "Van Gogh de 400 milhões de reais roubado no Leblon. Criminosos pedem resgate milionário".

"Os criminosos fizeram contato por telefone. Uma voz com sotaque estrangeiro exigiu milhões de reais, quantia não revelada pelas vítimas do roubo, para devolver a obra de arte. E ameaçaram destruí-la, em caso de recusa. A polícia ainda não tem suspeitos", relatava a reportagem.

— Seguradoras, evidentemente, não pagam resgate — Ravello acrescentou, displicentemente. — Jamais pagaram. Nem pagarão. Seria compactuar com os criminosos. E um incentivo a outros sequestros de obras de arte.

— Essas declarações deles, então, querem dizer o quê?

— Antes de mais nada, que teus *doppelgängers* inventaram uma trama rocambolesca: a valiosíssima obra de arte supostamente roubada será supostamente destruída pelos supostos sequestradores. Uma trama de alcance mais amplo do que parece, à primeira vista. Publicidade mundial. Marketing magistral. De Londres a Singapura, o Van Gogh do Rio de Janeiro será o assunto do dia.

Uma das fotos mostrava Valéria, Alex e um senhor de ralos cabelos brancos sentados lado a lado num sofá. Na legenda: "Os irmãos Valéria e Alex Schloendorf, ao lado do pai, o lendário empresário Emanuel 'Manny' Schloendorf".

Levantei os olhos dos jornais, pasmo.

— O pai está vivo — confirmou Ravello. — Muito, muito vivo. Vivíssimo, como vocês superlativam em português.

Mortos não ressuscitam. Nem no Leblon, nem em lugar nenhum. Desde Lázaro. Aqueles dois tinham me tapeado. Mais uma vez.

— Esse velho na foto, Ravello... — tentei dizer, surpreso demais para continuar.

— É Emanuel Schloendorf, o pai dos gêmeos.

— O velho da cadeira de rodas... — reiniciei. — O velho que ficou me vendo trepar com a puta... O cara que eu estrangulei...

— Tu não estrangulaste ninguém. Sabes que foi truque de imagem criada. Que tu chamaste de...

— *Deep fake.*

— Sim.

— *Deep fake*, uma imagem manipulada por inteligência artificial. O velho não era este. O homem estrangulado na cadeira de rodas era outro.

Você já reparou que os velhos burros de carga têm grandes olhos belos e aflitos às vezes como os cristãos? Seja como for, não somos nem selvagens, nem camponeses e talvez tenhamos até mesmo o dever de amar a (assim chamada) civilização.*

*Saint-Rémy-de-Provence, 9 de maio de 1889, carta para Johanna van Gogh-Bonger, esposa de seu irmão, Théo.

CINCO DIAS DEPOIS

XXIII

Estrada com ciprestes

Tudo o que um michê precisa fazer é desempenhar bem seu ofício. Trepar bem. Fazer jus ao cachê pago. Satisfazer a clientela. Ter um bom pau, eficiente, rijo, preenchedor. Isso é tudo. Não precisa usar o cérebro — quando tem algum. Evidentemente, Valéria e Alex não acreditaram que fosse esse o meu caso. Coloquei a lupa sobre o jornal mais de uma vez, antes de afirmar, tão furioso quanto atarantado:

— Esse homem da foto não é o velho que foi estrangulado.

Ravello estava mudo. Tão pasmo quanto eu.

— O estrangulamento foi real. O estrebuchamento foi de verdade, Ravello. Aquele velho morreu. Mataram alguém fingindo ser o pai deles.

— Para te incriminar — ele balbuciou —, não hesitaram em botar um enfermo qualquer numa cadeira de rodas, ao lado de uma prostituta, e gravar tua trepada com ela.

Talvez um morador de rua, seduzido por uma quentinha e alguns reais, debaixo de algum viaduto? Um idoso demente de asilo de caridade, retirado por falsos parentes, à custa de uma gorjeta para um cuidador desonesto? Depois contrataram alguém para torcer a corda no pescoço do desconhecido, isso é fácil entre milicianos ou traficantes cariocas. Livrar-se do corpo do velho anônimo seria mais fácil ainda. Quem tinha sido o morto não importava.

Os gêmeos continuavam tendo prova de eu ter cometido um assassinato. Como e para que usariam, eu não conseguia atinar.

— Eu te disse que *doppelgängers* são formidáveis na perversão. Formidáveis!

Muito além do que eu jamais poderia imaginar, reconheci.

— E o desconhecido estrangulado não é a única surpresa que teus gêmeos elaboraram — Ravello disse, apontando para um detalhe no jornal.

Uma foto menor, granulada, em preto e branco, identificava como o avô dos gêmeos um homem alto e louro, impecavelmente vestido, em 1932. Estava de pé, ao lado da obra de Van Gogh em poder da família desde quando viviam na Alsácia, e que teria sido roubado no dia anterior, no Rio de Janeiro.

O quadro mostrava uma estrada ladeada por ciprestes.

Peguei a lupa e olhei com atenção redobrada.

Sim, uma estrada. Cortando um campo de vegetação baixa. Ladeada por ciprestes. Altos ciprestes espiralados presentes em tantas obras de Van Gogh, que diminuíam de tamanho ao ladear uma estrada tortuosa à maneira única dele. Levantando o olhar verticalmente para o fundo da paisagem campestre, real e fantasiosa ao mesmo tempo, como apenas Vincent seria capaz de criar, até o final do caminho.

Uma perspectiva diametralmente oposta à do "Campos de girassóis ao meio-dia sob nuvens de tempestade", que conduzia o olhar em sentido horizontal, das nuvens carregadas de chuva, invadindo o céu azul, por toda a plantação.

— Não estou entendendo — admiti. — Por que, para que, me chantagearam com um pai morto falso, me obrigando a roubar um quadro que talvez nem seja um Van Gogh verdadeiro?

— Aquele — Ravello apontou para a tela — é, com a mais absoluta certeza, um autêntico Van Gogh. Garanto, pois já copiei outros.

— Se nenhuma seguradora vai pagar o resgate, para que tanto alvoroço?

— Um resgate verdadeiro nunca esteve nos planos deles. São os milhões de dólares que embolsarão com a venda. Não da "Estrada com ciprestes", mas daquele Van Gogh ali. Dos girassóis. Graças à divulgação do sumiço da "Estrada com ciprestes".

Eu me senti perdido entre campos de girassóis em Anvers-sur-Oise e ciprestes à beira de uma estrada em Arles. Ravello, de alguma forma, me dava a sensação de quase se divertir, montando as peças do quebra-cabeças concebido por Valéria e Alex.

— Traga aqui aquele livro francês dos tesouros artísticos perdidos, roubados ou destruídos na guerra.

Fui à estante, peguei o *Trèsors d'Art Disparus* e entreguei-o a Ravello. Ele foi direto às páginas onde encontráramos imagens semelhantes ao Van Gogh do Leblon. Parou em uma ilustração de cores desbotadas e virou-a para mim.

— "Estrada, em Arles, com ciprestes" — leu em voz alta. — "Óleo sobre tela, destruído na Gemäldegalerie, em Dresden, pelos bombardeios da Real Força Aérea Britânica e dos aliados em fevereiro de 1945". Ou seja, uma foto do avô dos *doppelgängers* foi tirada no museu, nos anos 1930, com um quadro de Van Gogh que não existe mais.

— Para que, então, fazer essa papagaiada toda?

— Cortina de fumaça. Isca para bilionários. Se a família Schloendorf esconde ter tido o "Campos de girassóis" desde o fim da Segunda Guerra... — Ele se calou por um momento, espantado com o próprio raciocínio. — ...isso confirma minha suspeita inicial. O quadro foi roubado. De uma família judia, provavelmente. Quase certamente sem sobreviventes.

— Como você sabe?

— Não sei. Ainda.

Retirada a tela da moldura, Ravello e eu decidimos deixar o "Campos de girassóis" no ateliê. Estaria bem protegido por trás de uma porta corta-fogo, mais uma segunda porta também de metal, acrescida de trancamento eletrônico e alarme ligado a uma das seguradoras suíças associadas a clientes habituais dele — nem de longe o caos do prédio onde moro, um circo de incessante circulação de putas e seus clientes. Endereço descoberto por Alex, graças a merda da chave com chip localizador, enfiada no meu bolso depois da primeira noite de fudelança com os gêmeos.

— Deve ter sido pintado num dia alegre para Vincent. — Ravello comentou, encantado diante das cores radiantes e pinceladas densas, plenas de amarelos, corais, azuis e vermelhos, entremeados de riscos pretos a avivá-las.

— Van Gogh não era triste, deprimido?

— Absolutamente, não! — Ravello foi veemente. — Evidentemente tinha seus momentos de angústia, de grandes angústias, e confusão mental. Como todo artista, todo verdadeiro artista, sempre tem. É próprio de quem tem essa conexão com o inconsciente. Mas, veja, basta olhar as cores que utiliza. São as de um homem que ama o mundo. Ainda que o mundo o rejeite.

Ali ficaria o "Campos de girassóis ao meio-dia". No ateliê de Ravello. Onde ninguém haveria de estranhar uma tela de Van Gogh sobre um cavalete, ao lado de outros que exibiam, em diversos estágios de completude, obras recriadas de Goya e Gauguin, outras odaliscas de Matisse, uma morena de pescoço longo de Giacometti, um ensanguentado Nazareno magríssimo de El Greco, alguma gordota pelada de Renoir, a caminhada de um casal de Gustave Caillebotte, protegido por guarda-chuvas, nas proximidades da Gare Saint-Lazare.

É preciso chegar a um ponto em que meus quadros valham o que eu gasto com eles, e mesmo excedam esse valor, dadas as tantas despesas já feitas. Bem, chegaremos lá. Nem tudo o que faço é bem-sucedido, é claro, mas o trabalho está avançando.*

Meu papel naquele jogo, querendo ou não, era aguardar. Logo eu, que nunca dependi de ninguém, nunca. Eu me viro. Eu me basto. Eu faço. Eu vou em frente.

Aqui, só me restava esperar.

Em algum momento Valéria e Alex seriam obrigados a entrar em contato comigo. Aliás, comigo não. Com Igor, cúmplice deles, mesmo que relutante. Para lhe dar instruções sobre os próximos passos. Devolução, resgate, entrega, restituição, recolhimento, ou o que estivesse arranjado com o ricaço ou a bilionária que lhes abrisse o cofre.

*Arles, 5 de abril de 1888.

Hipóteses que me levavam a um lugar onde eu me sentia hesitante. O valor da minha ação no sequestro. A ação, ela mesma, no sequestro. Minha conivência num crime internacional, que envolvia organizações caçadoras de obras de arte desaparecidas, que, por sua vez, custavam milhões de dólares, tendo custado vidas.

Quero mais para minha vida. Mereço. Sou ambicioso? Sou. Todo mundo é. Um pouco ou muito, todos somos. Já passei fome, já fiquei na rua, já passei tanta merda que até me esqueço. Ou tento esquecer. Vincent também passou. Mas nunca se corrompeu. Nunca se sujou. Mesmo humilhado e ofendido.

Sei o que sou. E o que não sou. O que acho que não sou.

Não sou um criminoso.

Mas minha ação foi a de um.

Com etiqueta de preço pendurada na moldura.

Quanto teria subido o valor, com a divulgação do sumiço de uma obra de Van Gogh na América do Sul? Se o "Campos de girassóis" tivesse ultrapassado o que a suposta magnata asiática topava pagar, outros interessados se apresentariam? Já teriam surgido? Quantos intermediários de outros ricaços já teriam feito propostas aos *doppelgängers*?

Eu fazia várias conjecturas, cada uma me parecendo mais amalucada que a outra, em seguida carregadas de bom-senso e lógica, acrescidas das outras tantas hipóteses levantadas por Ravello, que de chantagem e estratagemas conhecia mais do que eu jamais poderia alcançar, e com quem aquele tipo de gente como os Schloendorf lidava desde os primórdios de sua carreira.

De algumas coisas, ele tinha absoluta certeza. Fui o otário, fui o escolhido, o fantoche, como disse Ravello. Porém, o maior incômodo não era meu comportamento idiota. Ou por ter me tornado o comparsa acidental de um crime. Um inocente útil.

Entendi, sem desejar entender, que dali em diante minha condição mudava. Que o conhecimento da origem da posse daquele quadro retirava de mim a tranquilidade de ser apenas um ingênuo conivente, um babaca, vamos botar com todas as letras, envolvido por descendentes de criminosos. Passava a ser cúmplice. De um crime ocorrido muito, muito antes de eu nascer. Em outro país. Em outro continente. Contra pessoas que não puderam reagir. Como eu, naquela noite junto ao valão da rua Santa Clara. Com a boca tapada. Sem poder gritar. Nem brigar. Quando os grandões me curraram.

Compreendi, com mais incômodo ainda, como se estivesse sendo tomado por uma febre, que era invadido por pensamentos sobre um pagamento maior do que alguns maços de dólares em dinheiro vivo, como me foram prometidos. Muito maior.

O que eu estava me tornando? Foi o que me perguntei.

Sem saber responder...

Sou michê. Não um criminoso.

Não?

Tal como no roubo da Mona Lisa do Louvre, Ravello estava absolutamente seguro, o sequestro do Van Gogh do Leblon daria colossal publicidade internacional a uma obra até então tida como desaparecida.

Um roubo, um sequestro com exigência de recompensa para a devolução, era o tipo de divulgação que acenderia a curiosidade do público em geral. Igualzinha à ascensão da Mona Lisa ao estrelato no Louvre. E aumentaria o tesão de quem dispusesse de suficiente bala na agulha para possuir tal obra de arte. Fosse indivíduo ou museu. Colecionador ou mecenas.

O sumiço do Van Gogh do Leblon ferveria nos sites e redes sociais dos teóricos de conspirações da internet. Daria tema e pauta para tediosos cadernos de cultura de jornais europeus, norte-americanos, asiáticos, brasileiros. Possivelmente despertaria lembranças e acusações de roubo de arte praticadas contra famílias, fossem judias ou gentias, pelos emissários de Hitler para o tal megamuseu com que o Führer sonhava para superar o Louvre, e nunca foi capaz de completar.

Igualmente viriam a público presumíveis herdeiros, reais ou falsos, de vítimas dos saques indiscriminados, praticados desde o início da Segunda Guerra Mundial. Sem acesso à obra, nem o museu de Dresden poderia provar ter sido aquele o quadro supostamente destruído pelas bombas incendiárias dos ingleses e, dessa forma, requerer sua posse de volta.

O que mais ainda aumentaria seu valor.

A menção enganosa à “Estrada com ciprestes” era apenas um chamariz para reacender as ambições de quem, antes do embargo, queria possuir o “Campos de girassóis”.

Compreendendo, por meio de seus agentes e emissários, que o quadro supostamente roubado no Rio de Janeiro, conforme divulgava a família Schloendorf, oficialmente deixava de existir, destruído pelos tais sequestradores, frustrados ao não receber o resgate, cumprindo a ameaça feita.

Sumido o quadro, inexistente na realidade, mas amplamente divulgado pela mídia, estava aberto o caminho para quem pretendesse ser dono, ou dona, do verdadeiro Van Gogh do Leblon. Como a obra não mais existiria, os meios oficiais não teriam como acompanhar o leilão clandestino, nem de interditar a dinheirama a passar de mão em mão — de banco em banco, para ser mais preciso.

Cinquenta, setenta, noventa milhões de dólares, qualquer que tenha sido a estimativa secreta do valor do “Campos de girassóis” pelas seguradoras antes do sequestro, estaria duplicado, triplicado, multiplicado, daquele momento em diante.

“O retrato de Adele Bloch-Bauer” — Ravello lembrou —, uma pintura de Gustav Klimt, chegou a ser retirado da parede do museu de Belvedere, em Viena, onde estava desde o final da guerra. E acabou vendido para a coleção particular do herdeiro de uma fábrica de cosméticos, em 2006, por mais de 135 milhões de dólares. Hoje é a grande atração da Neue Galerie, em Nova York.

— Acha que o Van Gogh pode valer tanto assim?

— É um quadro bem menor. Entretanto...

— Entretanto…?

— Foi pintado por um dos maiores talentos da história da arte. Se seu valor estimado já era alto, com o sequestro passou a ser... incalculável. Estratosférico.

XXIV

Bendito Putin

Maldito Putin?

Bendito Putin, isso sim.

Abençoada decisão do antigo burocrata da KGB de invadir a Ucrânia, benditos bombardeios russos de maternidades, hospitais, asilos e escolas, benditos civis massacrados, benditas cidades arrasadas, benditas sanções internacionais que impediram o bilionário russo, dono de times de futebol no Reino Unido e resorts edênicos em praias indonésias, de ter adquirido e colocado na parede de um de seus mega iates, para sempre longe dos olhos de quem não privava do privilégio de seus passeios pelo mar Egeu, da pintura que o holandês invisível chamado Vincent Willem Van Gogh criou numa certa manhã de verão, ao meio-dia, tentando silenciar as vozes internas a impeli-lo a dar-se um tiro no peito, em vez do gralhar dos corvos voejando sobre sua cabeça ruiva, enquanto nuvens escuras de tempestade rolavam pelo céu azulíssimo de Anvers-sur-Oise.

Uma estrada. Ou um campo de girassóis.

Com o grasnar dos corvos. Ou sem eles.

A beleza arrebatadora brotada da dor. E da esperança de cura. E alívio.

Uma obra nascida da mais profunda humanidade, para sempre ia ser oculta por quem não tem nenhuma. A guerra de Putin impediu isso. Sacaneou os planos de seu aliado.

Van Gogh, ao meio-dia, em maio de 1890, recém-chegado a Anvers--sur-Oise, aos trinta e sete anos, cheio de esperança e de temores, setenta e seis dias antes de encostar o cano frio do revólver no peito e puxar o gatilho, como já havia cogitado um ano antes, mesmo envolvido pela exuberância dourada da Provença, crendo, ali como acolá, ou querendo crer, numa reviravolta em seu instável estado de espírito e no fim da indiferença à sua arte, tão diversa e tão mais ousada do que a de todos os seus contemporâneos.

Deixará de ser invisível um dia, ele esperava.

"*Vai acontecer, eu sei que há de acontecer*", escreveu a seu irmão Théo.

Sem dinheiro sequer para comer decentemente, sem reconhecimento, escorraçado por seus vizinhos, vilipendiado pela molecada de Arles, abandonado por Gauguin, ignorado por seus contemporâneos, como o invisível holandês poderia imaginar as fortunas que bilionários pelo mundo exibiriam em leilões para adquirir suas telas?

Por um milésimo dos 117 milhões de dólares pagos por seu "Quintal com ciprestes" na casa de leilões Christie's em Nova York, em 2022, Vincent teria sido poupado da indignidade da fome, pelo menos. De ser obrigado a pedir a Théo para lhe dar tintas, telas e pincéis. E teria podido continuar a pintar e desenhar pelas décadas seguintes, legando ao mundo tantas obras que seu infinito talento teria sido capaz de fazer brotar.

O que eu sou na visão da maioria das pessoas: um nada, um excêntrico, ou uma pessoa desagradável. Alguém que não tem nenhuma posição na sociedade, e que nunca terá; em suma, o pior entre os piores. Então, tudo bem — mesmo se isso fosse a verdade absoluta, então, algum dia, eu gostaria de demonstrar, através do meu trabalho, o que esse tal excêntrico, o que esse joão-ninguém, tem dentro de seu coração. Essa é minha ambição, baseada menos no ressentimento do que no amor, apesar de tudo, baseado mais no sentimento de serenidade do que no da paixão. Embora me veja tantas vezes na mais profunda angústia, ainda há calma,

pura harmonia e música, dentro de mim. Eu vejo beleza digna de ser pintada ou desenhada nos barracos mais miseráveis, nos cantos mais sujos. E minha imaginação é atraída para essas coisas com um impulso irresistível.*

Para que eu servira, afinal, na farsa do sequestro?

Nem era tão difícil de entender, se eu alinhasse os fatos e as traiçoeiras coincidências.

Fui a escolha mais fácil. Ou a mais conveniente. Ou a mais divertida, no jogo do até-onde-podemos-gozar-e-levar-adiante-um-falso-assassinato-encobrindo-um-verdadeiro-e-obrigar-o-falso-assassino-a-cometer-um-crime-real? Se não der certo para o michê-estrangulador selecionado, que pena, pior para ele.

Os *doppelgängers* agiram como naquelas brincadeiras que gatos fazem com camundongos ao capturá-los. Jogam-nos de um lado para o outro, com patadas suaves, parecendo dar-lhes chance de fugir, para de novo pegá-los, mordiscá-los, jogarem para o alto, dar-lhes novas patadas e novas mordiscadas, nunca muito brutas, nem muito fundas, mas suficientes para irem debilitando os pequenos roedores, rompendo-lhe paulatinamente as entranhas, até quando nem tentam mais escapar, levados pela exaustão e pela ruína dos órgãos internos. Aí, então, brinquedos inertes, uma mordida aguda em seus pescoços encerra o jogo. Não por misericórdia, pois felinos não conhecem esse sentimento humano, mas por terem se tornado inúteis, um brinquedo sem graça.

Começando com um michê ignorante, escolhido entre tantos dildos humanos ofertados pela internet. Mas não completamente estúpido, pois teria tarefas a cumprir. Mesmo que elas requeressem um mínimo de habilidades e ínfimo raciocínio. Precisavam apenas de uma piroca anônima, no meio de tantos *escorts*, garotos de programa e prostitutos abundantes no Rio de Janeiro. Alguém sem ficha criminal, sem rastreio possível, sem família, sem rosto, como são os michês, como são os tradutores de Libras. Um ninguém.

*21 de julho de 1882.

Um invisível.

Para sequestrar uma obra-prima oculta do olhar público desde 1944, Valéria, Alex e Emanuel Schloendorf necessitavam de um brasileiro tão invisível quanto um faxineiro de prédio, um guardador de carros, uma tia do cafezinho, um feirante de bananas, um garoto a vender drops pelas calçadas, um dos moleques que dormiam de tornozelos atados nas areias de Copacabana ou na plataforma manchada de escarros e chicletes cuspidos, na estação Central do Brasil ou pelas cercanias da rodoviária Novo Rio. Um ruivo holandês que pintava cenas deformadas da realidade, que ninguém se interessava em comprar.

Encontraram.

Igor Brown.

Fui ou não fui uma boa escolha?

Uma seleção esperta, de pessoas inteligentíssimas, com educação superior e incontáveis passaportes caducados por tantas viagens, para tirar da parede atulhada de badalhocas, ah, tão facilmente, seguro apenas por um arame preso a um prego, bastando levantar e pegar, enrolar em algumas toalhas, colocar dentro de uma mala de couro falso, fechada por zíperes, pá-pum, só isso, apenas uns poucos gestos, dentro de um apartamento em total silêncio, fui ou não fui uma alternativa astuta? Um apartamento sem ninguém lá dentro. Para o michê, todo de preto, até o boné, poder agir em paz, sem precipitações, obediente às instruções que lhe foram passadas por pessoas de erudição e argúcia fartamente superiores às do puto.

Igor Brown teve um Van Gogh nas mãos.

E na mala.

Um merda que mal fala inglês, um moleque que nunca pisou na Disneylândia, nunca botou um esqui nos pés, não faz ideia onde ficam St. Moritz, Aspen, nem Courchevel, não saberia pedir um aperitivo no Café de Flore, muito menos em quais meses do ano com a letra R pode-se comer ostras no La Coupole sem risco de intoxicação, em qual rua de Londres encomendar seu terno de três peças sob medida, como pronunciar corretamente o nome da torta de chocolate no Hotel Sacher de Viena ou do Country Club do Rio de Janeiro.

Um tosco.

Não totalmente idiotizado, mas bronco.

Um ignorante das histórias da família Schloendorf, da virginal Sandra Dee que não o era, e de suas tesouradas no playboy das corridas de Porsche na contramão da avenida Niemeyer, autor de brincadeirinhas eróticas nos corpinhos nus de seus lindos filhinho e filhinha, falsamente internado numa discreta clínica de subúrbio para dementes, apenas por tempo suficiente para sumir de cena até dar a ilusão de ser o cadáver desaparecido de um pai esganado por um michê de Copacabana e acabar sendo deixado lá, abobalhado e frágil, para sempre. Um GP de inegável utilidade adicional. Capaz de dar uma boa fodida no casal de irmãos, por umas poucas notas extras que ele consideraria muitas, pagas em dinheiro vivo, recheando um envelope branco, entregue logo à entrada do apartamento quase sem móveis.

Igor Brown.

Tolo.

Tolo garotão de piroca gostosa.

Um puto bom fodedor, sem muito cérebro; com boa pica, mas sem cérebro; vaidoso o bastante para aceitar acompanhar um cliente americano aparvalhado a uma rave do outro lado da Baía de Guanabara, um funcionário bestalhão da multinacional de saúde associada aos Schloendorf, um gay de armário, em pleno 2024, casado e pai de dois filhos, morador da Flórida, panaca até o último átomo de seus cabelos tingidos de louro-cinza-grisalho, a se achar *cool* de verdade, ao reconhecer o "Adagio" de Barber na *setlist* do DJ da noite no estaleiro falido e abandonado.

Igor Brown teve um Van Gogh nas mãos.

Sem se dar conta, pensou no quanto a tela valia.

Igor Brown carregou um Van Gogh numa mala de couro falso.

Sem se dar conta, lhe ocorreu a alteração que o valor daquela tela poderia ter sobre sua vida entre a quitinete e o vôlei de praia, o cachê vagaba de tradutor de Libras e o lanche de tapioca com açaí.

Igor Brown caminhou com um Van Gogh verdadeiro, dentro de uma mala de couro falso, pelas ruas desertas do Leblon.

Com ele, tomou um táxi e mandou tocar para Copacabana, para a rua do Posto 5 onde teria garantido refúgio e abrigo.

Refúgio e abrigo, tudo o que Nira Khadouri ansiava e não conseguiu, para ela e seu pequeno Eli, apesar de todas as baixezas e humilhações a que se deixou submeter.

Abrigo e refúgio, tudo o que Vincent Willem Van Gogh ansiava a cada vez que deixava seu quarto no hospício para o sol dourado da Provença, para as plantações de girassóis de Anvers-sur-Oise.

O michê de Copacabana, o moleque que durante anos dormiu com o tornozelo amarrado ao de outros moleques na tentativa de se protegerem mutuamente, teve um Van Gogh. Por menos de uma hora, mas o teve.

Uma obra de arte criada em maio de 1890 que valia o suficiente para permitir ao dito michê comprar o ambicionado apartamento de quarto e sala separados, em Ipanema, perto da estação do metrô e da subida para a favela. Euros, e dólares e rublos, ou ienes ou yuans, ou libras suficientes para comprar aquele apartamento e mais uns duzentos mil iguais, ou maiores, comprar quase toda Ipanema, em troca de quê? De uma trepada com um casal de gêmeos?

Uma noite, eu fiz uma caminhada à beira-mar na praia deserta. Não foi alegre, mas tampouco triste, foi... belo.
O céu de um azul profundo estava salpicado com nuvens de um azul mais profundo do que o azul fundamental de um cobalto intenso, e com outras de um azul mais claro — como a brancura azul de vias lácteas. Contra o fundo azul, as estrelas cintilavam claras, esverdeadas, amarelas, brancas, rodadas — mais claras, mais adiamantadas, mais como pedras preciosas do que em casa — mesmo em Paris. É, portanto, o caso de dizer opalas, esmeraldas, lápis-lazúlis, rubis, safiras. O mar de um ultramarino muito profundo — a praia de um tom violáceo e ruivo pálido, me pareceu — com arbustos. Sobre a duna (5 metros de altura, a duna) arbustos azuis da Prússia.*

*Saintes-Maries-de-la-Mer, 3 ou 4 de junho de 1888.

***

De uma coisa, apenas, eu tinha certeza.

Para reaver o "Campos de girassóis ao meio-dia, sob nuvens de tempestade", os *doppelgängers* teriam de fazer contato.

Como e quando, eu não tinha a menor ideia.

SEIS DIAS DEPOIS

XXV

Viver, foder, morrer

"Bar do Vidigal, 5 da tarde."

Apenas esta frase apareceu na tela do celular do Igor. Sem assinatura, sem assunto, sem mais nada. Nem precisava. Alex, claro. No local onde nos encontramos da outra vez, antes da fudelança no motel. Frase banal, como fechando encontro para trepar com o michê, depois dos arranjos preliminares.

Não tinha havido nenhum.

Nem ele, nem Valéria tinham dado qualquer sinal sobre o sequestro do Van Gogh. Nada.

Qual a razão de voltar ao Bar do Vidigal? Um lugar público, depois de tanto falatório sobre o sumiço do quadro? A polícia não teria algum investigador acompanhando o caso? Nenhuma das agências de seguro da tela estaria de olho na família? Jornalistas? Nem um paparazzi? Depois de tantas fotos em jornais e sites, Alex não tinha receio de ser reconhecido por frequentadores do bar? Pelo garçom da caipirinha de tangerina? Por que Alex queria me reencontrar justamente lá?

Mostrei a mensagem para Ravello. Sua reação me pegou de surpresa.

— Tu não podes comer o Alex. Não deves.

— Comer? Ele está chamando para me encontrar, não para foder. Para combinar o que fazer com o Van Gogh.

Minha resposta não convenceu Ravello. Para ser honesto, a mim, tampouco. Ele se mostrou claramente alarmado.

— Sempre que tu e Alex se encontraram, acabaram trepando. Dessa vez, não deves. Não vás para um motel com ele. Controle esse tesão.

Isso sei fazer. Não gosto, mas sei. O que não sei é se fui completamente sincero ao responder:

— Não quero trepar com o Alex. Quero só combinar meu pagamento, meus dólares, o que for.

— Ou a outra opção.

— Qual?

— Não entregar o Van Gogh. Não compactuar com o crime.

— O quadro pode ter estado desde sempre com a família, não pode? Se tudo estiver correto, nada me impede de tirar algum proveito disso.

— Tu queres o Alex.

Lá vinha ele com a mesma maluquice do outro dia.

— Quero os dólares.

A preocupação de Ravello só pareceu aumentar.

— Tu estás seguro de que teu pau é tua grande arma. Que teu pau é capaz de dominar Alex e Valéria. Dominar, sim, já provaste. Mas vencer, não.

Não respondi. Quem domina, vence. É o que acredito.

— Eles podem acabar contigo, não percebes? Arranjar uma maneira de te calar, de não te pagar nada. De sumir contigo. De te matar.

— Não.

— Sim.

— Alex não vai fazer isso.

Ravello sacudiu a cabeça, repetidamente, sem dizer nada, como sempre o vi fazendo quando encarava telas que, de um momento para outro, sentia-se incapaz de completar — mas acabava completando.

— Alex nunca faria isso — eu disse, mesmo sem ter total certeza. Não por ele, mas pelo domínio que Valéria tinha sobre ele.

Ravello levantou-se, caminhou em círculos. Finalmente pareceu encontrar a maneira de me convencer.

— Não creias teres domínio sobre alguém só porque tu fodes gostoso essa pessoa. Principalmente se essa pessoa for um maluco. Especialmente se essa pessoa for um *doppelgänger.*

— Nunca disse que tinha domínio sobre...

— Mas acreditas que tens — interrompeu. — Não acreditas?

Relutei em responder.

— Para eles tu és apenas um pedaço de carne. Um "Igor". Não tens nada, nem ninguém a te defender. Como tenho eu. Viste o que fizeram com o velho anônimo que mandaram estrangular. Para eles, tu és igual. Apenas mais jovem.

— Você está exagerando.

— Basta eles pagarem um miliciano e tu desapareces. Para sempre.

— O que faz você ter tanta certeza de estar protegido, Ravello?

— Já te disse.

— Mesmo agora?

— Sempre. As seguradoras precisam de mim. Os colecionadores precisam de mim. Os autenticadores precisam de mim. Sou uma garantia para todos eles. Ninguém quer me ver preso e impedido de colaborar com o mercado de arte. Muito menos morto.

Ele tinha razão, eu sabia. Ravello falava do lucro de muitos milhões que proporcionava, e de tantos vértices que dependiam dele. De lavagem internacional de dinheiro à colaboração em investigações para apontar obras falsas. Ou assegurar autenticidade.

— Não quero trepar com Alex — repeti, sem convicção.

— Mas ele vai querer. Se apaixonou. "Amor de pica", lembra que te falei? Vai te fazer promessas. Vai te seduzir. Tu nem te darás conta. Porque, no fundo, tu também queres. Quando perceberes, estarás comendo o teu inimigo.

— Como pode ser meu inimigo, se você acabou de dizer que ele é apaixonado por mim?

— E te odeia por isso. Porque não consegue deixar de pensar em ti. Não para de se lembrar de ti dentro dele. Da trepada que tiveram e como ele gostou. E tu disseste também ter gostado.

Admiti, em silêncio, com um movimento de cabeça.

— A paixão de Alex por ti te lisonjeia. Um grã-fino, um branco bonito e refinado, bem-vestido, apaixonado pelo moleque do futevôlei.

Não protestei, nem tive como contestar. Era tudo verdade.

— Mas Alex não te perdoa teres querido comer Valéria. Por sedução e por violência. Quando tinhas combinado de ele te comprar roupas caras e se hospedarem no Copacabana Palace.

— Não tinha combinado nada — protestei. — Nunca disse que aceitaria.

— Mas tampouco dissestes que recusavas. "Quem cala, consente". Lembras do ditado daqui da tua terra?

A ideia da tarde de compras no shopping das grifes internacionais, seguida da noite tipo lua de mel no hotel onde Madonna e Mick Jagger se hospedaram, tinha me parecido tão maluca que nem contestei. Era aquele tipo de generosidade que todo michê conhece, do cliente satisfeito depois de bem comido. Ofertas que serão esquecidas quando cada um for para o seu lado.

— Alex sabe que a irmã também te deseja, também tem tesão por ti. Pelo homem inferior. A atração pelo abismo, lembra-te.

— Você está misturando tudo.

— Os *doppelgängers* te odeiam.

— Me desejam ou me odeiam?

— Te amam e te odeiam. Te odeiam porque te amam. E não conseguem evitar isso. Não vês o perigo?

— É só um encontro no Bar do Vidigal. É só com Alex. É só para armar o que fazer com o quadro.

Mais uma vez, eu estava redondamente enganado.

Só me sinto vivo quando fodo.

É esquisito dizer isso, eu sei, para qualquer um que acorda, respira, tem sede e fome e abre torneiras, se lava, escova os dentes, veste roupa, desce de elevador ou escada, sai na rua, toma condução, caminha até onde trabalha, sobe numa plataforma, traduz em gestos a fala de outra pessoa, repete e continua, enquanto o coração pulsa, o sangue corre por artérias e veias, as células do cérebro nascem, piscam, atuam e se degeneram e tudo à volta funciona com a mesma eficiência e regularidade desde xis bilhões de anos. Ou trilhões, ou quatrilhões, desde quando o primeiro girino, ou seria um átomo, um quark, um glúon decidiu se expandir e criar, de si para si, o que se chama vida. E todos os desdobramentos passaram a, justamente, viver. Viver é isso. Para todo mundo.

Para mim, não.

Para mim, viver é foder.

Foder é não morrer.

Sempre senti a morte perto, me rondando. Eu não era nem nascido em 1993, tanto tempo tinha se passado do massacre dos garotos na Candelária, mas sempre se falava deles. Seus nomes. Dos oito. Eu sabia de cor, quando dormia com meu tornozelo amarrado aos dos outros moleques como eu, ou sozinho em algum bueiro seco da praia de Copacabana, eu me lembrava dos nomes de cada um dos oito assassinados pela polícia na escadaria da Igreja da Candelária. Sei até hoje.

Anderson. Leandro. Marcos Antônio. Valdevino. Gambazinho. Paulo José. Marcelo Cândido. Paulo Roberto.

Chegando perto dos vinte e cinco anos, fica mais intensa essa proximidade da morte. Do fim. De não haver mais caminho. Tenho certeza de que também foi assim com Van Gogh. Com Vincent. Não ficou nada para trás, nada foi construído, para a frente não se enxerga coisa alguma. Vincent virou pastor, foi salvar as almas de miseráveis trabalhadores explorados numa mina de carvão na Bélgica, recusando-se a receber pagamento. Acabou largando a pregação e se juntou aos mineiros, nas escrotas condições de vida deles. Em seguida, abandonou qualquer possibilidade de continuar a existir invisível entre os bem-assentados na sociedade e deixou-se explodir em pintura.

Tenho a mesma idade.

Sem a gana, sem a fé, sem o idealismo, sem a piedade, sem o talento dele.

Mas tenho um quadro dele.

Tenho comigo a última obra feita por Van Gogh.

A tela que Vincent pintou antes de se matar.

Não é minha, mas eu a tenho.

Em algum momento, quando eu estava socando dentro de Alex, ele pediu para eu parar. Perguntei se estava doendo, ele disse que não.

Mas queria que eu ficasse parado dentro dele, com meu pau duro dentro dele. Eu parei. Ele me agradeceu e beijou minhas mãos. Em seguida, colocou todos os dedos de uma delas dentro da boca, gemeu, e começou a se movimentar, enterrando meu pau para mais dentro dele ainda.

Me senti mais vivo do que nunca.

Felizmente para mim, sei suficientemente o que quero, mais o que eles acreditam, e, no fundo, sou de uma extrema indiferença à crítica de que eu trabalho de modo apressado.

[...] Se, aos quarenta anos, eu fizer quadros de figuras tal como as flores de que falava Gauguin, terei uma posição de artista à altura de qualquer coisa.*

— Tu não vais transar com ele, tu não podes foder o Alex — mais uma vez, na saída do ateliê, Ravello advertiu. — Não deves. Ouviste bem? Não deves.

— Por que não devo? É uma foda, só isso, uma foda. Você sabe que eu sou feliz quando eu fodo. Que eu só sou feliz quando fodo.

— Alex e a irmã vão arrumar uma maneira de te matar. Não podes. Teu pau virou tua maldição.

— Que maldição, Ravello? Que porra de maldição você está inventando? É você mesmo quem diz que minha facilidade em foder é uma bênção. Você disse. E eu sei que é.

E é. Absolutamente é.

Quando estou dentro de alguém, quando estou entrando e saindo de um outro corpo, tem uma corrente de eletricidade, de energia, de força, que vai da cabeça do meu pau, atravessa-o como um condutor frenético, se irradia pelo meu corpo todo, por cada músculo, por cada poro, pela minha respiração, pela minha saliva, pelas batidas aceleradas do meu coração, subindo e descendo num frenesi que me faz sentir nascer, e renascer, e

*Arles, 19 de novembro de 1888.

nascer e renascer de novo, até toda a força, todo o poder, toda a energia sair de dento de mim em jatos grossos, contínuos, de gozo, a me fazer vivo, vibrante, único e parte do todo ao mesmo tempo, sendo eu e sendo quem eu estou dentro, vibrando como, imagino, o esplendor que envolve o feto quando ele chega à luz.

Foder, para mim, é como morrer e nascer de novo, tudo ao mesmo tempo. E repetidamente.

XXVI

O abatedor de cavalos

Começava a chover quando cheguei ao Bar do Vidigal, menos de cinco minutos atrasado. Era só garoa, mas um vento sudoeste e nuvens pesadas a se aproximar indicavam que um toró de verão cairia dali a pouco. Começava a escurecer. A maior parte das mesas estava desocupada, os jipes e vans de turistas os arrebanhavam e iam levando de volta às suas pousadas e hotéis. Devia ter sido para eles que, de um par de caixas de som, continuava saindo um samba antigo na voz de Beth Carvalho:

"*Ô coisinha tão bonitinha do pai*

Ô coisinha tão bonitinha do pai..."

Não vi Alex em nenhuma mesa.

Alguém desligou a música alta. Os ruídos da vida na favela retomaram os espaços.

O mesmo garçom das caipirinhas de tangerina da tarde com Alex veio até mim. Antes que eu tivesse tempo de perguntar pelo cliente louro da outra vez, ele indicou um coroa numa mesa ao fundo:

— Aquele gringo lá disse que precisa falar com você. Tem um recado. E disse que você conhece ele.

Não reconheci o coroa de cabelos muito pretos, desses avermelhados pelo excesso de exposição ao sol do Rio, tentando pegar um bronzeado local. Talvez usasse peruca. Nem um fio saía do lugar, apesar do vento.

— Manda ele vir aqui — falei, me apoiando no balcão.

Ele veio.

Conforme se aproximava, percebi algo de familiar nele, na maneira meio torta de caminhar. Mas o rosto, retesado e inerte, não me dizia nada. Estendeu a mão para me cumprimentar.

— *Congratulations, Igor. Who'd ever say a street urchin could be that proficient.*

Deixei-o com a mão no ar.

— Fala em português.

— *You speak English, Igor. We've spoken in English before. Don't you remember me?*

— Falo inglês, mas não estou a fim. Quem é você?

Ele girou a cabeça, mostrando os dois lados de seu perfil.

— Olhou bem? De verdade? Para alguém tão observador — insistiu, em inglês —, você me decepciona ao não me reconhecer.

Examinou-me de cima a baixo. Como, imagino, os compradores de humanos, os negreiros, faziam nos mercados de escravizados na ilha de Gorée, no Senegal, ou no Cais do Valongo, no Rio de Janeiro. Se pudesse, conjeturei, levantava meus beiços e examinava meus dentes. Como se duvidasse de minhas qualidades, de minha perspicácia, como demonstrou logo em seguida:

— Como descobriu o chip na moldura do Van Gogh?

Do que ele falava, eu não sabia, mas deduzi. O chip. Um localizador. Como na chave que Alex me dera. Tinham colocado um chip para rastrear o quadro. E eu levara só a tela.

Tentei mudar de assunto.

— Quem mandou você aqui?

O gringo persistiu.

— Você separou tela e moldura com a destreza de um especialista. Alguém te instruiu, Igor? Ou foi sua esperteza de sempre?

Não retruquei. Pivete aprende cedo a não responder perguntas que possam prejudicá-lo.

— Mas nem tão esperto assim — acrescentou. — Havia uma microcâmera na parede, atrás do quadro, ativada quando você o retirou. E outra no retrato do castelo de Ribeauvillé, pendurado logo no início do corredor. E mais uma, acima da porta por onde você saiu. Toda a movimentação do ladrão da pintura de Van Gogh está documentada. Gravada. Por três câmeras.

Eu lembro de ter procurado por câmeras, sem ver nenhuma. Jamais passou pela minha cabeça que colocassem microcâmeras. Ponto para os *doppelgängers*.

— Todas elas com lentes infravermelhas. Capazes de gravar no escuro. Com todos os mínimos detalhes. Quer que eu descreva sua roupa inteiramente preta, seu boné que tentava esconder o rosto, as luvas pretas? A quantidade de toalhas usada para proteger a tela dentro da mala?

— Não.

O sujeito de cara inerte mais uma vez girou o rosto, mostrando cada perfil, para me dar chance de observá-lo bem.

— *You really don't remember me?* Não se lembra mesmo de mim?

— Não.

Levantou o rosto, com ar vitorioso.

— Fiz um rejuvenescimento facial na Turquia. E implante capilar. Parte do meu processo de saída do armário. *A new life!* Uma nova vida! Sou assumidamente gay e mais feliz agora. E dez anos mais jovem. Não vai me dar parabéns?

— Parabéns. Mas por que está aqui? Tem um recado para mim?

— Sim, tenho.

— Fale.

— Continua sem se lembrar de mim? — Ele sorriu com seus novos dentes, brancos como chicletes. — Fui seu cliente. Você me atendeu num apart-hotel de Ipanema. Não se recorda?

Como dizer a um homem de idade apagada, cabelos tingidos e pele lisa como azulejo, que você perdeu a conta de quantos senhores como ele, gringos e nacionais, já atendeu em hotéis e apart-hotéis do Catete a Ipanema? Não diz. Para que dizer? Não estava ali para bater papo com ele. Cobrei:

— O recado? Fala aí. De quem é?

— Você vai adivinhar quando eu contar que me levou a uma rave do outro lado do Rio de Janeiro. Num estaleiro falido. Está recordando agora?

— Que recado tem para mim, porra? — interrompi.

— Antes de sair da rave — o gringo continuou sua ladainha monótona —, você esbarrou em um casal muito parecido e muito bonito. Uma mulher loura, de óculos espelhados, pediu seu celular emprestado. Ela digitou um número, Igor. O dela. O número do seu celular ficou registrado.

— Valéria e Alex já me contaram essa merda. Não preciso ouvir de novo.

— Foi naquela rave que você conheceu os gêmeos filhos do meu *boss*.

— Filhos do seu o quê?

— Meu *boss*. O maior acionista brasileiro da rede de hospitais para a qual trabalho. Alex e Valéria. Os filhos de Emanuel Schenberg.

Uma armadilha. A rave foi o começo. Não. O atendimento a George Sánchez, que me levaria à rave e aos gêmeos, fora o início. Não. A arapuca começara bem antes. Na foda com a puta, diante do velho na cadeira de rodas. O velho assassinado. Falsamente assassinado por mim. A ordem dos fatores da armadilha era inútil. Eu tinha caído nela, pronto.

— Foi o seu patrão que planejou tudo?

— "Manny" Schenberg? Não, óbvio que não foi ele. O velho está gagá. Não diz coisa com coisa. São os filhos que tocam o negócio.

— Os filhos?

— Principalmente Valéria.

Vincent era um fracassado aos vinte e cinco anos, sempre lembro. Todas as tentativas em sua vida tinham dado errado até ali. Até a idade que vou fazer em breve, lembro sempre.

Como eu, tinha nascido num 30 de março.

Dele, a data é certa, está escrito no registro de nascimentos da Groot-Zundert, uma cidade da província de Brabante do Norte, nos chamados Países Baixos.

A minha data de nascimento, mandei que escrevessem na certidão conseguida por Ravello com seus amigos fabricantes e forjadores de documentos. Eram a data e o lugar que escolhi, não o que eu achava ter ouvido, alguma vez, de alguém, talvez um dos parentes pelas casas por onde foram me passando, antes de ser largado, ou eu mesmo preferir viver nas ruas. Quem sabe o local dito por minha mãe, ao me largar com minha avó, em Itarantim, na divisa entre Minas Gerais e Bahia, se é que ela disse onde e quando me parira, em que ponto ou parada das estradas que seguira com seu caminhoneiro? Meu pai. Bernardo, eu o chamei. Quando escolhi, eu me lembrei do 20 de março, em que já estava lendo o desbeiçado livro sem capa das cartas de Vincent ao irmão Théo que me fora dado por Ravello.

Vincent parecia inteligente, dava sinais disso, mesmo que o pai e todo mundo duvidassem. Menos Théo.

Vincent falava e escrevia em francês e inglês, poemas, inclusive, além de sua língua de origem, o neerlandês, e aprendeu um tanto de grego e latim. Achava que poderiam ser úteis para sua formação de pastor de almas, logo ele, que não tinha controle sobre as inquietudes de sua própria.

Foi chutado para fora do seminário em Bruxelas. Como já tinha sido demitido de uma galeria de arte, uma livraria e uma escola. Não tinha talento para nada, aparentemente. Tanto que, em algum momento de seus derrotados vinte e cinco anos, a irmã sugeriu que tentasse algo simples como acreditavam ser a sua mente, o ofício de padeiro.

Padeiro.

Vincent Willem Van Gogh, padeiro.

Inteligente como Vincent sei que não sou. Esperto, sim — o que ele não era, nunca conseguiu ser. Por isso se fodeu. Não vou deixar que me aconteça o mesmo. Sei me safar. Aprendo rápido. Não consigo escrever bem como Vincent, nem na minha língua, muito menos em grego, latim, francês, inglês. Nem sei quem foram Zola, Dickens, Maupassant e outros escritores cujos nomes e obras aparecem nas cartas dele. Mas, para falar inglês, espanhol, francês, eu me viro.

Quando me sinto destruído, como agora, ouvindo deste gringo plastificado, mais uma vez, a confirmação de todas as imbecilidades que venho cometendo, desde o primeiro passo para dentro da arapuca dos irmãos Schloendorf, não aceito ser um cavalo velho, puxador de carroça de lixo, aguardando a martelada na cabeça. Que Vincent menciona numa das cartas.

Vincent caminhava para se acalmar. Cinco, sete, dez quilômetros, pelos campos de Brabante, mais tarde pelos trigais e plantações de girassóis na Provença. Uma vez, na Inglaterra, foram 160 quilômetros, eu lembro de ter lido. Meu ímpeto é sair correndo pela praia, sem deixar os pensamentos destrutivos tomarem conta da minha cabeça, até ficar tão exausto que o mergulho nas águas do Posto 6 me acalmará, me aliviará, e voltarei correndo devagar para a minha quitinete, com a cabeça limpa, livre — pelo menos por uns momentos, algumas horas — dos desassossegos que nessas horas me torcem por dentro.

É como atravesso meus momentos de cavalo velho.

Aprendi lendo o que Vincent, nessas horas, escrevia.

> **Foi no exato momento em que os varredores de rua estavam voltando para casa em suas carroças com cavalos velhos. [...] Alguns daqueles velhos cavalos brancos parecem uma antiga água-tinta que você talvez conheça, uma gravura sem muito valor artístico, mas que, no entanto, me tocou e me impressionou muito. [...] Essa gravura retrata um velho cavalo branco, emaciado, cansado e exaurido até a morte por uma longa vida de trabalho pesado e difícil. O pobre animal está parado num lugar indescritivelmente solitário e abandonado, uma planície com grama seca, escassa, e aqui e ali um tronco retorcido, dobrado e quebrado pelo vento da tempestade. No chão, uma caveira, e à distância no plano de fundo, o esqueleto desbotado de um cavalo ao lado de uma cabana, onde mora o homem que abate cavalos. [...] O pobre cavalo, o velho e fiel servo, permanece paciente e submisso, mas, no entanto, corajoso e tão resoluto, por assim dizer, quanto o velho guarda que disse: "*la garde meurt mais elle ne se rend pas*",* espera por sua hora final. ****

Depois que as seguradoras se recusassem a pagar os milhões exigidos pelos sequestradores, que cumpririam a ameaça de destruí-la, quem jamais poderia imaginar que aquele mesmo "Campos de girassóis ao meio-dia sob nuvens de tempestade", desaparecido no Rio de Janeiro, tal como

*"A guarda morre, mas não se rende", em tradução livre.

**Arles, 17 de julho de 1888.

desaparecera da Alsácia, em agosto de 1944, estivesse dependurado na parede do iate de uma bilionária asiática, a circular pelo profundo azul das águas do oceano Pacífico?

Um plano simples, perfeito, impecável, ridículo até, de tão óbvio. Brilhante e indetectável por apoiar-se em apenas dois elementos: um michê e o Van Gogh.

Que armadilha poderia ser mais fácil?

Michês, por definição da necessidade de sobrevivência, por instinto, pressentem em instantes o ambiente onde são introduzidos. Como um rato faminto subitamente colocado dentro de dispensa farta. A arapuca era evidente. Nós, michês, somos atentos. Sagazes, pelo menos. Apenas isso: sagazes. Mas, nesse tipo de atividade, que envolve gozos secretos e fudelança paga, nada se resume a apenas isso.

George Patrick Sánchez sorria ainda. Fizera bem a sua parte. Seria recompensado por isso, seguramente.

Um celular tocou.

Ele tirou o aparelho do bolso, abriu-o, viu quem ligava, atendeu:

— Está com você? — indagou, em inglês, a alguém do outro lado.

Pausa. Continuou olhando para mim. E falando em inglês:

— Tem certeza? O apartamento é minúsculo.

Nova pausa, sempre atento a qualquer movimento meu. Não fiz nenhum.

— Checou tudo? Tudo, em todas as partes?

Dava para ouvir a voz masculina, gritando do outro lado:

— Sim. Sim, pode. Depois coloque de volta na parede — encerrou, desligando e fechando o celular. Mirou-me, calado, depois falou, em inglês: — O Van Gogh não está no seu apartamento.

— Não — respondi em português.

— Eu pensei mesmo que você não seria burro a tal ponto, mas mandei gente nossa lá, para ter certeza. Você é um garoto esperto.

— Tem algum filhadaputa dentro do meu apartamento?

— Do seu cubículo. Quatro. Já saíram.

Alguém tinha entrado no meu apartamento em busca da tela. "Gente nossa", o gringo dissera. Mais pessoas envolvidas no sequestro do Van Gogh. E na oportunidade dos milhões de dólares de mais um golpe de mais uma rede mundial de galeristas, leiloeiros, curadores, autenticadores, ladrões, herdeiros, vendedores e compradores de arte roubada ou falsificada. Mais uma quadrilha fortalecida por otários desavisados — como eu.

— Você vai fazer o seguinte... — o gringo começou a comandar.

— Vai te foder — interrompi.

George Patrick Sánchez ignorou minha reação. Falava como um executivo de multinacional encerrando uma reunião com subalternos:

— Amanhã à noite embarco de volta para o Panamá. É onde estou baseado agora. Levarei apenas uma bagagem de mão. Aquela. — mostrou uma valise estreita aos pés da mesa que ocupava quando cheguei.

— Você disse que tinha um recado para mim.

— Tenho.

— Qual?

— Esse que estou a lhe dizer: naquela maleta você vai colocar a tela. Depois irá levá-la ao apart-hotel onde estou hospedado.

— Quem mandou esse recado?

— Me entrega em mãos — completou, indiferente à minha irritação.

— No Panamá, você vai entregar a tela para alguém?

— Isso não é da sua conta.

— E o meu dinheiro?

— Você receberá quando me entregar a mala.

— Como posso ter certeza?

— Não pode.

— Se o valor do Van Gogh aumentou, o do meu trabalho também.

— A decisão não é minha.

— Onde está o Alex? Foi ele que mandou esse recado? Quero falar com ele.

O gringo respirou fundo, antes de falar. Talvez relutasse em me dizer a verdade. Talvez, mais uma vez, mentisse.

— Alex e Valéria embarcaram ontem para fora do Brasil.

— Assim, sem mais nem menos? De uma hora para outra?

— São cidadãos americanos, podem viajar para onde quiserem, na hora que desejarem.

— Foram para os Estados Unidos?

— Isso não lhe diz respeito.

— Manda o Alex me ligar. Diz que eu quero falar com ele.

— Ele está fora do país.

— Não precisa estar aqui para falar comigo ao telefone.

— É melhor para você não complicar as coisas.

Eu estava confuso com as reviravoltas, tentando disfarçar minha perplexidade. Precisava ganhar tempo. Encontrar uma forma de não me ver apagado de tudo em que estive incluído desde a primeira noite, com minha flagrante babaquice e tudo mais. E queria rever Alex. Não devia, mas queria.

— Complicar que coisas?

— As investigações sobre o roubo, para começo de conversa.

— Não teve roubo, você sabe. Todos sabemos. A investigação vai dar o que Alex e Valéria quiserem que dê. Qualquer dinheiro compra a polícia do Brasil.

— Não me refiro à polícia brasileira. São as seguradoras internacionais que estão de olho. Nenhuma quer encarar o rombo de pagar o valor desse Van Gogh desaparecido. As regras deles não permitem pagar resgate, mas obrigam a ressarcir o valor do item roubado. Roubado com provas, que incluem os vídeos do ladrão todo de preto.

— As seguradoras já viram esse vídeo? A polícia tem esse vídeo?

— Mais um assunto que não é da sua conta, *my boy.*

Ele sorria. Não gosto quando cretinos riem — especialmente os que riem de mim.

— Você é um idiota...

— Se sou um idiota que te dá ordens, isso faz de você o quê?

— "Estrada com ciprestes" foi queimado num museu da Alemanha durante a guerra. As seguradoras sabem.

— Engano dos livros de história. Foi uma doação do avô de Alex e Valéria, que o pegou de volta para salvá-lo, antes dos bombardeios ingleses. Tem documentos do museu para provar isso.

— Documentos falsos, com certeza.

— Haverá uma grande pressão da mídia internacional para recuperar esse tesouro artístico. E de museus. Do mundo inteiro. Ninguém deseja que um Van Gogh sequestrado seja queimado, reduzido a cinzas.

Parou de sorrir. Apontou, ordenando mais uma vez:

— Sobre aquela mala, embaixo da mesa: ela tem um fundo falso que…

— Foda-se a mala. Não lhe entrego nada se o Alex não falar comigo e confirmar que lhe deu essa ordem.

O OITAVO DIA

XXVII

Mortos não falam

Um pássaro em uma gaiola na primavera sabe muito bem que há alguma coisa na qual ele seria bom, ele sente muito bem que há alguma coisa a fazer, mas ele não consegue lembrar o que é, ele não se lembra bem, depois ele tem ideias vagas e diz a si mesmo: "os outros fazem seus ninhos e fazem seus filhotes e criam a ninhada", então ele bate o crânio contra as barras da gaiola. E então a gaiola permanece ali e o pássaro fica louco de dor.*

Não estou preso. Nem serei. Não vou rachar meu crânio contra nenhuma grade de cela por conta de sacanagens feitas para me incriminar. Não tenho o poder, as conexões, a influência, a inteligência, a grana, as amizades com políticos, muito menos os meandros financeiros, nem os recursos e habilidades e os recursos tecnológicos dos *doppelgängers*.

Mas tenho outro tipo de poder.

*Cuesmes, 24 de junho de 1880.

Mesmo se Alex fosse o inimigo contra quem Ravello insiste em me precaver, mesmo se Alex fosse o inimigo por quem eu sinto essa porra de não sei que merda de sentimento é, mesmo assim, eu sei que tenho, eu sabia ter, ou acreditava ter, algum poder sobre ele. Desde que pudesse levá-lo para a cama. O tesão de Alex por mim e o amor dele pelo meu pau eram mais poderosos do que qualquer rancor por minha tentativa de comer Valéria, ou seja lá qual tramoia ela tenha armado para afastá-lo de mim. Se Alex tiver mesmo se ido do Brasil, de uma hora para outra, não teria sido por decisão dele. Há poucos dias, ele queria me comprar roupas de grife no shopping mais esnobe do Rio e me oferecer o luxo de me hospedar no Copacabana Palace.

Sua partida do Brasil, se aconteceu realmente, significava eu não ter sobre Alex o domínio que acreditava ter. Mesmo assim, ainda tenho algo mais forte que sexo, caralho, cu, boceta, prazer, gozo, amor, que merda de nome se queira dar à conexão entre dois seres humanos.

Dinheiro.

Eu ainda tenho o Van Gogh. E tudo o que ele significa para o futuro dos gêmeos Schloendorf. Sou o único caminho para os dólares, libras, bitcoins ou o que venha a ser usado para comprar "Campos de girassóis ao meio-dia sob nuvens de tempestade".

Depois de todas as humilhações, fracassos, sacanagens, descrédito da família, de amigos, de patrões, sem um tostão nem cargo de missionário entre famílias de mineiros analfabetos cujas dores e falta de perspectivas ele compreendia como na própria carne, atolado na lama e carvão do miserável vilarejo belga de Borinage, Vincent descobriu seu grande tesouro.

Não tinha mais nada a perder.

Não tinha nada, senão sua própria vontade.

Era um homem livre.

Estou como Vincent.

Não tenho nada a perder.

Nunca tive nada, continuo sem ter nada.

Nem ninguém que se importe com isso.

Nada me limita.

Virei as costas para o gringo, caminhei para fora do bar, montei na garupa de um dos mototáxis parado em frente, ia saindo quando o gringo veio correndo lá de dentro e segurou meu braço, tentando me deter.

— Você não pode sair assim! Você não pode ir embora! Você tem que...

Puxei meu braço, mandei o motoca seguir para Copacabana e me despedi:

— Enfia. O Van Gogh. No olho. Do. Seu. Cu.

A mulher da braçada de flores para Olympia tinha sido talhada ao meio, de um lado ao outro. Um outro corte, em xis, incisado bem em cima de seu rosto. Usaram a lâmina que tenho comigo desde que os grandões me curraram.

Estava quebrada, jogada na cama.

Na parede pintada de verde-imperial, a tela em tons esbranquiçados, rubros, violetas e pretos, parecia uma ferida exposta. Recolocada exatamente no lugar onde eu a havia pendurado, desde que Ravello me presenteara. Desde antes da invasão dos escrotos da quadrilha, em busca do Van Gogh.

A mulher que me lembrava minha avó.

A mulher que eu pensava sempre como um retrato da minha avó.

Destruída para sempre.

Os dólares que eu escondia debaixo das cubas de gelo do minirrefrigerador tinham sumido.

Trabalhar cansado me deixa meio burro, mais lento para a dinâmica de ouvir as palavras e formar os gestos da tradução de Libras. Não chego a fazer grandes besteiras, mas fico perto disso.

A filhadaputice dos comparsas do gringo no retrato da Laure dos impressionistas, a conversa sobre a viagem súbita de Alex e Valéria, as intimidações do puxa-saco dos *doppelgängers* me deixaram agitado e furioso. Dormi mal, acordei várias vezes, agitado como nos tempos em que dormia na rua. Irritado, abobalhado e arrebentado, fui encarar o dia inteiro de palestras dos acionistas e investidores de uma rede de academias de ginástica, com premiações de professores e funcionários. Uma chatice sem fim. Pelo menos era perto de casa, num dos novos hotéis da avenida Atlântica.

Quando acabasse, voltaria para a quitinete, botaria um calção, correria pela areia até o Posto 5, daria um mergulho e passaria no ateliê do Ravello, para tentar aclarar as ideias. Mesmo que não conversássemos. Bastava eu entrar lá, me deitar no tapete afegão, dar uma dormida, para acordar em paz.

Aproveitei um intervalo de lanche e café entre painéis para dar uma mijada. O banheiro estava cheio. Percebi um certo clima de paquera, bem ao estilo dessa rede de academias populares entre gays. Ignorei. Encontrei um mictório num canto, botei o pau para fora e comecei a mijar quando percebi alguém se chegando pela minha esquerda. Vinha direto e rápido na minha direção.

Foi instinto, talvez.

Ou foi minha experiência com a movimentação da veadagem. Ou foram os anos vivendo na rua e tendo de me proteger como bicho pequeno na selva, ou foi o sentimento de alerta e ódio pela destruição dentro do meu apartamento no dia anterior. O que quer que tenha sido, acendeu minha vigilância.

A figura na minha direção, sinuosa e rapidamente, saquei, não vinha chegando em clima de tesão. O sujeito, mais alto que eu, percebi, não estava vindo pegar meu pau, se ajoelhar para me mamar, não se aproximava para falar comigo, ou para fazer alguma sacanagem ali no banheiro do subsolo do hotel, um ato público e excitante para tantos, na frente de todo mundo, como muita gente aprecia, se excita e se diverte. De canto de olho percebi, saquei, senti que ele tinha alguma coisa na mão.

Vi o brilho.

Uma lâmina.

Ter sido trombadinha e sobrevivido me deu aptidão de respostas rápidas ao perigo.

Me virei, mijando, ainda, e urinei em cima de seus sapatos, da calça, pegando o filhadaputa de surpresa. Ele não chegou a parar, mas hesitou. Dei um chute no saco dele. O merda se curvou. Peguei-o pelas orelhas, joguei-o de cabeça contra a louça do mictório. Dei-lhe uma, duas, três porradas na cabeça, apertando e enfiando sua cara ali dentro, fazendo com que perdesse o fôlego e se visse obrigado a respirar e engolir a mistura de urina, desinfetante e água do mictório côncavo. Chutei-o de novo, e outra vez, antes de correr para fora do banheiro, chamando e buscando pelos seguranças do evento. Não havia nenhum no subsolo. Nem um único deles. Como se tivessem sumido. De propósito.

Subi pelas escadas, alcancei o primeiro andar, gritei, chamei, não apareceu ninguém. Novamente. Como se tivessem sumido. De novo. Como no subsolo. Dois andares de um hotel quatro estrelas sem a presença de qualquer tipo de segurança. Um sumiço que qualquer pequeno punhado de dólares pode comprar.

Voltei correndo escadas abaixo, entrei no banheiro, disposto a quebrar o cara.

O filhadaputa que me atacou tinha sumido.

Dois fortões saíram de um cubículo com ar satisfeito. O lugar se esvaziava. Ninguém me olhou, ninguém parecia ter notado nada de anormal. Como se a porradaria com o filhadaputa tivesse sido apenas uma troca de sopapos entre namorados enciumados, sei lá, algum lance assim, sem importância. Como se nada tivesse acontecido.

Minhas mãos estavam sujas de sangue e mijo. Aquele sangue não era meu, eu não tinha nenhum corte.

Tradutores de Libras são mesmo invisíveis, pensei, cheio de raiva e frustração, enquanto me lavava.

Nada do que contei surpreendeu Ravello.

Nem lâmina para cortar meu pau, nem engasgar o filhadaputa na bacia do mictório, nem o sumiço dos seguranças do evento e do hotel, nem os filhadaputa invadindo minha quitinete, nem a Laure talhada, nem a conversa escrota do gringo filhadaputa no Vidigal, nem o sumiço do Alex, nada de nada.

— Eles demoraram até se juntar — finalmente comentou.

— Eles, quem?

— Esses. Que quase cortaram seu pinto. Para te amedrontar.

— Quem, Ravello? Quem?

— Esses que não estão sabendo o que fazer para ter de volta o Van Gogh. Uma quadrilha fluida.

— Fluida?

— Sim. Uma quadrilha fluida. Por isso mesmo mais perigosa.

Pedi que explicasse.

— Existem organizações prontas, funcionando em todas as partes do mundo, capazes de roubar, furtar, lidar, transportar, vender ou ocultar, realizar de forma limpa e oculta dos olhos do público e da imprensa a circulação de grandes obras de arte. Ou medíocres, mas valiosas. Ou cópias delas. Bons criminosos — completou. — Equilibrados. Confiáveis.

Eu nunca tinha ouvido criminosos qualificados daquela forma. Ravello prosseguiu na explicação.

Os tais bons, confiáveis e equilibrados criminosos compõem quadrilhas fixas, com membros que se conhecem, já agiram juntos em outras ocasiões, têm conexões com respeitáveis curadores de exposições, leiloeiros, colecionadores reais ou de fachada, autenticadores, restauradores, altos funcionários e bem humildes, também, de pequenas ou poderosas galerias de Genebra a Hong Kong, profissionais fidedignos, agindo imperceptivelmente desde muito antes do surgimento das grandes fortunas brotadas do esfacelamento da União Soviética, do gigantismo das indústrias eletrônicas asiáticas e das riquezas incalculáveis dos trilionários do petróleo do mundo árabe e arredores.

— Uma dessas organizações veio atrás do Van Gogh?

— Infelizmente, não.

— Infelizmente, Ravello?

— Qual organização imbecil mandaria um agente entrar num banheiro de hotel lotado, durante um evento de rede de academia de ginástica, com ordens de cortar o pinto do homem que sabe onde está a tela roubada? Ou pretendiam cortar sua orelha, numa citação macabra de Van Gogh? — ele parou e refletiu. — Faria mais sentido.

— O cara foi direto para o meu pau.

— Seu pau é mais valioso que sua orelha. Verdade. Mas mutilar sua orelha daria o recado certo.

— Como sabiam que eu e o Igor, que o tradutor de Libras e o michê, somos a mesma pessoa?

— Teu queridinho, Alex, os informou. Não foram ao teu apartamento?

— Foram.

— Boçais perigosos. Escroques desempregados, amealhados pelos teus *doppelgängers*. Mais provavelmente por aquele funcionário deles, o gringo que encontraste no bar do Vidigal. Quadrilha fluida, eu te disse.

O gringo, raciocinava Ravello, certamente há muito tempo agia internacionalmente para os Schloendorf. Lavagem de dinheiro, malas com dólares transportadas para paraísos fiscais em voos particulares, aplicações no nebuloso mercado imobiliário de Miami e arredores, joias vendidas sem recibo.

— Não viste como o ex-presidente do Brasil faturou milhões, vendendo clandestinamente as joias ganhadas dos ricaços árabes?

— Está em todos os jornais e noticiários de TV.

— Bolsonaro não entrou em nenhum lugar pessoalmente. Gente como ele e os Schloendorf não sujam as próprias mãos. O teu gringo é esse tipo de assecla. Um ajudante de ordens. Cumpre as vilanias habituais de funcionário sem cargo determinado de multinacionais metidas em seguros.

Um território profundamente conhecido por Ravello desde o início da carreira de copista de grandes mestres, eu sabia.

— O gringo é um escroque menor. Deve estar coordenando esse bando claudicante. Um cego conduzindo outros cegos.

— Não são criminosos tradicionais — ele continuou a me instruir — como os envenenadores russos de opositores de Putin. Tampouco agem escancaradamente, como os provocadores de acidentes de automóveis, quedas de andares altos, atropelamentos, características de executores treinados no Oriente Médio e na Itália. Os desertores do Mossad agem à luz do dia, desafiadoramente deixando sua assinatura. E sabem matar detonando remotamente telefones celulares, pagers, relógios, walkie-talkies, até aparelhos auditivos. Como fizeram em setembro deste ano, no Líbano, detonando mais de 2.700 pagers usados por membros do Hezbollah.

A quadrilha amealhada para recuperar o Van Gogh do Leblon, tirá-lo do Brasil, mantê-lo oculto e protegido, até organizar o leilão entre arquimilionários sem escrúpulos nem limites de verbas, possivelmente foi juntada aos trancos e barrancos, depois que Estados Unidos e aliados passaram a vigiar as despesas dos bilionários russos, supostamente privados de, pelo menos, parte de suas fortunas.

— Matar-te não adiantará nada. Mortos não falam. Não contam onde está escondido o Van Gogh. Mas cortar tua orelha e te amedrontar? Sim, com certeza. Ou te capar? Melhor ainda. Acabar com teu instrumento de trabalho? Podes bem imaginar quem teve essa ideia.

— Valéria?

— Já ouviste falar ou leste a teoria de Freud sobre "Inveja do pênis"?

— Nunca.

— "Mulher fálica"? Sabes o que é?

— Tampouco.

Ravello pareceu que iria enveredar naqueles temas, mas foi em frente com o tema da quadrilha fluida:

— Herdeiros de artistas, gananciosos ou falidos, e mesmo alguns que estão bem de dinheiro, são os cúmplices mais habituais das quadrilhas fluidas. Alguns herdeiros mantêm com elas contato permanente e fazem, através desses criminosos amadores, a autenticação de obras falsas. Que, uma vez comerciadas, acabarão por lhes render um percentual razoável na venda. As denúncias de fraude que chegam aos leilões e à mídia frequentemente vêm de "fontes anônimas", que é como os rivais — primos, sobrinhos, irmãos, filhas e filhos bastardos, amantes, ex-marchands — são identificados.

Ravello preparou seu drinque amarelo habitual, lenta e meticulosamente, enquanto prosseguia com minha educação em patifaria internacional da arte.

— Tua sorte é que os contratados dos *doppelgängers* ainda estão a se organizar. Aqui e lá fora.

— Mas quem são eles, Ravello?

— Elas, também. Mulheres malucas, homens insanos. Sem controle. Os enjeitados de outras quadrilhas. Psicopatas. Não seguem planos, não aceitam orientação, rejeitam ordens, agem como se fossem independentes. Lobos solitários. Matam por matar.

Um amontoado de dementes, fortalecidos pelo momento mundial, Ravello tinha certeza. Os compradores potenciais passaram a ser aqueles — e aquelas — menos vigiados. Os novíssimos super-ricos. Ao que tudo indicava, completou, os bilionários dos cartéis de drogas estão apenas começando a se interessar pelo mercado de arte. Seja qual for a origem dela. Mesmo em se tratando de espólio de guerra.

Uma quadrilha tradicional, com membros fixos acostumados a planejar e atuar juntos, não precisaria recorrer a um garoto de programa do Rio de Janeiro para sequestrar o quadro, era a opinião de Ravello. A doideira começara com o jogo sexual dos irmãos.

— Tudo o que está acontecendo recende a amadorismo e improvisação. E perversidade. Há um evidente prazer depravado no jogo que os *doppelgängers* estão a fazer. — Havia preocupação na voz de Ravello ao acrescentar: — Tu corres perigo. Um grande perigo. Um mortal perigo.

— Alex não permitiria que me matassem.

— Ninguém manda nessa reunião de boçais. Nem Alex, nem Valéria. Ninguém. Amadores incompetentes não hesitam em matar. Ignoram uma regra básica no mercado de arte copiada: só se elimina quem é irrelevante. Assassinatos chamam demais a atenção da Interpol, das seguradoras e dos rivais. Mas psicopatas não entendem isso.

Eu só conseguia pensar em uma coisa: não vou deixar que me matem.

ARLES, FRANÇA, 1888

RIO DE JANEIRO, 2024

XXVIII

Os bons cidadãos de Arles

Arles, 25 de dezembro de 1888

Théo, meu estimado irmão,

A polícia invadiu minha casa dois dias atrás e me trouxe à força para este Hospital Civil da cidade de Arles, Bouches-du-Rhône, contra, totalmente contra a minha vontade, incitada por meus vizinhos bisbilhoteiros, falsa e hipocritamente horripilados com a visão de tanto sangue, ainda que indiferentes a qualquer tormento ou dor que eu pudesse estar a sentir e, mais que tudo, escandalizados por eu ter presenteado a parte decepada de minha orelha esquerda à sempre meiga Gabrielle Berlatier, a "Raquel", trabalhadora do bordel desta cidade tão hipócrita, tão arraigada a preconceitos, uma jovem encerrada numa casa sombria, de janelas sempre cerradas, recendendo a fumo, suor, cerveja choca, batatas e cozido de tripas de ovelha com feijão branco, para onde Paul Gauguin tantas vezes me arrastou, surdo a meus protestos, cego à minha revolta à exploração e submissão do corpo de um ser humano à lubricidade de outro, paga com algumas moedas, indiferentemente de sua vontade e desejo.

A agonia da navalha rasgando minha carne foi horrível, Théo, uma dor assombrosa, porém menor do que a dor que me devora por dentro. Uma dor a sufocar outra, eu tentei. Não é a primeira vez que faço isso, eu sei. Uma agonia a calar outra, busquei. Eu sei. Nada adiantou. Nada adianta. A dor não passa.

Eu não quero morrer, Théo. Não agora. Não antes de levar a minha busca pela arte como eu a vejo, como sei que ninguém viu antes de mim, e o digo sem soberba, e o digo em meio à penosa caminhada para tentar descobrir como conseguir chegar aonde eu quero, eu espero, conseguir chegar com minha arte. Um dia.

Um dia, Théo.

Hoje é Natal.

Esta é a primeira vez que passo o dia de Natal numa enfermaria de hospital.

Primeiro me trancaram numa cela.

Não permitiram que eu trouxesse papel nem lápis, meu cachimbo, tintas, pincéis, coisa alguma. Por isso não me foi possível lhe escrever. Ficar sem fumar me agoniou ainda mais. Passei a noite em claro, com dores. Temendo que demonstrar minha ira lhes parecesse mais uma afirmação de meu desequilíbrio mental, mais uma prova de minha loucura, contive minha revolta e meus protestos. Mordi meus lábios com força, para esta dor me fazer esquecer aquela outra, de novo, buscando abafar uma dor com outra maior, mais aguda, mais humilhante, depois do desprezo e escárnio de Gauguin ao me abandonar na Casa Amarela e partir de volta a Paris.

Os homens, o que somos? Preservadores da espécie, fortes, duros, predadores, equilibrados, viris, provedores, destemidos, aventureiros, conquistadores, imbatíveis?

Os artistas, o que somos?

O que sou eu, meu irmão, o que sou eu?

Como Gauguin, certamente, não sou.

Gauguin não tem angústias, Théo. Ele não tem fraquezas, não tem dúvidas pessoais nem do próprio talento, não tem inseguranças, não tem necessidade da aprovação, nem do afeto de ninguém. É um vitorioso em sua pintura, elogiado e disputado por colecionadores, tal como foi vitorioso em suas aventuras como marinheiro e na construção de sua pequena fortuna como operador da Bolsa de Valores de Paris. Ele caminha com passos largos, firmes, o senhor de seu domínio. Ninguém se atreve a dar risadinhas quando ele passa, nenhum moleque tem coragem de jogar legume podre nele ou xingá-lo, nenhum respeitável cidadão de Arles cospe ou troca de calçada ao ver Gauguin se aproximar, como fazem comigo. Ele é o homem que outros homens admiram, invejam e gostariam de ser. Como me sinto frágil em sua presença. Como gostaria de ter sua força.

Nesta manhã fui retirado da cela, colocado nesta enfermaria.

Me trouxeram meu cachimbo, tinta, pena, lápis. "Pela benevolência do espírito de Natal", um dos policiais grunhiu, ao jogar tudo sobre meu leito.

O silêncio à minha volta, neste momento, me traz alguma paz.

Só estou eu, aqui.

Em vez de abraços, festejos, brindes ou orações, tudo é silencio. Leitos vazios. As famílias, nesta data, levam seus enfermos para casa. Para, quiçá, suas derradeiras refeições. Ah, Théo, meu estimado, leal irmão Théo, por que eu não sou mais comum, por que não sou, não consigo ser, como todo mundo que se sente apaziguado no Natal?

Meus vizinhos da Casa Amarela, os moradores da Praça Lamartine, os bons cidadão de Arles, escandalizados com minhas bebedeiras, minhas alucinações, minhas gritarias e brigas com Gauguin, estarão respirando aliviados nesta manhã de Natal, sem os escândalos, os impropérios e as blasfêmias deste Vincent, deste holandês vermelho que desrespeita suas famílias e hoje estaria, seguramente estaria, a lançar maldições aos céus e aos infernos, neste dia sagrado do nascimento de Nosso Senhor Jesus Cristo.

Ah, Théo.

Eu estou bem.

Eu lhe juro que estou bem.

"Escrevo-lhe em plena posse de minha presença de espírito, e não como um louco, mas como o irmão que você conhece. — Eis a verdade: um certo número de pessoas daqui encaminhou ao prefeito (acredito que ele se chame sr. Tardieu) uma petição (havia mais de 80 assinaturas) me designando como um homem que não é digno de viver em liberdade, ou qualquer outra coisa do tipo.

O comissário de polícia, ou o comissário-geral, deu, então, a ordem para que me internassem de novo.

Não será necessário que o façam.

Vou me antecipar aos bons cidadãos de Arles.

Após me darem alta aqui, decidi me internar no asilo de Saint-Paul-de-Mausole, em Saint-Rémy-de-Provence, um lugarejo não muito distante de Arles, cercado de trigais e campos de girassóis, temas tão luminosos, tão apaziguadores.

Decidi não postar imediatamente esta carta. Vou guardá-la, estimado irmão, para lhe entregar em mãos, sem essa sombra de melancolia despertada pelo Natal.

Sabendo que o médico que vem me atendendo desde o dia 23, doutor Félix Rey, vai lhe escrever, para atestar minha melhora.

Apesar de tudo, mesmo com atraso involuntário, sem nenhuma ironia ou sarcasmo, com o profundo afeto que lhe dedico, meu irmão, eu lhe desejo um Feliz Natal.*

Não quero morrer. Não agora. Terei de morrer um dia, como todo mundo, eu sei. Mas não agora. Sou novo, ainda.

Sobrevivi à bestialidade e à covardia nas ruas do Rio de Janeiro, escapei de polícia e de traficante, comi restos de comida de sacos de lixo de lanchonete, vi sumirem, um a um, os garotos e meninas abrigados como eu nas plataformas da Central do Brasil, escondidos nas tubulações de água pluvial nas areias de Botafogo, do Leme, de Copacabana. Apesar de tudo isso, continuo aqui.

Estou vivo.

Do jeito que me foi possível, mas estou.

*Arles, 24 de fevereiro de 1889. GOGH, Vincent van, *Cartas a Théo*. Porto Alegre: L&PM, 2002. Tradução de Pierre Ruprecht.

Não quero morrer por causa dessa porra desse Van Gogh do Leblon.
Não vou deixar que me matem.
Nem que eu seja obrigado a matar.

Nunca tinha visto Ravello tão preocupado.

— Tu corres perigo. Um grande perigo.

— Eu sei. E você já disse isso.

— Mais do que imaginas.

Ele havia feito ligações, algumas internacionais, em seu velho telefone com fio ligado à parede. Não ouvi as conversas, não sou intrometido e ele falou o tempo todo em voz baixa. Em várias línguas. Percebi, mesmo sem querer, que colhia informações. E que as checava com cada interlocutor. Foi depois desses telefonemas que me chamou para sentar a seu lado.

— Eles não acreditam que tu estejas agindo sozinho.

— Quem são *eles*, Ravello?

— Me ouve e não me faças perguntas. Com o que tu conheces sobre os *doppelgängers* e suas manobras para venderem o Van Gogh, tu te tornaste um risco para eles.

— Alex e Valéria?

— Todos. Alex, Valéria, os comparsas deles, os agentes que esperam ganhar percentuais com as vendas, o comprador que não pode se expor, os membros dessa quadrilha fluida, todos. Não podem se arriscar a deixar que contes o que tu sabes. Não podem se arriscar a deixar-te vivo. Esse quadro seguramente veio da morte de seus donos verdadeiros. Esse quadro é amaldiçoado!

— Nada que valha mais de 50 milhões de dólares é amaldiçoado, Ravello.

— Tu não sabes como essa gente conseguiu o Van Gogh.

— E você? Sabe?

— Ainda não. Mas posso sentir o odor da morte aqui em volta.

— Você é cheio de superstições.

— Sinto entrando pelas minhas narinas. Como a ardência de um fedor. Esse cheiro de morte.

O rumo da conversa era tudo o que eu não gostaria de ouvir. Não era 1889, não eram os bons cidadãos de Arles exigindo a expulsão do arruaceiro holandês de sua pacata cidade, a retirada do baderneiro ruivo grosseiro e frequentemente alcoolizado do convívio com suas respeitáveis famílias.

— Me assassinar? Quem? Valéria e Alex?

— Eles, a quadrilha fluida, o gringo plastificado, todos, já te disse. É fácil acabar com alguém como tu. Sem deixar rastros. Tu sabes.

Sei.

Uma facada na Barata Ribeiro por alguém saído das sombras de um portal. Tiros na nuca no balcão da lanchonete da Dias da Rocha, desferidos pelo carona de um motoqueiro. Atropelamento na avenida Nossa Senhora de Copacabana. Uma porrada bem dada no fígado durante uma corrida na areia. Garganta cortada com um estilete na escada para o banheiro do centro de convenções. Empurrão na chegada do trem, na estação do metrô. Saraivada de tiros ao abrir as grades do meu prédio. Queda da janela da quitinete. Modos de me matar não faltam.

— Tu só tens a mim. E o que fiz por ti, por enquanto, é pouco.

— Você faz muito por mim, Ravello. Não vou deixar que me matem.

— A escolha não é tua. Eles vão ter de te eliminar. Precisam acabar contigo. Os *doppelgängers* não estão entendendo o que aconteceu.

As peças do jogo tinham sido reviradas, derrubadas e acrescidas, Ravello tentou me mostrar.

Um michê de internet que não é apenas um fodedor com nome falso e identidade dupla. Um GP ignorante que reconhece uma tela de Van Gogh num corredor às escuras, rodeado de badalhocas? Um eventual tradutor de Libras de eventos sem relevância, que ganha uma merreca, veste roupas baratas, mas recusa a oferta de uma excursão de compras num shopping de grifes de luxo da Barra da Tijuca? Um homem de vinte e quatro anos, sem saber sequer ganhar dinheiro para deixar de ser morador de uma quitinete da rua Prado Júnior, porém tendo na parede pintada de verde-imperial uma reprodução de um detalhe da "Olympia" de Monet? Um vizinho de prostitutas e camelôs, num prédio vagabundo, porém com dólares e euros escondidos debaixo das cubas de gelo do minirrefrigerador?

— Tu és a peça do jogo que não faz sentido — Ravello completou.

Minha vontade era de discordar, dar a impressão que não estava atemorizado, mas eu intuía que Ravello tinha razão.

— Quem és tu, na visão deles? Um macho tolo, tão vaidoso que foi incapaz de perceber estar sendo o joguete de um casal de irmãos de desenfreado apetite erótico? Um brinquedo sexual, um dildo humano, apenas?

Fui mesmo um babaca, reconheço.

— E você, Ravello? Não encontrarão você? Não saberão que você me ajudou?

— Acabarão por saber. Se já não sabem. Não fará diferença. Já te disse que sou essencial na cadeia de copiadores de arte. Meu trabalho é precioso para muitos. E lucrativo. Não deixarão que toquem em um fio de cabelo meu. Nunca deixaram. As forças se equivalem. E se anulam. Mas tu... Não vales nada para eles.

Queria que ele estivesse enganado, mas sabia que não estava.

— O ataque a estilete no mictório foi para te assustar e aos teus associados. Devem imaginar que estejas traindo os d*oppelgängers* com outra quadrilha de ladrões de arte. Se te matarem, estarão dando o recado para tua quadrilha entregar o "Campos de girassóis". Um aviso de que sabem das tuas maquinações.

— Mas não há maquinação! Nenhuma. Não faço parte de nada, nenhum bando, nenhuma quadrilha internacional! Não é óbvio?

— Para eles, não. Nem acreditariam, mesmo se te torturassem e tu dissesses a verdade.

— Eles me torturariam?

— Até confessares o que quiserem que tu confesses.

— Isso é uma loucura.

— Por 50 milhões de dólares, 70 milhões? Talvez mais? Nem um pouco loucura. É a sobrevivência dos gananciosos.

Eu estava ficando tonto. Com um pouco de dor, uma contração na boca do estômago, uma vaga náusea. Talvez fosse cansaço. Talvez porque só agora começava a perceber o redemoinho a avançar e me arrastar. Sentei-me, no chão mesmo, abaixei a cabeça entre as pernas, forçando-a para baixo com as mãos. Às vezes dava certo. Às vezes, a zonzeira passava.

— Tua eliminação estava decidida, na noite em que Valéria te levou ao corredor para te mostrar o "Campos de girassóis" e Alex permaneceu no quarto, fingindo dormir. Vivo, tu és uma ameaça.

— Alex não deixaria que me matassem.

— Não é ele que decide.

Deitei no tapete afegão, fechei os olhos. Eu me sentia exausto. Não queria continuar aquela conversa. Queria esquecer toda aquela conversa. Queria dormir. Sabia que não ia conseguir, mas continuei deitado ali, de olhos fechados. Ouvi os passos de Ravello se afastando.

Devo ter cochilado.

Quando abri os olhos, Ravello estava de pé diante de mim.

Tinha, em cada uma das mãos, duas telas, com o verso virado para mim.

— O que tu vês, aqui?

— Dois fundos de telas. Por quê? — respondi, deitado ainda.

— Percebes como são telas antigas?

— Não. Não entendo disso. — Eu me apoiei nos cotovelos.

— Peritos e colecionadores entendem. Perceberão que se trata de material do século XIX. Do final do século XIX. Da mesma época em que Vincent pintava em Arles e em Saint-Rémy-de-Provence. Da mesma década em que Vincent pintou... — Ele virou a tela, mostrando o quadro que eu roubara no Leblon, mais resplandecente ainda, na luz diurna de seu ateliê. — "Campos de girassóis ao meio-dia sob nuvens de tempestade".

Sentei-me, pasmo. Compreendi imediatamente o que Ravello tinha em mente:

— Você vai fazer uma cópia do Van Gogh!

— Não vou. — Ele virou para mim a outra tela. — Já fiz.

As duas eram idênticas.

Ravello sorriu. Era a primeira vez que sorria, desde o começo daquela conversa.

Eu ainda estava abismado com o que via.

— Qual é a cópia, qual é a tela original? — ele indagou.

— Esta — apontei a revelada por último — é a cópia. Esta outra é o Van Gogh do Leblon.

— Não. É exatamente o contrário.

Ele virou-as de costas, trocou-as de mão, repetiu a mudança, mandou-me fechar os olhos, deixou-me assim por alguns segundos, ordenou que os abrisse. As telas, agora, estavam, lado a lado, cada qual apoiada em uma de suas pernas.

— Então? Qual é qual?

— Não sei dizer, Ravello — respondi, sinceramente. — Não tenho cultura para isso. Mas os especialistas irão examinar os mínimos detalhes e...

— E ficarão tão perdidos quanto tu estás — ele completou. — Porque não há diferença nenhuma. Nem na idade da tela, nem nos tons das tintas, nem na forma como foram feitas as pinceladas, até mesmo no borrão que a estopa de Vincent causou na margem esquerda do quadro. Além do mais... — Ele fez uma longa pausa, sorrindo vitoriosamente. Pensei que continuaria, mas deixou a frase parada no ar. Cedi.

— Além do mais o que, Ravello?

— Ninguém nunca mais viu esse quadro, desde agosto de 1944. Oito décadas depois, os especialistas daqueles tempos, se alguma vez se depararam com esta derradeira obra de Van Gogh, estão decrépitos. Mais provavelmente mortos.

A efervescência da inteligência e abrangência da perspicácia de Ravello sempre me abismaram, mas nunca tanto como naquele momento. Ele havia pesado todas as possibilidades.

— Ou incapacitados. E tu bem sabes que um dos raros especialistas em Van Gogh vivos sou eu. Por essa razão, fui um dos quatro escolhidos pelo Museu de Arte de São Paulo para criar as cópias que hoje ele exibe.

— E os outros três?

— Não trairiam um semelhante. Mesmo porque somos os detentores do segredo do Masp. Se um der com a língua nos dentes, a construção inteira vem abaixo. E arruína a reputação do melhor museu do Brasil.

Havia um obstáculo que Ravello não tinha levado em consideração. Aliás, três. Alex, Valéria e Emanuel Schloendorf. Ele desdenhou:

— A família de teus *doppelgängers* só via o quadro na parede do corredor escuro. O velho está demente. Alex e Valéria são dois ignorantes.

Como, seguramente, será o ricaço que terminar por arrematar o suposto Van Gogh no leilão. Que, felizmente para nós, será clandestino. Tudo conspira a nosso favor.

Agachei-me para observar melhor as duas telas. Já não me importava qual era qual. A beleza fulgurante delas me encantava. O que Ravello teria decidido fazer em seguida?

— Tua burrice de macho do futevôlei, e te digo isso com o afeto que sabes que te dedico, essa tua vaidade viril, teu priapismo cego é nosso próximo passo, tu percebes?

Não sou burro, mas tampouco percebia ligação entre futevôlei, machismo e sua cópia minuciosamente perfeita de "Campos de girassóis ao meio-dia sob com nuvens de tempestade".

— E não sei o que é priapismo — acrescentei.

— É estares sempre pronto para comer alguém. Teu telefone celular tem câmera, sim?

— Tem.

— Vai lá no lavabo, põe teu pênis bem duro, fotografa ele e volta aqui. Teu pau duro vai salvar tua vida.

— Meu... pau?

— Teu pênis e esta cópia do Van Gogh vão fazer de Alex um aliado teu.

Há meandros nas maquinações de Ravello que me são difíceis de acompanhar. Como se toda a primeira parte delas só Ravello soubesse e acreditasse já ter revelado. Não tinha. Pedi que explicasse.

— Alex e Valéria são pessoas sem compasso moral. São de uma família em que a mãe tentou matar o pai. O mesmo pai que lançava o carro na contramão da avenida Niemeyer, sem se preocupar com o perigo que representava. E, estou seguro, abusava sexualmente dos gêmeos, que passaram a repetir entre si tudo o que o pai praticava com eles.

— O que o meu pau tem a ver com isso?

Eu percebo quando o tom de voz de Ravello muda do cara normal e gentil para o impaciente, tão bruscamente quanto se arrancassem o locutor sereno da cadeira do telejornal e enfiassem um substituto furioso no lugar. No caso, mais ranzinza que irado. Ou um pouco dos dois.

— Aquela gente não tem noção de lealdade. Os irmãos não estão juntos por um objetivo comum.

— Você se engana. Estão, sim. Para ganhar muito dinheiro.

— Como nunca tiveram na vida. Ficarão milionários. Em dólares. Ou em ouro. Ou seja lá em qual material ou moeda lhes pagarem. E cada um seguirá em direção diferente. Não precisarão mais um do outro. Porém... — Ravello sublinhou a frase seguinte com um sorrisinho. — Porém teu pau estará no caminho.

— Como?

— Teu pênis vai separar os irmãos. Fazer com que Alex traia Valéria. Vais te encontrar com ele e oferecer o Van Gogh. Só para ele. Que ele te pague um percentual maior e...

Interrompi o relato de seus planos:

— Esquece. Alex nem está respondendo minhas mensagens. Não vai topar encontrar comigo.

— Cala-te e me ouve — Ravello elevou a voz, incomodado. — O que estou te instruindo é para salvar tua vida. Tu vais mandar uma foto do teu pênis. Enrijecido. Duro como um tronco de árvore. Alex é louco por ele. Tu mandarás a foto com uma mensagem curta.

— Dizendo o quê?

— "Alex, isso é para ti. Me liga."

— Só isso?

— A outra oferta tu farás depois que ele te responder.

DE AGORA EM DIANTE

XXIX

Músculos em Ipanema

Achei melhor escrever "pra você", que é como eu falo. E botei a foto no modo "apagar depois de visualizada". As lembranças de uma boa foda são mais poderosas do que a foto de um caralho.

A mensagem foi marcada como vista às 8h30 da manhã.

Se o tesão de Alex, ou pelo menos sua curiosidade, fossem intensas como Ravello tinha certeza serem, ele responderia logo, depois de uma curta reflexão — pouca, pois não era disso — sobre as consequências de voltar a me procurar. E encontrar. E a promessa implícita de foder.

As horas foram passando, no entanto, e nada de resposta.

Eu me surpreendi.

Esperava algo diferente.

Alex é impulsivo. Foi como sempre se mostrou, desde nossa primeira trepada, no cubículo do Riocentro. Não era do jeito dele se debruçar sobre os prós e os contras de me rever. E de reaver, mesmo que eu nada tivesse dito, o Van Gogh.

Deu meio-dia e nada de Alex.

Quem sabe estaria consultando a irmã? Medindo com ela, ou com ela e o gringo, ou com quem os estivesse supervisionando, a recuperação do Van Gogh, a maneira mais segura de se aproximar de mim e reaver o quadro?

— Com a foto do teu pau? Duvido.

— E se não foi ele quem viu a mensagem? Ou não está podendo responder? Valéria seria dominadora o bastante para obrigar Alex a lhe entregar o celular? Ou comunicar-lhe cada passo? Na nossa primeira noite na cama, eram dela os comandos para o que Alex iria — e poderia — fazer comigo. E nela. E em quem eu gozaria primeiro.

— Nesse ponto, não se trata mais de sexo — Ravello explicou. — É dinheiro que está em jogo. Não me lembro como se fala a palavra em português. Em inglês é *greed.*

— Ganância — lembrei.

— Exatamente: ganância. Essa é a diferença entre as loucuras que vocês cometeram no início e a caçada que estão a fazer com você. Ganância faz de amigos inimigos, arrasta os mais leais à traição, esfacela qualquer traço de afeto que possa unir duas pessoas. Até da mesma família.

— Você diz que Alex é apaixonado por mim.

— Pelo teu pau. Não por quem tu és.

— Tem certeza, Ravello?

— Não. Não tenho.

A franqueza da resposta me surpreendeu. Tinha certeza de que Ravello ia insistir em tesão, puro tesão.

— Por vezes me ocorre que ele se apaixonou por esse homem tão diferente de todos os que ele teve antes. Mesmo os garotos de programa. Nenhum, certamente, era como tu. Um cara com tuas origens e tua vivência... deve fasciná-lo.

Caso Valéria estivesse com o celular de Alex, me ocorreu, se tudo é uma questão de caralho, ou não apenas de meu pau, Alex impediria ou não que ela maquinasse novos lances para me trazer de volta à armadilha? E se a tal "quadrilha fluida" tivesse conseguido se organizar para atuar coordenadamente, até onde já teriam chegado?

— Mesmo *doppelgängers* têm segredos entre si. — Ravello tentou me tranquilizar e, acho, que a si mesmo. — Alex pode ter contado sobre o sexo com você, mas eu estou seguro de que não revelou o sentimento.

— Por quê?

— Reconhecer para a irmã o amor de pica que sente por ti seria humilhante demais para Alex.

— Só amor de pica?

Percebi que relutou. Prosseguiu, como se eu não o tivesse contestado:

— Alex não vai falar nada. Vai agir como sabemos e queremos que aja. Vai te procurar.

Mas não foi o que aconteceu até o fim daquele dia.

Decidi fazer a outra coisa que me acalmava em momentos de ansiedade, além de foder. Fui correr na praia.

É correndo que encontro o caminho do meu alívio.

Corri do Posto 5 até o Leme, e de volta até o Forte de Copacabana, com mergulhos e um tempo flutuando nas águas calmas do Posto 6. Anoitecia. As luzes do semicírculo da orla de Copacabana foram acesas bem num dos momentos em que eu emergia das águas trevosas para uma erupção de luz. Parecia mágica. Eu me perguntei se aquilo seria algum tipo de sinal.

Saint-Rémy-de-Provence, 1889.

É caminhando que encontro o caminho do meu alívio, meu estimado irmão Théo.

Caminhar, caminhar, caminhar você bem sabe quanto me apazigua caminhar, quanto me liberta das ansiedades que me atormentam, quanto me conduzem à serenidade de me sentir unido à natureza, mais ainda nesta ensolarada Provença, rodeado por trigais brilhando como ouro, sentindo o poderoso sol do Sul da França a pinicar minha cabeça, fazendo-me suar como um lavrador a trabalhar a terra, e isso me faz bem, me faz sentir como parte de um todo, deste mundo formado por coisas palpáveis, dos que aram a terra ou que se aprofundam em minas de carvão, como o trigo e a semente, como os girassóis e os insetos, como o som incessante das cigarras ao final da tarde, o gralhar dos corvos, voejando acima das plantações.

Não sei se você irá se lembrar, posso imaginar que muito dificilmente se recordará, pois foi antes de nossos pais me colocarem no

internato do senhor Jean-Provilly, em Zevenbergen, distante trinta quilômetros de onde nossa família morava, logo após eu completar onze anos, quando, antes disso, desde que você estaria com uns cinco anos, eu o pegava pela mãozinha e o levava para caminhar comigo pelos campos de Groot-Zundert, mostrando-lhe e ensinando como nomear cada pequena flor, cada minúsculo inseto, cada agitado animal aquático. E você, brava criança, jamais se mostrava cansado, ou entediado, nem mesmo rezingava de fome ou sede.

Doce Théo, desde aqueles dias longínquos de nossa infância você vem sendo meu companheiro fiel. Naquelas caminhadas, e nestas. Que seria de mim, sem teu amparo?

Até hoje, estimado irmão, até hoje, quando estou atarantado, sempre que sinto ser tomado por aquelas agonias inexplicáveis, é caminhando que encontro o caminho do meu alívio.

Caminhar me faz lembrar a felicidade de existir.

Quando voltei ao ateliê, Ravello pintava alguma coisa que não vi direito, ouvindo um tipo de música que não identifiquei. Nada tonitruante, como o Wagner da outra tarde, nem angustiada, tipo Mahler ou Brahms a quem eu sabia a que ele recorria em estados de dúvida ou aflição. Eram sons mais para o suave, de quando preferia que não o perturbasse, não lhe dirigisse a palavra, não lhe perguntasse, nem contasse nada. Aprendi a respeitar seu jeito. Como, imaginei uma vez, netos aprendem a se comportar para manter o convívio harmonioso com seus avós cheios de manias.

Dei uma olhada na capa do *long-play*, antes de me enfiar no banho. Sobre a foto de um senhor magro e narigudo estava escrito: *Horowitz plays Chopin*.

Estava cansado. Depois da chuveirada, ia tirar um cochilo, quando Ravello gritou, de longe:

— O telefone do Igor tocou.

Corri para pegá-lo. Estava registrado o número de Alex. Não fora uma ligação. Havia um sinal de mensagem. Nenhuma palavra. Apenas um sinal.

Um ponto de interrogação.

***

Academias de ginástica passaram a ocupar os espaços de paquera e pegação — eventualmente de alguma sacanagem e, para os mais ousados, trepadas no banheiro — dos tempos das discotecas gays, de que Ravello tanto lembra.

Há códigos para indicar intenções.

De um simples "posso revezar o aparelho com você?", passando por triviais perguntas sobre suplementos pré e pós-treinos, até agradáveis ou descarados elogios ao crescimento e/ou definição muscular do outro cliente. Ou de professores e professoras. Alguns casamentos e finais de outros já começaram assim, o mais célebre deles o de um jovem grã-fino carioca que a futura esposa trocou por sua *personal trainer*.

Roupas também emitem recados. Camisetas regata com mamilos expostos em peitorais bombados por química e halteres dizem: "portas abertas para o que der e vier". Para as mulheres, a mesma mensagem vem exposta quanto mais agudo for o decote da blusa e curto o short, sejam ou não siliconados os peitos e a bunda da portadora.

Os não interessados em fudelança nem namoro, como eu, que estão ali apenas para malhar, também adotam códigos. Um boné na cabeça, fones de ouvido, camiseta e short largos são traduzidos como "Não, obrigado".

Assim eu me vestiria para o encontro com Alex.

Marquei na maior academia de Ipanema, em frente a uma das antigas praças originalmente bucólicas do bairro, deformada em descampado árido pela engenharia do metrô carioca, num paliteiro de coqueiros anêmicos em lugar das figueiras originais, tal como fizeram na praça Saens Peña na Tijuca, no Jardim de Alah, na Cinelândia, na praça Cardeal Arcoverde, por toda parte onde cavoucaram para construir o tão necessário trem subterrâneo.

A democrática academia, parte de uma rede nacional com mensalidades abaixo de quaisquer outras, tem o formato de um caixote com fachada de indevassáveis vidros azuis, formada por quatro amplos andares, incluindo o subsolo, de máquinas, esteiras, bicicletas estáticas, banheiros e pesos livres. Tudo da melhor qualidade e mais recente design. Sempre tão barulhenta e lotada, a qualquer hora do dia e da noite, especialmente da noite, que ninguém se ouve, a não ser falando muito de perto, o que pode significar outra chance de chegar os lábios próximos do ouvido da pessoa paquerada.

Os frequentadores formam o mais amplo arco da sociedade do Rio, e não apenas da Zona Sul. Ali se misturam cirurgiões plásticos e cabeleireiros, lojistas e advogados, psicólogas e passeadores de cães, anestesistas e bancários, garçons e donas de casa, feirantes, marombeiros, entregadores de comida, motoristas de Uber, artistas de teatro e televisão, modelos, porteiros, faxineiros, manicures, garotas de programa e michês como eu.

É um local adequado para alguns tipos de encontros. Como o que eu pretendia ter com Alex.

Ravello me instruiu como responder àquele ponto de interrogação enviado por Alex. Ou que nós supúnhamos ter vindo dele. Repetindo a foto do meu pau duro, acompanhada de uma nova mensagem.

— Curta e direta. "Exclusivo para ti", escreverás.

Digitei: "Só pra você".

— E agora?

A resposta foi imediata.

— Ponto de interrogação. De novo.

— Responda: "Pau e Van Gogh exclusivamente para ti".

Digitei: "Pau e Van Gogh só pra você".

— Dessa vez, respondeu com... — eu contei. — Cinco pontos de interrogação.

— Então escreve para ele entender sem se confundir: "Quero te encontrar e te entregar o Van Gogh. Sem Valéria".

A reação do outro lado levou mais tempo. Em seguida, uma pergunta curta: "*Por quê?*".

— O que eu respondo, Ravello?

— "Para te comer gostoso".

Eu me espantei.

— Você disse para eu nunca mais comer o Alex.

— Mudei de ideia.

— Por quê?

— Transar com ele poderá salvar tua vida. Encontre-o onde ninguém repare em vocês, não haja fotógrafos, e possas ficar de olho se ele chegar com alguém da quadrilha.

Imediatamente me ocorreu onde.

— Acho que conheço o lugar perfeito.

XXX

Cachorro sujo

Todos os andares da academia estavam lotados.

Fui para o de exercícios aeróbicos no segundo piso, ainda menos iluminado que os outros, ideal para a discrição do encontro. Peguei uma das esteiras vazias. Já estava correndo havia uns dez minutos quando vi sua cabeça subindo a escada, o rosto oculto por um boné, fones grandes nos ouvidos. Vestia uma surrada camiseta de universidade americana, calça de moletom velha, cortada na altura do joelho. Eu também estava de boné sobre os olhos, vestindo roupas largas. Dois zé manés que não chamariam a atenção de ninguém. Ele segurava o celular na mão esquerda, uma garrafa de água de coco na direita.

Diminui a velocidade. Digitei: "Tô na esteira 12".

Ele olhou celular enquanto atravessava o salão, não se virou na minha direção, não deu nenhum sinal de ter me visto, embora a mensagem tenha sido marcada como lida. Foi para a esteira mais distante. Tomou um gole da garrafinha. Começou a caminhar, ajustando os controles da máquina na tela. Apoiou o telefone sobre ela. Pareceu digitar. Logo recebi uma mensagem de seu número: "Trouxe o que eu quero?".

Demorei, de propósito, para responder. Ao final da fileira de esteiras, Alex começou a aumentar a velocidade de sua corrida.

Aumentei a minha. Logo estava mais rápido que ele.

Vi que ele acelerou.

Acelerei mais.

Ele emparelhou.

Fui subindo a velocidade.

Tinha virado competição.

Eu o percebia, mesmo de longe, tentando emparelhar comigo. Era uma tentativa inútil. Estou acostumado a correr em areia fofa. Correr em esteira de academia, para mim, é quase roubar doce de criança. Não demorou para o grã-fininho louro do Leblon começar a perder fôlego. Antes que ele se desse mal, e para abreviar o retardamento de nosso encontro, diminuí a velocidade da minha esteira e digitei. "Sim."

"Onde está?", Alex imediatamente replicou.

"Dentro do meu calção", provoquei.

"Quero a tela."

"Te dou pica."

"Van Gogh, porra."

"Piroca, porra."

"Vai te foder."

"Vamos foder?"

Alex parou a corrida, desceu da esteira. Pensei que viria até onde eu corria, mas parou em uma máquina de remo, sentou-se de costas para mim e iniciou o exercício com intensidade.

Vejo bandos de corvos gralhando, sobrevoando plantações extensas de trigo. Quero pintá-los. Não hesitarei, embora eles me provoquem imensa tristeza, solidão, mau agouro.

Que porra de encontro de merda, pensei. E agi. Fui até ele. Fiz um convite banal, típico de desconhecidos numa academia:

— Estou querendo fazer uns supinos, topa me ajudar?

Alex tirou os fones do ouvido, fazendo sinal de não ter ouvido.

— Supino — apontei o banco num canto, desocupado. — Me ajuda?

Ele me seguiu. Começamos a colocar anilhas na barra, até chegar à carga que eu queria. Falando baixo, fui apresentando minha proposta.

— Aqui não te conheço, você não me conhece.

Perto de nós havia uns poucos marombeiros, ocupados com seus próprios músculos.

— Faço três séries — informei, em tom normal, me deitando no banco — aumentando o número de anilhas a cada uma. Doze, dez e oito repetições, entendeu?

Iniciei os movimentos.

— Você fará igual — acrescentei em voz baixa. — Depois, vou embora. Você fica. Puxa mais uns ferros. Marca um dez antes de sair.

— O quadro? Cadê?

— Te entrego lá.

— Lá, onde?

— Num apart-hotel — menti, para não revelar que o Van Gogh estava ali bem perto, dentro de uma mochila grande e quadrada *made in China* com um baita logotipo onde se lia "Giorgio Armani", trancada num escaninho, entre viados parrudos e nanicos, madames e pedicures, aposentados tristes e donas de casa perdidas no andar de baixo.

— Onde? — Alex tentou pressionar.

— A uns quarteirões daqui — menti, de novo.

— Qual apart-hotel? — insistiu, com desconfiança.

Levantei-me sem responder. Ele se deitou. Iniciou as repetições.

— Qual?

— Passo o endereço por mensagem.

— Perto?

— Perto. Mais perto do que você pensa.

— Onde?

— Te conto se concordar com o que eu quero.

Alex segurou a barra no alto, aguardou minha exigência.

— O quê? O que você quer?

— Você vende o quadro e divide a grana comigo.

A barra tremia um pouco, ameaçando desequilibrar-se.

— Só comigo — enfatizei.

Alex pareceu não entender. Ou não acreditar no que eu propunha. Voltou a subir e descer a barra.

— Sem sua irmã — acrescentei. — Sem Valéria.

Ele parou o exercício no meio, logo retomou.

— Meio a meio, Alex. Eu e você. Só você e eu. Só nós dois.

Há uma relutância em me aceitar em casa, semelhante à que seria em aceitar um cão grande e desgrenhado. Ele vai entrar em casa com as patas molhadas — e, então, ele é tão desgrenhado. Ele vai se meter no meio de todo mundo. E late tão alto.

É um animal sujo, em suma.*

Eu não sou um cachorro sujo, pensei. Eu tenho tantos direitos quanto você, Alex, tantos quanto sua irmã, tantos quanto sua família. Se um de vocês tivesse enfrentado um milésimo do que eu encarei — e sobrevivi — vocês já estariam mortos e enterrados há muito tempo. Eu não sou um cachorro sujo. Eu sou tão bom quanto você. Quanto vocês.

Trocamos de lugar.

Fiz as dez repetições, aguardando a reação dele. Alex se manteve calado. Levantei-me, ele se deitou. Aumentei a carga na barra. Ficou pesada. Era o que eu pretendia. Dificultar.

— Não dá — suspirou.

— Não é tanto peso assim. Você é forte.

— Só nós dois. A divisão. Não. Não dá.

— Ou isso ou nada.

— Impossível — disse, em voz baixa. Estaria assustado? Talvez incrédulo com minha audácia? — Impossível — repetiu.

— É possível. Basta querer.

Suas respostas vinham entrecortadas pelo esforço da respiração.

*Neumen, 15 de dezembro de 1883.

— Você. Não está. Entendendo.

— Não estou entendendo o que, Alex? Que você é um vacilão?

— Os russos. Os israelenses. Os caras. Que os intermediários dela. Mandaram. Para cá. Os contatos. Os caras. Estrangeiros. Contratados. Para encontrar. O Van Gogh. E você.

— Que se fodam os estrangeiros.

— Não posso, Igor. É arriscado. Demais.

— É?

— Demais.

— Tá — concordei, meio puto com o claro bobeio dele, colocando a barra no apoio, tomando seu lugar no banco. Fiz os exercícios com facilidade. A raiva aumentava minha força.

Alex parara de falar.

Fechei a série, me levantei, coloquei mais peso. Bem mais. Não estava com paciência para aturar as dúvidas do bonito riquinho mimado. Queria que ele concordasse logo com meus planos. Com o bando de malucos a me caçar, tornara-se ainda mais urgente me livrar do Van Gogh e garantir meus dólares. Era apenas o início dos planos costurados com Ravello.

— Esquece o medinho, Alex. Seja homem. Toma coragem. É arriscado, mas vale a pena.

— Homem também sente medo.

— Mas enfrenta.

A maior quantidade de anilhas exigia todo o esforço dele. Alex inspirou fundo. Não dava para falar, subir e descer a barra ao mesmo tempo. Logo na terceira repetição, deixei que a barra ficasse sobre seu peito, sem ajudá-lo a erguê-la por tempo suficiente para que ele percebesse o risco. E se caísse sobre seu pescoço? Em seguida, voltei ao movimento normal de ajudá-lo. Alex arfava. Falava com esforço. Gotas de suor escorriam por sua testa.

— Você sabe. Que tem. Esses caras. Russos. Um Búlgaro. Israelenses. Que o George. Trouxe. Da Hungria. Perigosos. Casca grossa. Doidões.

Ouvi sem retrucar.

Ele falava da reunião de dementes rejeitados, criminosos sem limites, confirmando o desembarque no Brasil do bando desconjuntado que a experiência de Ravello intuíra.

— Quantos são? — quis saber.

— Não sei.

— Como não sabe? Você contrata e não sabe quantos filhas-da-puta são?

— Não. Igor. Não sei.

Sua voz perdera o tom superior de sempre.

— Nem Valéria sabe.

Havia algo diferente, nela. O quê?

— Só o George. Conhece. Esses caras. Não tenho. Nenhum controle. Sobre eles. Nem sei. Quantos são. Quem são. Não sabemos. Nem eu. Nem Valéria.

— É uma quadrilha fluida.

— Quadrilha o quê?

— Bagaceira da bandidagem internacional.

— Foi um deles. Que te atacou.

— Sim.

— Eu só soube. Depois. Ninguém deu ordem. Para te esfaquear.

— Ninguém manda neles.

— Não sei se estão me seguindo.

Identifiquei o que havia de diferente na voz de Alex.

Medo.

Senti pena dele. Involuntariamente, mas senti.

Não estava ali o Alex que eu tinha conhecido, seguro desde criança de seu poder na escala social e da impunidade em que se aconchegara desde sempre. A teia onde fora pego era indiferente ao domínio e à influência tão bem tecidos pela família entre políticos, polícia, ministérios, secretarias de Estado, country clubes brasileiros.

Alex estava solto no ar. Um trapezista depois de saltar.

— Igor... — me pareceu tê-lo ouvido murmurar.

Não havia mais nenhum traço da arrogância de antes no cara louro, suado, deitado no banco fazer supinos numa academia de Ipanema onde se misturavam gentalha e novos-ricos, tentando acreditar naquele ato banal de musculação como se tudo à sua volta ainda estivesse dominado e controlado do jeito que tinha sido pela vida toda, das pequenas patifarias no colégio alemão às negociatas na corretora e superfaturamento na rede hospitalar onde os Schloendorf eram sócios majoritários — as usuais bandalheiras lucrativas — até o momento em que os dois herdeiros inconsequentes, depois de terem seus investimentos derretidos na Bolsa de Nova York por um igual do Country Club, mais inconsequente ainda, decidirem converter em muitos milhões de dólares a pintura de um holandês atormentado, em poder da família desde o final da Segunda Guerra Mundial, depois dali discretamente pousada entre quinquilharias e suvenires, no corredor amarronzado do apartamento de um prédio inócuo do bairro carioca do Leblon.

— Igor... — ele sussurrou, como se fosse fazer um pedido, iniciando uma frase que não completou.

Ajudei-o a colocar a barra nos apoios. Ele fechou os olhos. Continuou deitado. Arfava.

Vi um cara esgotado, atravessado por ondas de pânico a marcar de dor o seu rosto, belo como o São Sebastião atravessado por flechas, de Gentile da Fabriano. Aquele Alex desconhecido era como um dos meninos assustados, sozinho na plataforma da Central do Brasil, ou na Cinelândia vazia, no meio da madrugada. Me deu vontade de abraçá-lo. Beijá-lo. E entrar dentro dele.

Senti meu pau endurecendo.

E não entendi o que se passava comigo.

Não era vontade de comer o cu do Alex o que eu sentia, não era a ânsia de enterrar meu pau até ele gemer, socar minha piroca naquele louro de bunda lisa, arrombar aquele cuzinho rosado. Não. Não. Não apenas.

Minha vontade, percebendo a fragilidade em sua voz, sentindo a sinceridade com que me entregava seu pânico, testemunhando seu medo, era estar dentro dele, fazer com que ele me sentisse como parte de seu próprio corpo, como um escudo, deixando para trás o Alex criança abusada pelo pai, que dentro do meu abraço se transformasse num garoto a tremer não por medo, mas pelo prazer e alívio de ter a mim penetrado lá dentro, alimentando-o com a minha carne e dando a ele a coragem e a força necessárias para ir em frente. O que era aquilo que eu estava sentindo por Alex? Que porra de merda de caralho era aquilo que eu estava sentindo?

— Não tenha medo — eu disse para ele, mas talvez também para mim.

Alex continuou quieto, a respiração voltando ao normal.

Em pé, acima dele, senti-o frágil, dependente de mim, de meu amparo. Seus lábios se entreabriram. Tive vontade de beijá-los. Agachei-me. Disse, baixinho, bem junto de seu ouvido:

— Eu vou te proteger.

Alex abriu os olhos muito azuis, voltando-os para mim. Pareciam suplicar. E se espantaram, como eu mesmo me espantei, ao me ouvir lhe dizendo:

— Não tenha medo. Eu te protejo, Alex. E vou te entregar o Van Gogh.

XXXI

Tia Almerinda

O que é o amor? Um sentimento de que não estamos sozinhos. E que somos mais do que apenas nós mesmos... que estamos ligados à existência de uma outra pessoa.
[...] O que seria a vida se não tivéssemos coragem de tentar algo? Eu digo a mim mesmo que devemos amar alguém. Amar significa agir, e agir significa perseverar, trabalhar com esforço. O que se faz por amor é sempre além do bem e do mal.*

Não havia como nos proteger de matadores invisíveis.

Fugir deles, talvez.

Para onde, eu não tinha ideia. Nem como.

Mas tinha uma clara certeza: na academia não podíamos ficar nem mais um minuto. Ravello me preparara para uma situação daquelas.

Ele me advertira sobre as maneiras como poderia agir o bando amealhado por George na Europa e no Oriente Médio. Chegara mesmo a detalhar como

*Cuesmes, julho de 1880.

operam agentes desertores do Yehida 8200, uma unidade de Inteligência das Forças de Defesa de Israel, capaz não apenas de acessar celulares e pagers a grandes distâncias e gravar as conversas, mas de provocar suas explosões.

Fossem quem fossem os matadores de aluguel que me caçavam e à tela de Van Gogh, eu passara por uma experiência recente que deixava clara a desproteção trazida pela eletrônica. Se uma chave com chip me rastreou do Leblon até dentro da minha quitinete em Copacabana, seria mais fácil ainda para profissionais da ciberespionagem verificar onde Alex se encontrava naquele momento. Depois de ter acompanhado a conversa, hackeando nossa troca de mensagens e ouvindo minha promessa de proteção e entrega do Van Gogh, eles, ou um deles, ou vários deles, poderiam estar entrando na academia para nos pegar. Ou nos aguardando na saída.

— Desligue seu celular, Alex! — eu disse.

Ele não entendeu. Relutou.

— Agora! — rosnei, pegando seu aparelho ao lado do banco e o desligando.

— Mas o quê..?

Desliguei também o de Igor. Se estivessem monitorando o smartphone de Alex, também teriam penetrado no que eu estava usando. Pode ser que os israelenses da quadrilha contratada por George nem fossem desertores do serviço secreto de Israel. Porém não podíamos arriscar. Hackear celulares é trabalho primário para quem sabe mexer com aparelhos eletrônicos. Ficar sem o telefone do Igor não representaria grande problema: eu ainda tinha o meu celular — dentro da mochila, junto à tela. Um número jamais utilizado nas transações com os irmãos Schloendorf. Nem com George.

Havia um lugar onde o bando não nos procuraria, me ocorreu.

— Vamos descer — comandei.

No térreo, abri o cadeado com que trancara o escaninho, peguei o mochilão com o Van Gogh e o celular, e empurrei Alex para o lado oposto ao da entrada da academia.

— Por aí não dá — ele preveniu. — É a saída de emergência. Se abrir, vai disparar o alarme e botar todo mundo pra correr em pânico!

— É isso mesmo que a gente precisa — gritei, escancarando a porta dos fundos, saindo para a rua Barão da Torre, imediatamente detonando uma sirene ensurdecedora.

***

Corremos no sentido contrário do trânsito, entre os veículos, um truque que eu e os meninos da Central do Brasil conhecíamos bem para escapar de viaturas dos policiais quando eles queriam mostrar serviço e nos caçavam, xingando a gente de "trombadinhas". Se o bando dos invisíveis utilizasse carro, ninguém jamais teria como chegar a nós.

Viramos numa rua transversal, parei um táxi, entramos, ordenei:

— Toca pra Botafogo.

— Qual rua de Botafogo? — o motorista quis saber.

— Rua Bambina, perto do Hospital Samaritano.

— Sabe o número?

— Motel Paradiso. Conhece?

O homem acenou afirmativamente com a cabeça e deu uma olhada rápida para os dois rapazes no banco de trás.

— Vai ser uma tarde animada no Paradiso — comentou, sorrindo.

Motéis são um dos poucos locais onde um cidadão em busca de privacidade e anonimato pode encontrar abrigo. Numa metrópole em permanente escancaramento como o Rio de Janeiro, eles se tornaram ainda mais imprescindíveis.

O horário de almoço é sempre o mais procurado nos motéis de Botafogo. Catete e Flamengo, bairros próximos ao centro da cidade, onde estão as empresas multinacionais e as ligadas ao Governo Federal, com grande número de funcionários e funcionárias com energia e libido — antes e depois da pandemia — inconvenientes de serem liberados nas proximidades de suas chefias e colegas. Quando não juntos.

É nos motéis desses três bairros da Zona Sul que se aninham CEOS, assessores, executivas, secretárias, amantes e funcionários com tempo de folga suficiente para uma rapidinha antes do próximo turno ou da reunião da tarde.

Daí que a fila para entrar no Paradiso se estendia para fora da garagem — sinal de que lá dentro não havia vaga. Todos os quartos estavam ocupados. Teríamos de aguardar alguns casais ou duplas encerrarem as atividades, os funcionários fazerem a limpeza e a troca de roupa de cama, colocarem novos sabonete, toalhas limpas, mais uma leva de camisinhas e tudo o mais. Ainda tomaria algum tempo antes de Alex e eu podermos entrar e nos refugiar lá dentro,

Um táxi sem vidros fumê com dois caras no banco de trás, na fila de um motel, chama atenção. Nada bom para quem está tentando escapar de matadores desconhecidos. O motorista, mesmo com o taxímetro sempre rodando, se agitava. Alex, tenso, apertou minha perna. Não trocáramos uma palavra desde Ipanema.

Eu precisava alterar os planos.

Já fazia muito tempo que Michael Jackson gravara um videoclipe na favela Dona Marta, e mais de dois anos de sua morte, quando alguém me catou dormindo embaixo de um banco numa praça de Botafogo e me levou para lá — onde o nome do cantor continuava sendo citado por moradores como se ainda fosse 1996 — Dona Almerinda entre eles.

Ela gostava de lembrar das equipes de gravação entrando e saindo de sua casa para fugir do sol carioca, tomar um cafezinho, usar o banheiro. Quando foram para a Bahia gravar o restante do vídeo, deram para ela uma foto do astro pop com um rabisco em cima, afirmando ser seu autógrafo. Talvez até fosse, mas nenhum colecionador se convenceu disso, e o retrato supostamente assinado por Michael Jackson acabou emoldurado e pendurado na parede da sala, onde a família — filhas, netos, tios, uma bisneta, alguns desgarrados — fazia refeições, assistia à televisão e vez por outra acolhia temporariamente alguma criança enquanto tentavam encontrar um abrigo permanente para ela. Uma ONG alemã ajudava Dona Almerinda com doações e lhe fornecia cestas básicas, que ela acabava dividindo com vizinhos mais necessitados.

Fui uma dessas crianças.

Eu gostava e me sentia apaziguado bem no meio da gritaria da parentada naquela casinha apertada de paredes rosadas, gostava da janela, uma única, pintada de verde e voltada para o beco e as escadas, do cheiro do refogado de alho e cebola do feijão do almoço, do sabor efervescente do refresco de groselha, que eu nunca tinha provado antes, nem sabia existir, preparado de um envelope roxo vindo das doações dos alemães, com nome e instruções escritos num idioma misterioso para mim.

Depois de várias semanas sem que ninguém se interessasse pelo menino macambuzio que eu era, Dona Almerinda ficou sem saber o que fazer comigo. Ela precisava de espaço para atender temporariamente outros meninos e meninas, uma garotada muito menos hábil do que eu em navegar as noites de terror e fome do Rio de Janeiro.

Inventei que minha avó tinha voltado a morar em Belford Roxo e me queria lá. E retornei às ruas, aos bancos de praças, às areias e às plataformas da Central do Brasil.

De vez em quando, retornava à favela para visitar Dona Almerinda. Ela ficava alegre quando eu aparecia. Eu, também. Se não tinha bolo com calda de laranja e açúcar em cima, meu favorito, ela assava um. E me fazia comer um pratão de arroz com feijão, farinha, umas fatias de banana. Nunca me deixava ir embora sem levar uma sacola "para a viagem" com pão, um pedaço de queijo ou linguiça "da roça" que algum parente tinha trazido de Minas Gerais, um pacote de biscoitos, bananas, uma caixinha de suco, uma outra de leite achocolatado retiradas das cestas básicas doadas pela ONG, e mais algum agrado "para entregar para a sua avó em Belford Roxo", como um pano de prato, um copo de geleia, um pente, um talco.

Não fiz de propósito, mas quando comecei a michetagem, parei de ir lá. Faz tempo, isso.

A casa estava fechada.

Bati na porta, ninguém atendeu.

Imóvel logo atrás de mim, correndo os olhos pelos tetos e becos da favela, Alex arfava, exausto da subida pelas escadas intermináveis, incomodado pelo num ambiente desconhecido, ainda sem entender direito as razões de nossa fuga.

Bati mais forte, gritei por Dona Almerinda uma, duas, algumas vezes. Uma vizinha do outro lado do beco chegou à janela, perguntei se Dona Almerinda ainda morava ali, ela ia começar a responder quando a porta foi aberta. Por trás dela, surgiu uma menina mirrada, de dez, onze anos no máximo.

— Dona Almerinda está em casa? — indaguei.

A garota, segurando a porta entreaberta, olhava para mim e para Alex entre curiosa e assustada, tentando entender o que dois desconhecidos faziam em frente à casa dela, no meio da tarde, numa favela dita pacificada.

— Dona Almerinda? — perguntei de novo. — Ela ainda mora aqui?

A menina confirmou, com a cabeça. Seria a bisneta que conheci bebê, talvez.

— Posso entrar? Posso falar com a Dona Almerinda?

Ela manteve a porta entreaberta, mas não se moveu.

— Morei aqui — contei, tentando ganhar sua confiança. — Por um tempo. Com a Dona Almerinda. Quero falar com ela. Estou precisando da ajuda dela.

Foi a vizinha quem interveio:

— Deixa o moço entrar, Mariana.

Sempre segurando a porta, como prestes a fechá-la para se proteger, ela vacilou.

— O moço deve ser um daqueles menores abandonados que sua bisavó ajudava, né, não, moço?

Sem dizer nada, a garota afastou-se e entrou, deixando a porta apenas ligeiramente aberta. Subimos os quatro degraus. Ainda ouvi a voz apiedada da vizinha:

— Não se admire com Dona Almerinda não, moço. Desde que ela teve o derrame, ela anda meio... Não é mais a mesma.

O facho da luz da tarde que entrava pela porta aberta revelou os contornos do acanhado interior da casa. Constantemente fechada, não mais cheirava a feijão refogado, nem a bolo de laranja, mas a remédios e bolor. A cama estreita de Dona Almerinda fora colocada num canto da sala. Alguma das filhas e seus filhos e netos estariam ocupando o único quarto.

Alex fechou a porta, encostou-se contra ela, inseguro como náufrago jogado às pedras de uma ilha desconhecida.

A bisneta fez menção de acender a luz, disse-lhe não ser necessário. Meus olhos já haviam se acostumado à penumbra.

— Bisa, tem visita para a senhora — a menina chamou atenção de Dona Almerinda, tocando-lhe o braço.

Tinha emagrecido muito. Seu corpo era um pequeno amontoado no leito, debaixo de cobertas. Chamei seu nome. Ela virou-se na direção da minha voz. Percebi que não me via. A menina apontou para os olhos dela, sacudiu a cabeça em negação.

— Eu queria ter trazido um presente para a senhora — comecei a dizer, me aproximando, colocando a mochila no chão. — Mas... nem tive tempo porque nós estamos... — apontei para Alex. — Meu amigo e eu estamos...

Ela entenderia?

— Tem gente querendo nos matar, Dona Almerinda.

Segurei sua mão, falei meu nome. Entendi que não havia como explicar àquela senhora frágil tudo o que vinha acontecendo comigo, culminando naquela fuga que nos levara até sua casa. E que precisávamos, urgentemente precisávamos, de um esconderijo.

— A senhora lembra de mim?

Dona Almerinda apertou minha mão. Tomei o gesto como um sim. Ela murmurou algumas palavras, não consegui ouvir nem entender nada.

— Vou deixar o meu amigo aqui — apontei. — Ele se chama Alex. Ninguém pode saber que ele está na sua casa.

Alex se aproximou, inquieto:

— Ficar aqui? Aqui? Você enlouqueceu, Igor?

— É o lugar mais seguro para nos abrigarmos.

— Numa favela?

— Aqui, sim. Nesta favela. Não vou demorar.

— Aonde você vai?

— Perto.

— Fica comigo.

— Todo mundo respeita a Dona Almerinda. Ninguém vai te incomodar aqui. Eu não demoro.

— Aonde você vai, porra?

— Vou buscar o Van Gogh.

— Mas você disse que o Van Gogh estava ali, na sua mochila.

— O da mochila é uma cópia. Vou buscar o verdadeiro.

Sua expressão era de absoluta incredulidade.

— Falso? Quer dizer que.. Essa correria toda foi por causa de um Van Gogh falso?

— Foi para te proteger.

— Você mentiu para mim.

— Te salvei. Se os filhas-da-puta te pegassem com a cópia, eles te matavam.

— Não vou ficar aqui — ele afirmou, a voz trêmula, novamente parecendo entrar em pânico. — Não vou me arriscar num barraco de favela.

— Aqui não é um barraco, Alex. Aqui é a casa de uma mulher que já salvou a minha vida antes. E que pode salvar a sua.

Alex não respondeu.

Eu saí.

AUVERS-SUR-OISE, FRANÇA, 1890

RIO DE JANEIRO, 2024

XXXII

Duas tardes

Na tarde de 27 de julho de 1890, um domingo, Vincent não se recolheu à sala dos fundos do albergue conhecido como Café de la Mairie, em Auvers-sur-Oise, para pintar, como de hábito fazia.

Em vez disso saiu a caminhar, sem carregar tintas, pinceis, cavaletes, nenhum dos materiais costumeiros de suas andanças, por uma estrada de terra batida que ladeava um campo de trigo.

No bolso do paletó levava um revólver. Um Lefaucheux sete milímetros. Baixo calibre, baixo custo.

Ninguém sabia, nem jamais ficou sabendo, quando, nem como, Vincent adquirira a arma.

Em algum ponto do caminho, ao sol poente de verão, Vincent parou, tirou o revólver do boldo, apontou para o próprio peito e atirou.

Caiu.

Ali ficou, sobre a esturricada estrada de terra amarela, quase imóvel.

Logo levantou-se, tonto, talvez de dor, talvez de espanto.

Decidiu retornar ao albergue.

No caminho, caiu mais três vezes.

Chegou ao Café de la Mairie quando a família Ravoux, proprietária do lugar, preparava a mesa para o jantar.

Vincent, com passos vacilantes, foi direto para seu quarto, uma mansarda no andar de cima.

Todos sentaram-se para comer.

Estranhando o atraso de Vincent, o senhor Arthur Ravoux subiu até o quarto do hóspede. Deparou-se com Vincent estendido na cama, perguntou-lhe o que estava se passando.

Vincent abriu o paletó, mostrou a camisa ensanguentada.

"Eu quis me matar e falhei", ele disse.

Imediatamente, o senhor Ravoux correu para chamar o doutor Mazery, um jovem obstetra recém-formado e, como Vincent, morador da aldeia há pouco tempo. Invocou, também, a presença do doutor Paul Gachet, um homeopata que passara a cuidar da saúde física e mental de Vincent desde sua mudança de Saint-Rémy para Auvers, em maio.

O doutor Mazery, habilidoso no lidar com nascimentos de crianças daquela área rural, não soube como deveria agir com o adulto que tentara se matar. Despiu Vincent, examinou-o sem saber direito o que fazer, tampouco como interpretar a serenidade calada do homem com o ferimento de bala no peito.

Pouco depois, chegou o doutor Gachet.

Os dois médicos saudaram-se com leves acenos de cabeça, sem trocar palavras.

Em um novo exame, agora a quatro mãos, verificaram que a bala se alojara próxima da coluna vertebral. E que o ferimento não parecia fatal. Talvez a bala pudesse ser extraída?

Mazery não sabia como fazê-lo, Gachet tinha horror a cirurgias.

Tamparam o ferimento com um curativo e decidiram esperar, ver como a situação evoluía, antes de tomar qualquer atitude mais drástica, como transportar o ferido para Paris, 35 quilômetros ao sul dali.

O obstetra retirou-se.

Vincent quis fumar.

Gachet foi pegar o cachimbo do pintor e acendeu-o.

Em seguida, pediu a Vincent o endereço da casa de Théo para avisá-lo. Vincent se recusou a dá-lo, não queria perturbar o irmão.

Gachet concordou e foi para casa.

Na manhã seguinte, segunda-feira, após receber a notícia em seu local de trabalho, Théo precipitou-se para Anvers-sur-Oise. Ao entrar no quarto, contam vários biógrafos, Vincent lhe teria dito:

"Fracassei novamente".

Em prantos, Théo abraçou o irmão mais velho.

"Não chore", Vincent teria dito, "fiz isso porque seria melhor para todos nós".

Durante o dia, a infecção de Vincent se alastrou.

Sua respiração foi ficando mais difícil a cada hora.

À noite, Théo compreendeu não haver mais saída para o irmão. Sentou-se ao lado na cama, colocou a cabeça de Vincent entre seus braços.

"Eu gostaria de poder morrer assim", ouviu-o dizer, quase sem voz.

Passava da meia-noite.

Começava a madrugada da terça-feira, 29 de julho de 1890, o dia final de Vincent van Gogh.

O irmão mais novo continuava sentado no leito úmido da febre e do sangue do irmão mais velho, que tantas vezes o levara a passear pelos campos de Brabante do Norte, e lhe ensinara os nomes de pássaros, insetos e flores.

Théo queria evitar, mas as lágrimas escorriam por seu rosto em um pranto quieto. Ergueu a mão, com vontade de acariciar os cabelos de Vincent, hesitou. Colocou-a sobre a testa do irmão. Ardia por conta da infecção generalizada.

Vincent olhou Théo intensamente, com seus olhos azuis como os céus de suas telas. Em seguida, os fechou. Soltou um último suspiro, murmurando:

"Eu gostaria de entrar agora."

Tinha completado trinta e sete anos quatro meses antes.

Ia digitar a senha, quando percebi a primeira porta de ferro destrancada.

Empurrei-a.

A segunda porta de ferro estava escancarada.

Nenhum som vinha lá de dentro.

Nada.

O mais absoluto silêncio, estranho e inquietante como o de um lugar abandonado faz tempo.

A mesa do café da manhã ainda estava posta. Os cadernos dos dois jornais do Rio de Janeiro, jogados no chão, como Ravello fazia depois de os ler. O jornal de São Paulo permanecia dobrado e intocado entre a cesta de pães, a xícara de café e os restos de ovos mexidos, sua refeição usual de segunda a sábado. Os domingos eram de comida árabe, dispostas em diversas vasilhas de cerâmica desde cedo sobre a mesa, que ele ia beliscando ao longo do dia.

Um cigarro tinha sido apagado sobre o que restava dos ovos mexidos em seu prato.

Ravello deixara de fumar havia anos.

Então vi as telas.

A odalisca marroquina de Matisse, as meninas bailarinas de Degas, o casal de Caillebotte a caminhar sob a chuva, um Cavaleiro Risonho de Frans Hals, a cabeça de João Batista de Caravaggio, uma Virgem Maria de Masaccio — as cópias em que Ravello vinha trabalhando e as já completadas, apenas aguardando serem levadas pelos agentes a serviço dos que as encomendaram — todas cortadas de cima a baixo, num mesmo, idêntico xis ao que mutilara minha Laure com sua braçada de flores para a cortesã Olympia pintada por Édouard Manet e recriada por Ravello com minha cara num espelho.

Todas, e cada uma completamente destruída.

Em frente a elas, sentado em sua velha poltrona de couro, estava Ravello.

Imóvel.

A cabeça pendida para a esquerda.

Ilogicamente pendida para a esquerda.

Totalmente pendida para a esquerda.

Corri até ele.

Seus olhos, abertos, olhavam para o nada.

Gritei seu nome.

Segurei e levantei sua cabeça.

Seu pescoço tinha sido quebrado.

***

O enterro de Vincent foi marcado para a tarde da quarta-feira.

Um caixão simples foi construído pelo carpinteiro da cidade, nem pequeno, nem grande, despojado e digno para o homem magro, de ombros largos e mais ou menos 1,70 m de altura.

Transportá-lo para o cemitério tornou-se um problema inesperado. O padre de Auvers-sur-Oise se recusou a permitir o uso do carro fúnebre da paróquia para transportar um suicida. E também a ministrar-lhe os ritos finais.

A prefeitura da cidade vizinha de Méry concordou em emprestar seu rabecão. Théo decidiu por um funeral laico.

O velório foi no mesmo cômodo dos fundos do café tantas vezes utilizado por Vincent como ateliê.

E assim parecia, em seu velório.

Trouxeram para ali sua paleta, seus pincéis, o cavalete a cadeira dobrável "que ele levava por toda parte para pintar, às vezes muito longe, nos campos, nos olivais, nos bosques e ravinas. Suas telas foram colocadas por toda a sala junto às paredes. Folhagens enfeitavam o local para lembrar o amor de Vincent desde a infância pelo campo. Velas foram acesas.*

O ataúde aberto foi colocado sobre cavaletes.

Alguém trouxe uma braçada de girassóis.

Cerrei os olhos de Ravello, sentei-me no braço da velha poltrona de couro, encostei-me em seu corpo.

Ergui sua cabeça, apoiei-a em meu ombro, segurando sua testa.

Estava fria como... Como...

Eu não queria completar o pensamento.

Fria como a de um morto.

Tive vontade de chorar. Uma imensa vontade, como se minhas tripas, minhas veias, estômago, pulmões, garganta, cada órgão estivesse sendo torcido,

*HAZIOT, David. *Van Gogh*. Tradução de Paulo Neves. Porto Alegre: L&PM, 2010.

espremido, arrancado, dilacerado. Chorar por tudo o que tive, por tudo que ali perdia. Por tudo que ele me dera, por tudo em que me transformara, por cada gesto, por cada bronca, cada livro, cada lição, por cada ensinamento, por cada conselho e, mais que tudo, por tornar possível que eu me deitasse no tapete de sua sala e dormisse, sem medos, sem precisar amarrar um barbante em meu tornozelo, nem ter a faca escondida ao lado, seguro como o menino que finalmente pôde confiar no adulto a velar seu sono.

Nunca mais.

Nunca. Mais.

Uma dor, aquela dor grande, imensa, aguda, sem tamanho, como eu jamais havia sofrido, me estraçalhava por dentro.

Entretanto.

Entretanto.

Não consegui derramar nenhuma lágrima.

Nem uma única lágrima.

Apenas apertei forte sua cabeça contra o meu peito.

Falei em seu ouvido, baixinho, mesmo sabendo que era absurdo, mesmo sabendo que ele não mais me ouvia:

— Ah, Ravello, que pena.. Que pena…

Hesitei, contive meu impulso um pouco, mas, em seguida, passei os dedos entre seus cabelos muito pretos, abrindo-os, percebendo as raízes brancas que ele fazia questão de esconder com tingimentos frequentes.

— Que pena — repeti.

Peguei uma de suas mãos. Que fria estava. Levei-a a meu rosto, passei-a lentamente sobre meus olhos, minhas bochechas, meu queixo, meus lábios. Como se fosse um carinho.

Senti ímpeto em chamá-lo de pai.

Mostrar minha gratidão ao homem que me salvara do mundo.

Porém me mantive calado, os olhos secos, apenas segurando suas mãos entre as minhas, pressionando meu rosto.

"Às três horas levaram o corpo. Os amigos é que o carregaram até o carro fúnebre. [...] Theodorus Van Gogh, que adorava o irmão, que sempre o

apoiou na sua luta pela arte e pela independência, não para de soluçar de dor. Na rua faz um calor terrível. Subimos a colina de Auvers (onde ficava o cemitério) falando dele, dos grandes projetos que sempre tinha em mente, do bem que fez a cada um de nós."*

A morte do invisível Vincent foi ignorada pela imprensa, tal como a de tantas outras criaturas ignoradas por vizinhos, colegas de repartição, quem há de lembrar da copeira que um dia lhes serviu cafezinho, ou de quem lhes abriu a porta, pediu um pacote de fraldas geriátricas ou lhes vendeu um sapato ou uma bala? "Essa gente" nunca percebida pela maioria dos bons cidadãos, como os de Arles, que preferiam não ter por perto um baderneiro como Vincent Willem Van Gogh, morador da casa amarela a que chamava de *Atelier du Sud,* almejando fazer dela um espaço de convivência artística, em que Paul Gauguin teria sido seu primeiro hóspede.

Apenas o diário *L'Avenir de Pontoise*, um jornal local de circulação mínima, publicou, na edição de 3 de agosto:

Domingo passado, um certo Van Gogh, de 37 anos, artista-pintor, de passagem por Anvers, atirou em si próprio com um revólver, num campo de trigo, e, apenas ferido, retornou a seu quarto, onde morreu dois dias depois.

Isso foi tudo.

Meio século antes de uma tela sua, retratando os campos de girassóis que tanto o encantavam, ser roubada por um nazista na Alsácia, cento e trinta anos antes dessa mesma obra levar ao assassinato de um pintor chamado Eli Khadouri, nascido no Iraque, com imenso talento para criar algumas das mais perfeitas cópias já feitas no mundo.

*Relato de Émile Bernard, um dos poucos amigos de Van Gogh. HAZIOT, David. *Van Gogh*. Porto Alegre: L&PM, 2010.

XXXIII

Igor em fuga

APALPEI O FORRO ENCOURADO embaixo da prancheta de Ravello. Não senti a presença de nada.

Entretanto, me lembrava do volume de alguma coisa, um livro fino, um envelope, um amontoado de papéis dobrados, imaginei, qualquer coisa não muito grande, quando Ravello mandara que passasse a mão ali. Com certeza havia algo. Não dei importância. Me esqueci. Naquela tarde havíamos falado de tantos riscos, de tantas ameaças, algumas lógicas, outras alucinadas, de minha tentativa de entender o que seria uma quadrilha fluida, da astúcia excepcional de *doppelgängers,* do perigo representado por um gringo servil de cara plastificada, tantas informações que se esparramaram para tantos cantos opacos de minha mente.

Mas não me esqueci daquela frase: "Se algum dia alguma coisa me acontecer...".

Catei um estilete no porta-canetas, cortei a forração. Arranquei-a.

Nada, senão madeira.

Eu nunca saberia o que Ravello ocultara ali, por tanto tempo. Nem por quê.

Não fora apenas o volume oculto que sumira.

O cavalete onde ele pousara o "Campos de girassóis ao meio-dia sob nuvens de tempestade" estava vazio.

Os filhas-da-puta tinham levado o quadro.

Apesar de todas as proteções com que as seguradoras e Ravello cercaram o ateliê, apesar dos códigos nas duas portas de metal e dos alarmes exigidos, apesar das garantias de proteção em que ele acreditava, por fazer parte de um sistema lucrativo para toda a cadeia de galeristas, leiloeiros, colecionadores, famílias de artistas, golpistas, copistas de obras de arte.

Tudo falhara.

Estranhamente, tudo falhara.

Ou nada estranhamente.

Como quando nenhum segurança estava por perto na manhã em que me atacaram no mictório do hotel durante o evento da rede das academias de ginástica. Como nada hoje funcionara no ateliê, ao contrário da segurança desfrutada por Ravello desde que se instalara no Brasil.

Antes.

Muito antes do surgimento do Van Gogh do Leblon.

Antes de eu me envolver com aqueles contra quem ele se assombrara e me alertara desde o começo. Os *doppelgängers*. Os gêmeos.

Eu levara o caos até o oásis bem ajustado de Ravello no Posto 5.

Eu levara a morte.

Eu estava atarantado.

Não sabia o que fazer, não tinha a quem procurar.

Sempre fiz questão de ignorar os nomes de quem se ligava a Ravello, jamais soube nem me interessava ter seus números de telefones, seus endereços, saber quais eram suas atividades, suas profissões. Eram todos — em geral homens, quase sempre maduros — amontoados em minha cabeça em uma categoria geral que eu chamava de "Clientes do Ravello". Eu não tinha nada com eles, todos me ignoravam. Aquela gente me tomava por mais um objeto dele, disponível como um cavalete, uma banqueta, um vaso cheio de pincéis, qualquer coisa que podiam não enxergar. E isso me era confortável.

Até aquele momento.

Eu sabia que Ravello não mantinha arquivos de nomes ou endereços no ateliê, nem anotações bancárias, nenhum tipo de registro capaz de eventualmente cair em mãos erradas, de causar transtornos, problemas com a lei ou os fora dela, de servir de arma para investigações, chantagens, buscas. Todas as minúcias de sua vida e finanças dependiam de sua memória prodigiosa.

Ravello era um homem livre, que dependia unicamente de si mesmo.

Fora.

Não era mais.

Tinha sido.

Ravello não existia mais.

Eu estava sozinho no ateliê do artista capaz de recriar, tão bem quanto o pintor original, qualquer grande obra de arte desde o século XVI.

Sozinho com o corpo dele.

Quando chegassem os bombeiros, ou a polícia, ou quem quer que fosse chamado pelos vizinhos, ou o porteiro ou o faxineiro para atender à ocorrência, ou checar o mau cheiro, eu não teria como explicar o que fazia ali, no ateliê de um falsário, entre quase uma dezena de cópias destroçadas de quadros famosos, junto ao corpo de um estrangeiro idoso com pescoço quebrado, de quem nunca soube o nome verdadeiro, com quem eu não tinha nenhuma relação de parentesco, mas com quem tinha sido visto durante anos em bares da avenida Atlântica, e dentro do apartamento, e saindo de lá a toda e qualquer hora do dia e da noite, um homem jovem portador de documentos de identidade com aparência autêntica, mas cujos números eram duplicatas de outros, de cidadãos vivos ou mortos? E se me detivessem? E se a quadrilha de George e Valéria mandasse acabar comigo na prisão? E se os albaneses, ou croatas, ou israelenses, o bando de "fluidos" estivesse aguardando apenas que eu saísse para também acabar comigo?

Eu estava entontecido de tantas dúvidas.

Menos uma.

Precisava sair dali.

Imediatamente.

Peguei o elevador de serviço e desci até o subsolo.

Sairia pelos fundos, onde um corredor levava até uma porta decorada com ramas de ferro entre vidros, que permitiam ver se há alguém do lado de fora.

Abri com cautela a porta do elevador.

Não havia ninguém no subsolo.

Subi a escadaria. Vazia. Saí no corredor, dei de cara com o porteiro. Ele se assustou. Tentou esconder o cigarro que fumava, proibido no prédio. Jogou-o no chão, pisou em cima. Tranquilizei-o. Aproveitei sua presença e pedi-lhe para ver se havia alguém esperando por mim lá fora. O homem deu uma chegada à calçada, voltou dizendo não haver ninguém.

Eu já ia saindo quando ele avisou:

— Deixaram um envelope para você.

— Para o morador do apartamento 114, né? — corrigi-o.

— Não. Pediram para lhe entregar. "Para o rapaz que trabalha para o pintor" — a pessoa falou.

— Quem era essa pessoa?

— Um entregador. Um motoboy. Vou na portaria pegar.

Logo em seguida ele trouxe um envelope pardo, de tamanho médio. Peguei-o, dei uma corrida até a avenida Nossa Senhora de Copacabana, fiz sinal para um táxi, mandei seguir para Botafogo.

— Me deixa na rua São Clemente, na entrada do elevador do Plano Inclinado da favela Dona Marta.

Precisava garantir a proteção de Alex.

Agora que os filhas-da-puta tinham encontrado e levado o Van Gogh verdadeiro, a barganha da tela pela vida dele — e a minha — não valia mais porra nenhuma.

Meu dinheiro vivo estava no fim. Não podia usar o cartão de débito que Ravello me dera. Cartões são rastreáveis. Merda.

Dentro do táxi, abri o envelope. Pareceu vazio. Enfiei a mão. Havia um cartão de visitas no fundo.

Apenas o cartão.

Peguei-o. Li:

Felipe M. Laghinelli
International Attorney – Advogado internacional

Um número de telefone fixo, de prefixo antigo, estava manuscrito à caneta, na parte de trás, junto à frase: "Favor ligar, assunto de interesse de Igor Brown".

Em trânsito entre Copacabana e Botafogo, se eu usasse meu próprio celular, seria menos arriscado falar com um desconhecido sem ser localizado?

Um desconhecido que sabia eu e Igor éramos uma única pessoa.

Se fosse um dos matadores que estavam no meu encalço, não teria deixado um envelope na portaria, evidentemente, com cartão de visitas, nome e profissão. Não me pediria para lhe telefonar. Teria me esperado dentro do ateliê e acabado o serviço. Ou na saída do prédio.

Foda-se. Vou.

Liguei meu telefone. Digitei o número.

— Sou o Igor Brown — informei ao atenderem.

— Venha ao meu escritório. O mais rápido que puder.

— Agora não dá.

— É urgente.

— O que estou fazendo também é urgente.

— É do seu maior interesse.

— Um amigo meu está em perigo. Tenho de ir ajudar.

Houve um breve silêncio e um suspiro. Em seguida:

— Ok, ok. Estou informado que você tem... tem algumas questões.

— Tenho o quê?

— Faça o que tem de fazer e depois venha ao meu escritório. Sabe onde é a praça do Russel?

Eu sabia. Dormi várias noites nas escadas que descem ao Memorial Getúlio Vargas. No "Cabeção", como a molecada chamava o monumento. O que eu desconhecia naquela época é que a estátua do homem musculoso meio pelado, do outro lado da praça, crivado de flechas, era de São Sebastião.

— Por que devo ir urgentemente ao seu escritório?

— Tenho vários documentos para lhe entregar. E outros para você assinar. Com urgência.

— Que documentos?

— Os que meu cliente deixou sob minha guarda e responsabilidade. Consegui todas as autorizações dos consulados.

— Que autorizações? Que consulados?

— Aqui eu lhe mostro. Meu telefone impede escuta, o seu celular, não.

— Que cliente é esse?

— Eli Khadouri.

— É engano. Não conheço ninguém com esse nome.

— Há mais de dez anos você trabalha para ele.

— Nunca ouvi esse nome.

— Eli me avisou que você o chama de... Um momento... Vou confirmar aqui o que eu anotei... Ah, sim, aqui está. Você o chama de Ravello. O pintor Ravello.

Dona Almerinda, quieta na cama, parecia dormir. A menina me estendeu o telefone do Igor que eu deixara com Alex.

— O moço louro mandou lhe entregar assim que entrasse.

Estava ligado. Um aviso de mensagem piscava.

— Cadê ele?

A menina deu de ombros.

— Cadê o meu amigo que eu deixei aqui?

— Foi embora.

— Embora, quando?

— Depois que ficou com raiva e jogou a mochila na parede.

— Raiva de quê?

— Não sei. Só sei que foi depois que ele falou no telefone.

— Neste telefone?

— No dele.

— Falou com quem? Falou o quê? O que foi que ele disse?

— Gritou um palavrão e jogou a mochila na parede. Quase quebrou a televisão. Falou numa língua estrangeira, eu não entendi o que ele disse para o outro homem.

— Homem? Era um homem?

— Primeiro falou com uma mulher. Depois com um homem.

— Uma mulher?

— Chamou ela de Valéria.

— Falou o que para a Valéria?

— Não ouvi. Depois falou com um tal de Jorge.

— George?

— Um estrangeiro.

— Ele falou em inglês com George?

— Não entendi o que ele falou. Gritou com esse Jorge, esse Jorge gritou com ele.

— George?

— Aí ele ficou com raiva e jogou a mochila. E foi embora. Não mexi em nada.

A mochila continuava no mesmo lugar onde Alex a arremessara, aberta. As roupas de ginástica, um tênis e uma toalha de rosto, estavam espalhadas entre a mesa de jantar e o móvel da TV.

— Não mexi em nada — a menina reassegurou.

Peguei a mochila. A tela ainda estava lá. A cópia perfeita de "Campos de girassóis ao meio-dia" criada por Ravello, largada entre os panos em que, antes, eu a havia envolvido com cuidado.

— Xingou e foi embora, o moço louro...

Conferi o Van Gogh minuciosamente. O rompante de Alex não causara nenhum estrago na tela.

— Ele tacou o seu telefone na minha mão — a menina informou. — E gritou, mandando eu entregar para o senhor assim que o senhor entrasse aqui. Gritou que tem um recado. No telefone.

— Ele não falou mais nada? — insisti, virando a cópia do Van Gogh por todos os ângulos.

— Gritou tão alto que assustou a bisa.

Dona Almerinda dormia. Algumas doenças, às vezes, são piedosas.

Voltei ao conteúdo da mochila. Alex não tinha levado nada. Peguei a tela. Intacta. Nenhum arranhão. Na parte de cima do canto esquerdo, porém, me pareceu haver uma mancha. Mínima. Um ponto. Pequeníssimo. Talvez fosse apenas parte das sombras da casa na penumbra, mas despertou qualquer coisa em minha memória.

— Acenda a luz — pedi.

Ela acendeu. Foi como se eu levasse uma porrada.

Estava ali. Na parte de cima. Onde a tela cobre a estrutura de madeira.

Uma pequena mancha. Da ferrugem de um prego.

Um prego.

O único que tive alguma dificuldade para puxar.

Um prego enferrujado.

Um.

Que deixou uma mancha mínima, quando retirei a tela de van Gogh da moldura.

A pequeníssima mancha de ferrugem de um prego do século XIX. O prego que eu puxara para retirar a tela da moldura. A moldura do quadro por décadas pendurado no corredor do apartamento da família Schloendorf no Leblon.

A mancha não estava na cópia.

Aquela não era a réplica perfeita criada por Ravello.

Aquela era a tela que Vincent pintara no verão de 1890.

Sentei-me no chão, tonto.

Sentei-me no chão, tentando pôr em ordem o rodamoinho de constatações e memórias circunvalando a minha cabeça.

Assim fiquei por alguns segundos. Ou seriam minutos?

Sentei no piso de cimento encerado da casa humilde de Dona Almerinda, no morro Dona Marta. A mesma casa de favela onde me abrigaram ao me encontrarem dormindo embaixo de um banco de praça em Botafogo.

Naquele dia, de novo, eu, na casa da favela.

A mesma casa.

Eu, outro.

Eu tendo nas mãos uma obra de arte cujo valor ultrapassava 50 milhões de dólares. A última obra de Vincent van Gogh. Saber o que lhe aconteceu depois de pintá-la tornava mais aguda a emoção de apreciá-la ali, mais de um século depois do tiro no peito.

Era uma cena premonitória, percebi.

Nuvens de tempestade se aproximando pelo céu azul-cobalto de Anvers-sur-Oise ao sol do meio-dia, tomado por bandos de corvos pairando sobre campos de girassóis. O momento perto do fim do holandês invisível. Enquanto a pintava, já teria o revólver no bolso?

Ali estava a tela verdadeira de Vincent Willem Van Gogh, repeti para mim mesmo.

— A tela verdadeira — disse em voz alta, incrédulo.

A cópia dela, radiosa como a pintura original, Ravello deixara orgulhosamente exposta no cavalete, sabendo que enganaria até os maiores experts em Van Gogh.

Que enganaria até os homens que acabariam por matá-lo por causa dela.

Ravello sabia, igualmente, por sua convivência com o submundo oculto das artes e pela maneira caótica como operavam os homens reunidos por George Sánchez, que mais cedo ou mais tarde a quadrilha fluida acabaria por encontrá-lo.

Por isso deixou o original comigo. E me fez crer que eu levava a cópia. Ele sabia que, ao me encontrar com Alex, eu acabaria arrebatado pelo *doppelgänger*.

Fui um idiota. Mais uma vez. Como desde o começo.

Peguei o telefone do Igor, abri a mensagem de Alex.

Era curta. Toda em letras maiúsculas,

"VOCÊ ME TRAIU, MICHÊ FILHADAPUTA."

Ainda permaneci sentado um tempo no chão de cimento encerado, organizando minha cabeça, planejando os próximos passos. Até onde é possível planejar próximos passos em meio ao caos.

Dona Almerinda se mexeu na cama, voltou a dormir.

A menina subiu e aconchegou-se junto a ela.

A vida continuava ali dentro, do jeito que era possível.

No telefone do Igor, que os filhas-da-puta já tinham mesmo localizado, liguei para o advogado de Ravello. Avisei que meu celular provavelmente estava sendo monitorado.

— O meu é protegido. Não tem como me localizar. Pode falar o que quiser.

Contei-lhe tudo o que havia acontecido no ateliê. Tudo. Os jornais sobre a mesa posta para o café da manhã, o corpo inerte na velha poltrona de couro, o pescoço quebrado, as telas cortadas, o sumiço do que quer que houvesse na parte de baixo da prancheta. Ele ouviu sem retrucar, até esse momento.

— Estão todos comigo. São documentos.

Acho que o ouvi suspirar algumas vezes. Ao final disse, entre longas pausas incomuns:

— Tomarei providências sobre a cena do crime. Não volte para seu apartamento em Copacabana. Nunca mais. Venha para cá. Imediatamente.

Era noite, quando saí da casa de Dona Almerinda. Tranquei a porta e passei a chave por baixo.

XXXIV

Uma inimizade sincera

Um vento intenso, quente, que arrastava folhas, gravetos, lixo, escorraçara as travestis e os sem-teto habituais da praça do Russel àquela hora da noite quando deixei, atordoado e comovido, o prédio do advogado de Ravello.

Do advogado do pintor nascido Eli Khadouri, no Iraque, filho de Ya'akov Khadouri e Nira, sua mulher persa.

Advogado de um Ravello que eu não conhecia, apesar de ter convivido com ele por onze anos. Quase metade da minha vida.

Um longo, muito longo tempo com a pessoa oculta por trás do coroa sempre brilhante, surpreendentemente perspicaz, raramente alegre, frequentemente calado, nunca banal.

Jamais, porém, tão espantoso quanto o Ravello surgido dos relatos do advogado Felipe M. Laghinelli.

Eles se conheceram quando ambos eram quase jovens.

Detestaram-se imediatamente.

O brasileiro era advogado em ascensão no escritório BC&A Advogados Associados, responsável pelos dribles jurídicos que permitiam a um certo cliente civil, famoso pelo casamento com uma das dez mulheres mais elegantes do país, a revender armas belgas e francesas para as forças armadas brasileiras sem abrir mão do percentual de intermediário pago pela indústria bélica europeia.

Felipe Mesquita Laghinelli, segundo filho de uma jornalista e um professor de matemática, moradores da Tijuca, casou-se antes dos vinte anos com a moça de 17 que engravidara após um baile de pré-carnaval no Iate Clube do Rio de Janeiro, herdeira de um fabricante de estruturas de alumínio enriquecido com a construção da recém-inaugurada Brasília. O casal Felipe-Eliana teve, além da primeira filha, Mirela, mais duas meninas, Amanda e Thainá — nomes dados pela mãe. Os filhos homens, nomearia ele. Nunca os tiveram. Ele almejava um dia dar o nome de Mauro a algum neto.

O pintor belga, em seguida identificado como cidadão italiano, logo depois se afirmando grego, depois tunisino, em seguida lituano, porém portador de passaporte iugoslavo, fora trazido da França pelo tal cliente revendedor de armas e apresentado no escritório como "pintor talentosíssimo, amigo do ministro da cultura André Malraux, de Salvador Dalí, de cineastas da Nouvelle Vague".

Proprietário de apartamentos no aristocrático 16ème Arrondissement de Paris, e no abastado Morro da Viúva, no Rio de Janeiro, o comerciante de armamentos deixara claro querer obter para o amigo a cidadania brasileira "o mais célere possível" e "sem os entraves habituais da burocracia" para o artista internacional já detentor de algumas outras nacionalidades. O homem tinha traços biográficos, reais e inventados, mais escalafobéticos do que Felipe M. Laghinelli seria capaz de imaginar. O jovem advogado estava autorizado a molhar a mão de quem fosse necessário para acelerar o processo.

Como bom funcionário, Laghinelli não poderia senão aquiescer. Assim fez. Mesmo considerando tudo aquilo um ato espúrio. O que imediatamente o fez sentir-se incomodado em seus valores éticos e fortaleceu sua animosidade pelo artista moreno como um beduíno. A quem, por outro lado, a reação do alourado advogado brasileiro passou como arrogância e preconceito de elite branca do país. Ou dos morenos nascidos no Brasil, descendentes de mouros e sicilianos, que brancos se consideravam.

Raiva e rancor foram os sentimentos de Ravello.

Raiva e rancor foram os sentimentos de Laghinelli.

Mesmo vexado, o advogado brasileiro criou e datilografou pessoalmente, longe dos olhos de secretárias e assistentes, uma petição falando do "formidável pintor de renome internacional, sequioso de residir na pujante nação capaz de construir em apenas quatro anos uma capital no centro selvagem da América do Sul, pátria de gênios como Candido Portinari e Victor Meirelles, campeão mundial de futebol de 1958 na Suécia e exemplo de democracia racial, justiça social e convivência harmoniosa entre partidários de todas as ideologias".

O documento, entregue em mãos ao ministro da Justiça pelo ajudante de ordens de um ministro militar, teve a aprovação deferida naquela mesma tarde, em março de 1964. Duas semanas antes do golpe de Estado que derrubou o presidente João Goulart — e aqueles ministros.

A repulsa de Laghinelli por Ravello só crescia.

Criado num lar modesto da rua Professor Gabizo, num apartamento térreo, de fundos, em família avessa a qualquer tipo de desvio moral, eleitora do incorruptível, mesmo que mentalmente instável, presidente Jânio Quadros, o jovem advogado obrigado a compactuar com a estrutura rota do poder em Brasília sentiu-se cumplice da depravação e culpou o artista por isso. O estrangeiro, por sua vez, percebia o mal-estar, interpretando-o como xenofobia, homofobia ou ambos. E se revoltava com isso.

O rancor de ambas as partes poderia ter-se diluído com o passar dos anos.

Contudo, a amargura de Felipe M. Laghinelli adensou-se ao receber elogios da chefia pelo sucesso entre as catacumbas dos ministérios em Brasília, chegando perto do ódio ao ser promovido para cuidar pessoalmente das transações financeiras do pintor. Quantias cada vez mais altas, em marcos alemães, francos suíços e franceses, libras esterlinas, dólares, ienes, qual fosse a moeda corrente de então dos clientes do copista de obras-primas.

Paralelamente, também progredia a revenda, por parte de seu cliente casado com uma das mais elegantes do Brasil, de tanques, rifles, bazucas e canhões para as Forças Armadas, agora no poder após o Golpe Militar de 1º de abril.

A cada transação bem-sucedida, de armas e de arte falsa, correspondia mais uma promoção na BC&A Advogados Associados, com incremento salarial condizente. Numa escalada vertiginosa, acima dos índices da inflação, até chegar ao ponto de partilhar percentuais do faturamento, dispor de carro da firma, com motorista, duas viagens anuais internacionais pela Varig em primeira classe — para ele e a esposa — e na classe executiva para as três meninas, então adolescentes.

Não suportando mais o remorso, Felipe M. Laghinelli acabou por fazer o que seu senso de decência lhe exigia.

Para quizila de sua mulher e filhas, acostumadas aos untuosos benefícios laterais da firma de advocacia, ele se demitiu. E abriu um pequeno escritório fora do centro da cidade, porém próximo dele, num prédio antigo de arquitetura elegante e aluguel módico, necessitado de obras, na praça do Russel. Sem ter um cliente sequer.

No dia seguinte, apareceu o primeiro.

O pintor iugoslavo-ítalo-belga-tunisino/grego etc., que expressou sua admiração por Felipe e absoluta confiança na eficiência, honestidade e discrição do advogado. A tal ponto que trazia, como primeira solicitação, um segredo nunca partilhado com a BC&A Advogados Associados: o envio regular e sigiloso, através de doleiros e contrabandistas, de uma larga quantia para uma certa mulher na Espanha.

— Sua amante? — perguntou Felipe, sem rodeios.

— *Ah, non, pas du tout* — Ravello respondeu, com seu irresistível sorriso maroto. — *Je suis um péderaste*. O senhor ainda não tinha percebido que eu sou um pederasta?

O advogado não quis admitir tê-lo achado, apenas mais um europeu afetado, metido à besta, que tratava os brasileiros como primitivos a colonizar.

— Quem é ela, então?

— Uma refugiada iraquiana, de origem persa. Nira Khadouri. Minha mãe.

A candura de Ravello derrubou parte do muro que mantinha a distância entre os dois contemporâneos. O fato de o falsário ter uma mãe viva na Espanha, a quem sustentava com largueza, mas que ignorava sua existência, causou-lhe um certo incômodo, além de involuntário sentimento de piedosa incompreensão.

Em seguida, o pintor neo-brasileiro estendeu a Felipe um pacote de pequenas dimensões, embrulhado em páginas do *Jornal do Brasil*, amarradas com barbante.

— Uma prova de gratidão pelo que o senhor fez por mim — Ravello disse, em português claudicante e sotaque intenso.

Ao abrir o presente, o advogado deparou-se com a delicada pintura de uma menina bailarina num estúdio de dança parisiense do século XIX. Mesmo não sendo conhecedor de arte, espantou-se.

— Mas isto é uma bailarina de Degas. Deve valer uma fortuna. Não posso aceitar.

— Sim, pode — Ravello teria retrucado, acrescentando, com afetação: — É melhor do que o original de Degas. Quem pintou fui eu.

A soberba descarada do falsário chocou e provocou uma indisfarçável repulsa no filho de cidadãos probos, habituado à modéstia nacional, falsa ou genuína, e à busca de honestidade, igualmente genuína ou falsa.

— O senhor não tem vergonha na cara? — perguntou, sem tentar disfarçar a antipatia.

— Nenhuma — respondeu Ravello, com sinceridade. — Eu sei que pinto melhor do que Edgar Degas.

Uma gargalhada do brasileiro desconcertado, seguida de outra do talentoso falsário, derrubou completamente a barreira de hostilidade entre os dois homens sem papas na língua.

Assim se tornaram sinceros inimigos para sempre.

Até o assassinato de Ravello.

Minha primeira impressão do advogado me deixou sem fala. Tão alto e tão magro quanto Ravello, com o mesmo tipo de nariz adunco, lábios finos, pouco mais que riscos na face longa, ossuda, de idade indefinida, poderiam ser aparentados, aqueles primos quase irmãos, não fosse por dois detalhes essenciais. A pele muito clara de Laghinelli era o mais óbvio deles, o oposto do tom quase marrom de Ravello. E, no reverso, como a imagem de um espelho, os fartos cabelos. Sempre desalinhados em Ravello, o mais preto que ele conseguia manter com xampus e tingimentos frequentes, enquanto os do doutor Felipe, igualmente abundantes, porém impecavelmente penteados, eram inteiramente brancos, como as de um avô quase jovem.

Sua escrivaninha, pesada, de madeira escura, ampla à moda antiga, era atulhada com pilhas de papéis, pastas, envelopes, livros, porta-retratos, agendas, um abajur, um telefone, *post-its*, grampeador, porta-clipes, porta-canetas, carimbos, num acúmulo que era o exato oposto da minimalista prancheta branca de Ravello, onde ele dispunha apenas de parcos objetos e papéis, às vezes rascunhos de obras que estava a estudar, mais uns poucos copos e canecas com lápis, pincéis, estiletes, canetas e marcadores.

Felipe M. Laghinelli indicou a cadeira à sua frente. Sentei-me. Eu esperava qualquer tipo de pergunta, menos a que veio:

— Você é mesmo *escort*, como o Eli me contou?

— Não.

— Ah — exclamou, parecendo aliviado.

— Sou michê. E intérprete de Libras.

— Ah — ele repetiu, dessa vez com voz neutra.

— O que você sabe sobre Eli Khadouri? Sobre meu cliente que você chamava de Ravello?

— Nada.

— Desde quando você o conhecia?

— Desde que eu tinha catorze anos.

— E você hoje tem... — O advogado mexeu em alguns papéis tentando encontrar a informação.

— Vou fazer vinte e cinco anos — adiantei.

— Por que, nesses onze anos, você nunca perguntou nada a Eli? Sobre o passado dele? Sobre o que ele pensava de você? Sobre os planos que Eli tinha para você?

— Eu nunca pergunto nada. A ninguém.

— Nada?

— Nada. Sou michê. Tudo ou quase tudo que os clientes falam para mim é mentira. Quem quiser me contar alguma coisa verdadeira, acabará me contando por vontade própria.

— Eli nunca lhe falou dos planos que tinha para você?

— Nunca.

Felipe M. Laghinelli abriu uma gaveta, tirou de lá um envelope pardo e, de dentro dele, uma caderneta de capa vermelha, de tom escuro.

— Sabe o que é isso?

— Está escrito na capa. Passaporte.

— E o que mais?

As palavras estavam impressas em dourado, logo abaixo.

— *Unión Europea.*

— E...?

— *España.*

Ele abriu o passaporte e mostrou a foto do dono do passaporte.

Era minha foto.

XXXV

Os russos não perdoam

O pai de Ravello, o pai de Eli Khadouri, tinha sido bibliotecário do rei Faiçal II do Iraque e fuzilado junto com ele no levante republicano de 1958, contou-me o advogado. Todos os ligados ao rei destronado foram mortos, estripados, seus cadáveres arrastados pelas ruas de Bagdá e deixados para serem devorados por abutres e cães vadios.

O menino Eli estava com nove anos.

Sua mãe, Nira Khadouri, nascida na Pérsia, conseguiu escapar da carnificina, levando consigo o garoto pelo deserto Badiyat ash-Sham até a Jordânia. Nira morreria décadas depois exilada na Espanha. Sozinha. No percurso entre o Oriente Médio e a Península Ibérica, largara o filho, então com dez anos, num orfanato regido por freiras católicas na Itália.

Mãe e filho nunca mais se viram.

Adulto, instalado no Brasil, Eli Khadouri enviava dinheiro regularmente para a mãe, primeiro utilizando contrabandistas e doleiros, mais tarde através do escritório de Felipe M. Laghinelli, sem que ela jamais soubesse de onde vinham aqueles recursos financeiros. Ou conseguisse descobrir quem lhe havia doado uma casa nas proximidades de Besalú, na Catalunha. Nem quem se responsabilizava pelo pagamento de empregados, cuidadores e médicos, à medida que envelhecia.

Morreu cercada de proteção e total atendimento hospitalar, acompanhada pela presença constante e alternada de dois enfermeiros belgas, contratados e pagos por quem nem eles próprios sabiam. Um dos enfermeiros falava árabe, o outro era fluente em farsi. Apenas o advogado de Ravello, de Eli Khadouri, sabia como o filho de Nira a protegia, a 8.600 quilômetros de distância, do outro lado do oceano Atlântico.

O filho não perdoava a mãe por não ter conseguido protegê-lo e terminar por abandoná-lo, sendo essa a razão de nunca se revelar? Ou o filho preferia que a mãe jamais soubesse que todos seus sacrifícios e humilhações desembocaram na decepção do uso ilegal do colossal talento, ao tornar-se adulto?

Eu também fui abandonado pela minha mãe, mas nunca pensava nisso. Nem saberia para onde enviar dinheiro, se algum dia eu viesse a ter algum. Nem se ela ainda estava viva.

Aquele senhor estrangeiro de cabelos tingidos, pegador de garotões na praia de Copacabana, a quem compensava com refeições ou dinheiro por alguns minutos de satisfação, tão culto, tão perfeccionista em sua, sim, grande arte, tão dedicado a me transformar de moleque de tornozelo amarrado com barbante a adulto com arsenal para encarar o mundo, tinha planos generosos para mim. Que nunca me contou. Que eu nunca seria capaz de imaginar. Sobre os quais nunca perguntei.

Eli Khadouri aplicou parte dos ganhos de sua arte comprando propriedades na Catalunha. Em Barcelona e nos arredores. Alguns de seus investimentos foram na região de Priorat, em uma vinícola de pequena produção, que foi se expandindo à medida que seus vinhos Garnacha e Cariñena ganhavam prestígio e as taças dos melhores restaurantes catalães.

Por questões fiscais, lhe foi sugerido adotar a cidadania espanhola. O que fez, sem problemas, uma vez que era próspero investidor, correto pagador de impostos, e no Brasil a lei permite dupla cidadania. Com pagamentos de impostos separados. Muito bem geridos por seu fiel e cordial inimigo Felipe M. Laghinelli.

A legislação dos dois países autoriza, igualmente, a adoção de um homem adulto por outro.

Desde que o adotado dê seu consentimento.

Quando cheguei ao escritório de Laghinelli, o advogado já tomara todas as providências para preservar a reputação ilibada de seu cliente Eli Khadouri.

Aliados na polícia e nas seguradoras haviam retirado o corpo de Ravello — de Eli Khadouri — e livrado o apartamento de todos os vestígios da ação violenta, inclusive as telas destruídas. Da minha quitinete, igualmente, o pouco que havia sumiu.

As imagens gravadas pelas câmeras ocultas no ateliê foram salvas. E seriam enviadas para a Interpol.

— É apenas uma questão de tempo. Quando tentarem passar adiante a tela roubada no ateliê, alguém os acusará de vender arte falsa. Cada um que for preso acreditará na traição do outro. E acabarão acusando-se mutuamente. É apenas uma questão de tempo — explicou Laghinelli.

— E Alex? — perguntei, surpreso com minha involuntária aflição. — E Valéria? O que acontecerá com eles?

Laghinelli me olhou longamente. Percebi que hesitava em responder. Levantou-se, deu alguns passos, mexeu sem interesse numa prateleira da estante com livros ricamente encadernados.

— Se eles se comprometeram com os russos, como seu pai acreditava... — disse —, então...

Calou-se.

— Então o quê?

— Os russos — completou, sempre de costas — não perdoam.

Na certidão de óbito, Eli Khadouri morrera de causas naturais. E tal como deixara expresso no testamento ditado a seu advogado, diante de um escrivão juramentado, seu corpo seria sepultado no Cemitério Comunal Israelita do Rio de Janeiro, no bairro do Caju.

A maior parte de seus bens, depositados em instituições financeiras fora do Brasil, sabidas unicamente por Laghinelli e agentes de suas seguradoras internacionais, teriam três destinos principais.

Um era o Alto Comissariado das Nações Unidas para os Refugiados, o Acnur.

O outro, era o Unicef, o Fundo das Nações Unidas para a Infância.

A terceira parte, que incluía as propriedades na Catalunha, iria para o filho adotado segundo as leis brasileiras e, também, as da Espanha.

Para mim.

Com meu novo nome.

Eli de Oliveira Khadouri.

Do mesmo envelope onde estava o passaporte espanhol — o *meu* passaporte espanhol —, Felipe M. Laghinelli puxou dois bilhetes aéreos. Colocou-os à minha frente.

— Passagem Rio-Madri. Em classe executiva. Para não deixar um átimo de dúvida ou suspeita sobre o status social do filho de Eli Khadouri. Você só não irá de primeira classe porque os voos saídos do Rio de Janeiro não oferecem essa opção. E este outro bilhete... — Mostrou — Fecha a missão que seu pai deixou para você.

Era estranho ouvir essas palavras dirigidas a mim. Seu. Pai.

No segundo tíquete estava marcado um voo de Madri para Estrasburgo.

— Onde é Estrasburgo?

— Na França. Mas seu destino não é Estrasburgo. É uma cidadezinha perto dali. Nela se encerra sua missão. Sabe dirigir?

— Não.

— Tem ônibus de Estrasburgo para lá.

— Lá, onde? Qual missão?

— Seu pai sabia que ele corria perigo.

— Mas ele sempre me disse contar com a proteção das seguradoras e de gente conectada a seus clientes...

— Não há proteção possível contra esses psicopatas. Esses neonazistas. Não houve. Seu pai e eu havíamos mandado informações e fotos para o FBI e para várias organizações internacionais antinazistas.

— Sobre o bando?

— Sobre o quadro.

Tentei entender aonde ele queria chegar. Não consegui.

— A tela de Van Gogh.

— O que tem a tela de Vincent?

— A que você... — Ele fez uma pausa, em busca do verbo aceitável para o meu ato no apartamento de Emanuel Schloendorf. Pigarreou. Seu pai e eu enviamos informações sobre o quadro de Van Gogh que você... retirou... da parede de uma certa residência no Leblon.

Aguardei que completasse o que parecia querer dizer. Ele, por sua vez, aguardava que eu lhe fizesse alguma pergunta. Qual?

— Ainda não me acostumei a ouvir você chamar Ravello de meu pai.

— É melhor se habituar. Pois é assim que você vai falar dele, quando completar a missão em Ribeauvillé.

Areia dos caminhos da praça em frente ao escritório de Laghinelli, gravetos e folhas arrancadas das amendoeiras giravam junto com sacos plásticos, folhetos de videntes, cartõezinhos de "Compra-se ouro", guimbas de cigarros e copos descartáveis que irritavam os olhos e picotavam o rosto. Isso significava a entrada de frente fria, eu sabia. Mais uma. Como naquela tarde no Vidigal. É época delas. O toró não demoraria a cair. Ainda estava com o short e a camiseta do encontro com Alex na academia. Era melhor me apressar.

Não levava nada comigo.

Deixei no escritório do advogado os documentos, permissões, papéis, fotos, certidões, cópias e fotocópias, o passaporte, os tíquetes aéreos, o mochilão preto. O Van Gogh foi trancado no cofre. Levava apenas os dois celulares, o meu e o do Igor, um em cada bolso.

Liguei o do Igor.

Mandei mensagem para Alex.

"Não te traí."

A mensagem foi logo marcada como lida.

Aguardei a resposta.

Minutos se passaram, eu na calçada em frente à praça do Russel deserta, envolto pela ventania cada vez mais emporcalhada, cada vez mais quente, esperando.

Era quase meia-noite.

Não sou de acreditar em premonições. Nem me deixo levar por sensações negativas. Porém, sentia uma pressão no peito, uma ânsia obscura a crescer. Talvez não fosse eu. Talvez fosse o ar pesado da tempestade chegando. Senti a boca seca. Minha respiração ficando mais curta. Não sei como se chama isso. Só sei que não gosto. É ruim. Como chegar a um beco sem saída. O que era aquilo? O que era isso que eu estava sentindo?

E lembrei de uma frase da última carta de Vincent a Théo. A carta nunca enviada: "Gostaria muito de lhe escrever sobre muitas coisas, mas sinto a inutilidade disso".*

As idas e vindas de táxi me deixaram sem dinheiro vivo, eu que sempre saio com quase nada. Poderia voltar ao escritório de Laghinelli e lhe pedir. Mas não seria necessário. Sei me virar sem grana. Aprendi. E faria mais uma vez.

Fui até o metrô, ali perto. Pulei a catraca. Um fiscal me flagrou, gritou para eu parar, mandei tomar no cu. O babaca ainda tentou correr atrás de mim. Nunca nenhum me pegou. Qual pivete sobrevive sem agilidade e esperteza? E conhecimento de que toda estação de metrô do Rio de Janeiro tem buracos e esconderijos por erro de cálculo, incompetência das construtoras ou alterações preguiçosas dos projetos originais. Já vi gente trepando nesses esconderijos, na estação Estácio.

Logo estava num vagão a caminho do Leblon.

*GOGH, Vincent van, *Cartas a Théo.* Porto Alegre: L&PM, 2002. Tradução de Pierre Ruprecht.

Ainda vi o fiscal sacudindo o punho e urrando algum xingamento inaudível enquanto o trem deixava a estação.

Eu ia atravessar boa parte da Zona Sul até a praça Antero de Quental.

De volta onde tudo começou.

XXXVI

Adeus, Igor

AMANHÃ VOU EMBORA DO BRASIL.

Está marcado no bilhete aéreo.

Rio-Madri, chegada ao Terminal 1 do aeroporto de Barajas. Tomo um ônibus para o Terminal 4, onde embarco para Estrasburgo. Durmo num hotel perto do aeroporto. Na manhã seguinte, pego um ônibus até Ribeauvillé.

Tudo planejado por Ravello e Laghinelli. Tudo planejado por meu pai e seu advogado. Tudo acompanhado de uma longa lista de nomes, números de reservas, confirmações. E aquele endereço em Ribeauvillé. O fechamento da missão.

Levarei apenas uma mala de mão com uma carga especial no fundo dela. E o enorme respeito pelo homem que me apoiou e abriu caminhos para mim, ao longo de tantos anos, a quem ainda estou aprendendo a chamar de pai. De forma desastrada, é verdade, mas é assim que o chamo.

Gostaria de saber expressar minha gratidão, como Vincent fez numa carta para Théo, em 21 de abril de 1889.

***

A bondade que você teve para comigo não se perdeu, pois você a teve e isto permanece sendo seu, e mesmo que os resultados materiais fossem nulos, é razão a mais para que isto seja sendo seu, mas eu não consigo dizer isto como o sentia. [...]

Já nos é recomendado não mentir, não roubar etc., não cometer outros grandes ou pequenos crimes e seria muito complicado se fosse absolutamente indispensável não ter nada além de virtudes numa sociedade na qual estamos indubitavelmente enraizados, seja ela boa ou ruim. [...]

Todas as suas bondades para comigo, hoje eu as achei maiores do que nunca, não consigo dizer-lhe como eu o sinto, mas eu lhe asseguro que essa bondade foi de um bom quilate, e se você não vê seus resultados, meu caro irmão, não se atormente por isto, por sua bondade permanecer.*

Saio do Brasil sem ter ninguém de quem me despedir. Avó, mãe, primos, vizinhos, os balconistas da lanchonete, o barraqueiro que aluga cadeiras para turistas, os organizadores de eventos contratantes de intérpretes de Libras, o feirante da barraca de frutas, ninguém notará que não me vê mais. Desapareço como os cães de rua. Antes estavam ali, logo não estão mais. Puft. Sumiram. Sumi. Como se nunca tivesse feito parte de nada daquilo. Não estou alegre, nem estou triste. Constato, apenas. Deve ser mais fácil construir uma vida nova quando não fica nada para trás.

Passava da meia-noite, quando saí do metrô. A chuva inundara a praça Antero de Quental e continuava caindo, pesada e densa, as grandes poças entre os canteiros reveladas a cada relâmpago. Não havia ninguém, em parte alguma. O ribombar dos raios soava longe dali, para os lados do Maciço da Tijuca. A tempestade estava seguindo sua rota habitual.

*GOGH, Vincent van, *Cartas a Théo*. Porto Alegre: L&PM, 2002. Tradução de Pierre Ruprecht.

Saí da estação correndo, na direção do prédio de Alex e Valéria. Logo parei. Fiquei estático, debaixo do aguaceiro. Que merda eu estava indo fazer, me perguntei, cada vez mais ensopado. Em que porra de caralho de merda de arapuca eu estou me afundando? Esse pensamento gritou dentro de mim. E eu não sabia responder.

Lá estava eu, sozinho, imóvel, sob a branquicenta luz de mercúrio de um poste, com todo aquele toró despejado sobre mim, na esquina da praça Antero de Quental com a rua General Urquiza. A camiseta encharcada pesava e me dava calafrios. Tirei-a. Passei na cara, torci, enxuguei os olhos, mal e mal, até onde foi possível.

Continuava tudo embaçado, tal como na minha cabeça.

Que se foda, eu me disse, que se foda. Vou andar com calma até lá.

Me ajudará a pensar. E decidir o que seria melhor fazer. Ou não.

Que se foda.

Que eu me foda?

Ia apertar o botão do interfone quando me ocorreu uma possibilidade doida. Valéria e Alex tinham tanta certeza de nunca mais me verem, fosse por me assustar com ameaças e chantagem, talvez por contarem com a mortal bestialidade dos renegados da quadrilha fluida para cumprir o planejamento original de apagar a existência de qualquer testemunha — missão facilitada por eu ser michê sem documentos verdadeiros, sem parentes nem passado, contratado e manipulado desde a trepada com uma puta diante do velho na cadeira de rodas — que talvez, quem sabe, podia ser que nem tivessem se ocupado do óbvio. Trocar o código passado a Igor para entrar no prédio.

Não. Impossível. Com certeza teriam escolhido nova senha.

Ou não.

Não?

Que se foda. Nada a perder. Que se foda. Está aqui na minha frente.

Digitei 1-2-3-4-jogo da velha-5.

Ouvi um clique.

A porta de vidro fumê destrancou.

***

Entrei. Descalcei o tênis e as meias. Estavam empapados. Deixei-os no chão do hall, ao lado da camiseta. Começaram a ensopar o tapete. Liguei o celular do Igor. Chamei o número de Alex. Tocou uma vez. Duas. Três. Quatro. Cinco. Seis.

Ele atendeu.

— Que porra é essa de me ligar à uma da manhã, seu michê filho de uma vaca? — berrou. — Viado safado! Você fodeu com a minha vida, seu viado arrombado!

— Vim salvar a sua vida, Alex — respondi, em voz baixa.

— O quê? O quê que você falou, seu puto?

— Calma. Alex. Calma.

— Calma é o caralho! Você me tapeou! Você me fodeu, seu vagabundo de merda! Agora é você quem vai se foder, viado sem mãe! Vou mandar os caras do George te acharem e te matarem de porrada.

— Vai ser fácil me achar. Eu estou aqui.

— Aqui? Aqui aonde, michê filhadaputa?

— Aqui dentro. No hall do seu prédio.

Houve um silêncio do outro lado da linha. Dava para ouvir sua respiração cheia de ódio e surpresa.

— Estou aqui embaixo. Desce.

Não houve resposta.

— Desce, se tu é homem — desafiei.

Silêncio do outro lado.

— Desce, Alex. Desce!

Ele não desligou, mas não consegui identificar os sons do outro lado.

— Desce, porra!

A porta do elevador abriu. Alex tinha o telefone em uma das mãos, a outra fechada para me socar. Atravessou o hall estreito, me xingando. Segurei o pulso dele no ar, torci seu braço, puxando-o para as costas. Ele jogou a cabeça para trás, tentando atingir minha cara, ao mesmo tempo que enfiava uma das pernas entre as minhas, para me derrubar. Dei-lhe uma rasteira, jogando-o por terra, ao mesmo tempo que soltava seu braço e porrava minhas duas mãos espalmadas em suas orelhas. Ele gemeu, zonzo. Sentei-me em seu peito, colocando todo peso ali, enquanto imobilizava seus braços sob minhas pernas. Dei-lhe um tabefe na cara, forte, outro mais forte ainda, do outro lado do rosto. Ele ganiu.

— Por que você mandou matar meu pai, seu cagão de merda? Ravello nunca te fez mal! Ele nunca fez mal a pessoa nenhuma! Escrotos viados filhas-da-puta sem mãe! Ravello não merecia, não merecia, não merecia!

Esbofeteei sua cara de um lado, de outro, e mais outro, e outro mais a cada frase, com toda força da minha mão espalmada, querendo que doesse, que o humilhasse, e continuei, ouvindo-o gemer, e gemer mais, as bochechas ficando vermelhas de tanta porrada seguida, e não parei de bater, ouvindo seus ganidos abafados pelo som alto das lapadas em seu rosto delicado. Sopapos e mais sopapos, perdi a conta de quantos foram. Ele começou a chorar, soluçando alto. Seu corpo se sacudia. E aquele olhar de dor, de dor e vergonha, enquanto eu continuava a dar-lhe sopapo atrás de sopapo.

— Para — pediu, as lágrimas escorrendo pela cara inchada. — Para pelo amor de Deus, Igor. Para! Para! Para de me bater, Igor!

Acertei-o com a mão espalmada de um lado, em seguida do outro. E de novo. E de novo. Acertei-lhe um tapão na boca. Cuspi na cara dele.

— Pelo amor de Deus, Igor! Para de me bater, pelo amor de Deus!

Parei, a minha raiva não cedia. Soltei mais um tapão em um dos lados de seu rosto. E outro mais. Ele soluçava cada vez mais alto. Um filete de sangue escorria de seu nariz.

— Não tive nada a ver com a morte do seu *sugar daddy*! Não fui eu, Igor. Não tive nada a ver com o assassinato dele. Para de me bater. Para, Igor, pelo amor de Deus, para! Não fui eu, Igor, não fui eu! Foram os malucos! Foram os malucos!

Segurei uma bofetada, antes de acertar seu rosto com outra cusparada.

Ele chorava. De verdade. Como uma criança.

— Eu não tive culpa, Igor. Juro por Deus, Igor. Não tive.

— Você ligou para sua irmã da casa da Dona Almerinda. E para o filha-da-puta do George. Por sua causa foram ao ateliê.

— Eu tinha de ligar! Eu precisava avisar que o Van Gogh que estava comigo era falso. Eu nem sabia que o George tinha o endereço do pintor.

Não imaginava que os doidos fossem lá. Juro, Igor, eu te juro! Não tive culpa se eles... — engoliu em seco.

Olhei bem para a cara dele. Vermelha, inchada, molhada de lágrimas, cuspe e sangue, o rosto de um idiota amedrontado. De um menino amedrontado.

— Por causa do seu telefonema, eles mataram meu pai.

— Ele era seu...?

— Pai. Sim. O homem que sua quadrilha escrota assassinou brutalmente, covardemente, aquele velho indefeso capaz de criar as obras mais bonitas da história da arte, sim, Alex, aquele homem era meu pai.

Seu olhar era de espanto e, talvez eu me enganasse, podia ser que eu tivesse visto o que gostaria de ver, mas me pareceu que havia ali um tanto, quem sabe, um pouco que fosse, de remorso. De arrependimento.

Sua voz saiu como um balido.

— Ah, Igor...

Lágrimas enchiam seus olhos, as pálpebras se tornando roxas por causa das minhas porradas.

— E sabe o que é pior, Alex? Sabe o que é mais amargo e triste nessa cagada toda? A tela que estava com você, na casa da Dona Almerinda...

Não fui capaz de terminar a frase. Me doía pensar no horror e no medo da pessoa mais bondosa que encontrei em toda a minha vida, a agonia de Ravello ao sentir as mãos do brutamontes que segurava sua cabeça e começava a torcê-la. A quebrar seu pescoço. Por um Van Gogh falso.

Sai de cima do peito de Alex, deixando-o livre para fazer o que quisesse. Ao mínimo sinal de agressividade, eu quebraria a cara dele. Ou faria a justiça que a Justiça brasileira jamais conseguiria: eu torceria e quebraria seu pescoço. Como fizeram com Ravello. Com Eli. Com meu pai.

— A tela que você teve nas mãos, Alex, lá na favela Dona Marta... — desabafei, amargurado — ... era o Van Gogh verdadeiro. O que você jogou contra a parede, num acesso de raiva, achando ter sido tapeado por este michê. Sim, Alex, sim. Aquele Van Gogh que você deixou para trás na favela. Sim, aquele era o verdadeiro, Alex. O verdadeiro.

Ele sentou-se, colocou o rosto entre as mãos e intensificou o pranto.

— Sua burrice causou o assassinato de um inocente. Um homem bom. Um homem raro. Covardemente massacrado por causa do seu telefonema estúpido, por causa da sua burrice.

Era um uivo contínuo, o som que Alex emitia, um balido, o lamento de um animal ferido.

Um filhote de bicho. Uma criança em pranto convulso. Um garoto sem noção do mundo, sem recursos para se proteger, fraco e perdido, o menino que sentia a dor de ser violentado pelo próprio pai. Mais uma vez. Sabendo que outros estupros viriam. Incessantemente. Sempre que o pai quisesse. Um guri derrotado. Que assim seguiria pela vida.

Ele levantou o rosto.

Seus límpidos olhos azuis pediam compaixão.

Peguei-o pelas axilas, levantei-o. Limpei seu rosto. Senti vontade de fazer carinho nele. De beijar aqueles olhos inchados de tanto chorar. Ou das porradas que eu lhe dera.

Que porra de merda era aquele sentimento que me tomava?

Ele encostou a cabeça em meu ombro. Ainda tremia.

— Se Valéria e você — comecei a alertá-lo — mandaram a tela para algum bilionário russo... — hesitei, torcendo para que tivessem negociado com a magnata coreana, como já haviam mencionado —, então é melhor que...

— Sim. Para aquele russo dono de times de futebol na Inglaterra e na Hungria. Ele já depositou metade do dinheiro.

— Quantos milhões de dólares?

— Não sei.

— Isso é mentira. Você sabe muito bem.

— Trinta e cinco.

— Trinta e cinco milhões de dólares?

— Sim.

— E o restante?

— Depositará quando o Van Gogh estiver pendurado numa das paredes do iate dele. Mesmo que não seja o quadro que ele estava esperando, ainda assim...

Sacudi-o, quase lhe dei mais uns tapas.

— Acorda, Alex! Sua vida está em perigo. Você vendeu um Van Gogh falso para um gângster russo mais rico que o rei da Inglaterra, mais perverso que o Vladimir Putin. Ele vai se vingar.

O guri perdido estava mais atônito ainda. Sem atinar o que eu lhe dizia, incapaz de alcançar a gravidade da informação dada pelo advogado de Eli Khadouri.

— Sobe — comandei. — Sobe, pega seu passaporte, algum cartão de crédito.

— Por quê?

— Vamos viajar. Você vem comigo.

— Para onde? — uma voz feminina perguntou.

Valéria.

Na porta do elevador.

Tinha uma arma na mão. Uma pistola. Prateada. A mesma arma que retirara do porta-luvas e apontara para minha cabeça no mirante do morro Dona Marta. Porém, ela a segurava com as duas mãos. Sabia o que fazia. Apontava para o meio da minha testa. Tal como naquela outra noite, tinha o dedo no gatilho.

Porém, a contrário daquela outra noite, compreendi que, naquela, Valéria não se deteria.

— Para onde acha que pode levar meu irmão?

— Vou levar Alex embora. O comprador russo vai se vingar dele por ter sido tapeado. Eu vou salvar seu irmão.

— Alex não teve culpa — Valéria disse, indulgente.

— Foi ele que telefonou informando que estava com a cópia do Van Gogh, não com a original. É o seu irmão que os filhas-da-puta do seu banco vão dedurar.

— Mas quem mandou os homens do George para a casa do falsário fui eu. O endereço do velhinho que te sustentava.

— Você sabia da minha ligação com o Eli?

— É claro que eu sabia. Seu *sugar daddy* era famoso no mundo da arte. Da arte falsa. Por isso eu te escolhi, Igor. Por suas ligações com ele. Você é michê e ladrão.

Se pretendia me ofender, Valéria perdia tempo. Já fui chamado de coisa muito pior. O tom de voz dela era pausado, neutro, sem nenhum traço emocional:

— Tinha certeza de que o velhote faria pelo menos uma réplica do Van Gogh. Até por vaidade. Eu vi. Era perfeita, realmente. Mandei levarem para o russo. Até você nos devolver a verdadeira.

— Tarde demais — menti. — O Van Gogh já está com a Interpol.

Ela apertou os olhos castanhos, talvez com ódio, talvez para assegurar-se de estar mirando o exato centro minha cabeça.

— Então posso acabar logo com você. Como fizemos com o velhote judeu.

Uma onda de rancor e náusea me subiu do estômago à garganta. Senti vontade de vomitar.

— Como você é escrota, Valéria! — consegui dizer entredentes. — Você sabe que o seu bando de filhas-da-puta vai dedurar o Alex e que é nele que vão querer se vingar, não em você, sua... — Nenhuma palavra me ocorreu para insultar a mulher que escolhera salvar-se colocando o próprio irmão na mira dos assassinos. — Escrota de merda! — acabei por exclamar.

Valéria riu, com desdém.

— Um michê me chamando de escrota? Um viado que dá o cu por dinheiro me xingando de merda? Um verme tirado da sarjeta, vai salvar meu irmão? Como? Se escondendo com ele nas manilhas de esgoto do Aterro do Flamengo? — ela debochou, sempre mantendo a pistola apontada para minha testa, segurada com as duas mãos, como naquela outra madrugada. Como alguém treinada em clubes de tiros.

Dei uma rápida olhada em Alex. Parecia apavorado. Parecia, alguém que sabia do que a irmã seria capaz. Tal como a mãe deles quando esfaqueou o pai. Alex murmurou alguma coisa inaudível. Logo repetiu, um pouco mais alto:

— Vou com ele — balbuciou, inseguro, como se fizesse uma pergunta. Tentou, de novo: — Eu vou... com ele. Vou com o Igor — disse, sem melhor resultado. Continuava a criança frágil comandada pela irmã.

Valéria o ignorou. Continuou falando para mim:

— Você se aproveita que meu irmão é um viadinho sem discernimento, um fraco que depende de mim para tudo.

— Alex vem comigo.

— Não posso permitir que um assassino sequestre meu irmão — ela devolveu, sarcástica. — Eu tenho os vídeos todos, Igor. Você comendo a puta, você matando o velho, você roubando o Van Gogh.

— Todos *fake*.

— O daquela câmera ali, não é. — Ela apontou para o teto.

Fui pego de surpresa.

— Os outros vídeos já bastam para provar o bandido que você é. Prostituto. E ladrão. O de hoje vai mostrar você tentando extorquir meu irmão para devolver o quadro. Mostra você espancando meu irmão. Com golpes de capoeira e bofetadas. Coisa de bandido.

— Não, Valéria — Alex pediu, debilmente.

Ela continuou a ignorá-lo.

— Estou apontando para sua glabela, Igor. Você sabe o que é a glabela? É esse pequeno espaço entre as suas sobrancelhas. A bala entra por aí, fratura o osso frontal, atravessa o seu crânio, rompendo toda a massa formadora dos hemisférios cerebrais, até sair pelo osso parietal, na parte de trás da sua cabeça. Mas não se preocupe. É indolor. Tudo acontece em milésimos de segundos. Você não vai sentir nada. Absolutamente nada.

Atônito, Alex abriu os braços, sem sair do lugar. Pediu, com a voz trêmula de uma criança que acorda de um pesadelo, ainda presa ao sentimento de terror.

— Não, minha irmã, não faça isso. Deixa eu ir. Me dê uma chance, Valéria. Só mais uma. Eu te peço, minha irmã. Deixa eu ir embora com ele.

Valéria sequer o olhou.

— Quando a polícia chegar e te encontrar morto com uma bala na testa, Igor, eu vou estar abalada. Abalada, mas firme. Segurando as lágrimas. Estoica. Uma verdadeira heroína que não teve medo de enfrentar um michê violento para proteger o irmão. Meu irmãozinho burrinho. Meu pobre viadinho. Meu irmãozinho débil mental. Adeus, Igor.

— Não, Valéria! — Ouvi Alex gritar.

O que aconteceu em seguida foi muito rápido. Mais do que consegui registrar.

Valéria apertou o gatilho, isso registrei. Ao mesmo tempo em que Alex saltou para me empurrar. Isso registrei. Ou foi primeiro Alex que saltou para me empurrar fora da trajetória da bala que Valéria disparava. Foram dois tiros. Ou ela ia disparar quando Alex me empurrou. Ou começara a disparar. Uma vez. Duas. Dois estouros seguidos. Ouvi as detonações. Altas. Duas explosões ouvi ao mesmo tempo que jogava minha perna direita para cima de Valéria num golpe meia-lua de capoeira. Meu pé bateu com a força de uma tijolada do lado esquerdo de seu rosto, entre a orelha e os olhos, enquanto a meu lado o corpo de Alex desabava sobre a mesa de vidro no centro do hall, estilhaçando-a. Tonta com a porrada, mas ainda de pé, Valéria virou a arma na minha direção. Dei-lhe uma queixada de frente, carregada de ódio, acertando direto na boca, jogando-a contra a porta de aço do elevador, onde bateu com a cabeça. E despencou, desmaiada.

Corri para acudir Alex.

Uma bala atravessara sua cabeça, a outra, o pescoço. Sangue denso minava da parte de trás de seu crânio e da nuca, formando no tapete um halo escuro em torno de sua cabeça.

Passei meu braço por baixo de seu tronco, puxei-o para perto de mim, abracei-o, senti seu sangue morno a escorrer pela minha pele, um nosso último líquido carinho, inútil. Seu rosto tão pálido exalava uma beleza desoladora, como o Cristo beijado por Judas da tela de Giotto di Bondone. Sabendo que ali se despedia da vida.

Não havia mais nada a fazer.

Deitei-o sobre minha perna, deixei-nos ficar assim por um tempo.

Depois, telefonei para Felipe M. Laghinelli.

O advogado tomaria as providências necessárias.

UM RIO CHAMADO ATLÂNTICO

XXXVII

Ribeauvillé

Deve ter muita boniteza aqui em volta. Eu mal consigo ver. Quero chegar ao meu destino, destino que me foi dado. Tenho uma missão e quero completá-la. Fechar. Encerrar uma escrotidão iniciada em setembro de 1940. Que nunca teria sido descoberta se o acaso, sempre o acaso, essa certeza de que o improvável acabará por acontecer, não tivesse inserido no tabuleiro do jogo aparentemente encerrado há oitenta anos, um michê de Copacabana, pinçado na internet. Logo confirmado como a peça perfeita por não ter valor nenhum. Sem parentes conhecidos nem perspectiva de futuro, portador de documentos com nomes, datas e origens inventados. Um invisível. Um cachorro de rua, se preferir.

Michê, trepada, arapuca, fim.

Só que não.

Nada afloraria, eu pensava entrando em mais uma rua estreita calçada com pedras arredondadas de Ribeauvillé, na França, se numa tarde, no Brasil, esse michê, que ainda nem sabia que seria classificado assim mais tarde, aos catorze anos, não tivesse sido escolhido por um coroa estrangeiro nas areias da praia de Copacabana enquanto jogava futevôlei com outros moleques sem destino, dali levado para seu ateliê nas proximidades e, depois de ser mamado, no momento em que se dirigisse ao banheiro para uma chuveirada, passasse em frente a um quadro de que nunca tinha visto sequer uma reprodução, chamado "Olympia", pintado por um tal de Édouard Manet, de quem jamais ouvira falar ou tivera qualquer menção, e se deparasse com a imagem de sua avó, tal e qual, igualzinha, igualzinha, e aquela pintura inacabada fizesse brotar lembranças vagas, memórias desfocadas, vozes distantes. E uma lágrima furtiva. Logo com ele, que nunca chorava.

Laure. Assim se chamava a negra africana da braçada de flores para a cortesã parisiense Olympia, o moleque do futevôlei aprenderia com o velho que pintava aquele quadro monumental.

Recriava uma obra-prima, o coroa explicara para o moleque que nunca tinha ouvido aquela palavra dupla, *obra-prima.*

Uma das mais encantadoras pinturas de um movimento artístico chamado Impressionismo, o coroa mostrara ao moleque, trazendo um livro grande e pesado que abriu sobre a cama onde os dois, o velho de cabelos tingidos e o moleque do futevôlei, se sentaram, os corpos ainda recendendo a suor e sêmen, enquanto as portas de um mundo de beleza e arrebatamento iam sendo abertas, página a página, à sua frente.

Ravello.

E o que Ravello lhe trouxe.

O curso de intérprete de Libras, os estudos dos cursos fundamental e médio pagos sem que tivesse obrigação alguma para com o moleque, as histórias sobre Caravaggio, Michelangelo, Da Vinci, Hans Holbein, Frida Kahlo, Yukio Mishima, Keith Haring, Francis Bacon, a trajetória de artistas, as técnicas pictóricas, as descobertas de Eugène Chevreul, a magia das cores de Van Gogh, as cartas de Vincent.

As cartas a Théo, escritas por seu irmão mais velho.

O ruivo holandês invisível, como invisível eu tinha sido até então.

A arte do ruivo holandês invisível, bem visível na parede amarronzada de um apartamento do Leblon.

O sol do meio-dia, dourando os campos de girassóis.

Uma das milhares de obras de arte desaparecidas ou supostamente destruídas ao final da Segunda Guerra Mundial.

Que eu passara a ter a missão de devolver.

A mesma tela que me levara a ambicionar algumas boladas de dólares e me ajudariam a comprar um apartamento em Ipanema, ao pé da favela, perto da estação de metrô da praça General Osório, quarto e sala separados que me garantiriam a tranquilidade de um teto permanente, ao mesmo tempo em que me tornariam cúmplice de um crime cometido do outro lado do oceano Atlântico, por um dos milhares de homens brancos entre brancos a se considerarem melhores que outros brancos, que os pardos, que os pretos, que os viados, que os ciganos, que os judeus, melhores que todos que não eles.

A mim, um quase criminoso, acabou sendo dada a missão de justiça.

Ao moleque michê de nome e sobrenomes inventados, falsos documentos, biografia de ficção.

Em vez de um punhado de dólares, eu segurava a alça de uma mala onde havia uma obra que poderia ter sido avaliada em 50, ou 70, ou 100 milhões de dólares, uma fortuna inimaginável que reconhecia o talento do homem ruivo que se deitou, sangrando do ferimento de bala que ele mesmo infligira ao peito, desistindo da esperança num futuro que se recusava a chegar, enquanto a família da pensão onde se hospedara sentava-se no andar de baixo, banal e apaziguada, para o jantar de domingo.

O holandês do peito a sangrar era o autor do quadro em poder da família Schloendorf desde antes de agosto de 1944, quando o coronel Philip Heinrich e sua mulher Magdalena escaparam dos exércitos aliados.

Desde que fora roubado, em setembro de 1940, da casa de uma família de Ribeauvillé enviada primeiro para o campo de internamento de Gurs, nos Pireneus, mais tarde para campos de concentração na Polônia e na Alemanha, onde os adultos pereceram. A filha mais nova e sua prima polonesa, órfã, fugitiva do gueto de Varsóvia, despachadas para um campo de trabalhos forçados exclusivo para mulheres ao norte de Berlim, sobreviveram.

Em Ravensbrück, a menina Eva e sua prima adolescente Miriam trabalharam, com mais de 132 mil judias, ciganas, comunistas, ativistas, homossexuais, testemunhas de Jeová e prostitutas, até serem libertadas pelo exército soviético em 30 de abril de 1945. E retornaram debilitadas, sofrendo com as sequelas das terríveis experiências médicas a que foram submetidas em Ravensbrück e sem um único parente vivo para a pequena e adorável cidade alsaciana de Ribeauvillé.

Assim estava encerrada a história do "Campos de girassóis ao meio-dia sob nuvens de tempestade".

Entretanto, em outro continente, oito décadas depois, um michê supostamente bronco fora escolhido para o prazer de irmãos incestuosos e para os meandros condutores à fortuna incalculável que a obra do holandês invisível lhes traria, ser paga por um magnata russo. O fechar da cortina após um intrincado jogo teatral, o falso sequestro de uma obra de arte para tapear as seguradoras, driblar as sanções contra a Rússia de Putin, até chegar à parede do iate de algum aliado do invasor da Ucrânia, de Lavrov, ou de quem quer que não tenha sido envenenado, jogado de algum andar alto, explodido dentro de um avião em pleno ar.

Assim seria.

Assim poderia ter sido.

Assim o jogo foi iniciado.

Sempre há um começo.

E só entendemos quando tudo acaba.

— Ribeauvillé? — eu perguntei a Felipe M. Laghinelli.

— Ribeauvillé — ele confirmou com a mais perfeita pronúncia francesa, segurando o tíquete Madri-Estrasburgo bem diante de meus olhos. Voo IB2240, Partida às nove horas da manhã e chegada às 11h20.

— O que tem em Ribeauvillé? Por que preciso ir para lá? Mal vou pisar na Espanha e já terei que pegar outro avião para a França?

— Sim. Imediatamente.

— Por quê? Que urgência é essa?

— Porque a pessoa que você precisa encontrar pode estar morrendo. Uma delas, aliás, já morreu.

Eu nunca tinha ouvido falar de Estrasburgo, muito menos de uma cidadezinha na fronteira da Alemanha chamada Ribeauvillé.

Felipe me deu um panorama geral.

Ribeauvillé, assim como toda a Alsácia, foi ocupada pelos nazistas durante a Segunda Guerra Mundial. A área já havia sido disputada várias vezes entre França e Alemanha. Quando o governo francês, liderado pelo general Philippe Pétain, rendeu-se a Hitler em junho de 1940, as tropas nazistas se sentiram em casa, na Alsácia-Lorena. Muitos dos judeus que viviam ali foram reunidos, com a colaboração de Pétain, e escorraçados para o sul da Franca em vagões de gado antes de serem despachados para Auschwitz-Birkenau, Sobibor e Majdanek, na Polônia. Outros foram para três campos de extermínio localizados em território alemão: Dachau, Buchenwald e o mais próximo da capital, Ravensbrück — para onde destinaram Eva e Miriam.

— Guarde esse nome. Ravensbrück.

Quando as tropas alemãs se retiraram em agosto de 1944, fugindo da aproximação dos exércitos aliados, saquearam o que restara nas casas, levando objetos de prata, móveis, lustres, talheres, louças, tapetes e qualquer outra coisa que tivesse algum valor. Uma tela de Vincent van Gogh já havia sido confiscada antes, no início da ocupação, pelo oficial austríaco Philip Heinrich Schloendorf.

— Schloendorf? — perguntei, reconhecendo o sobrenome.

— Schloendorf — confirmou Felipe. — Philip Heinrich Schloendorf. O pai de Emanuel "Manny" Schloendorf, avô de Valéria e Alex Schloendorf. Sim, "Campos de girassóis ao meio-dia" era um quadro roubado. E dado como destruído. A forma de ocultar tantas obras de arte roubadas. Como Eli desconfiou desde o primeiro momento.

Sim, eu me lembrava dos comentários dele. E como me levou a pesquisar em seus livros de arte.

— Por isso me procurou.

— Quando eu sequestrei o quadro?

— Bem antes. Quando você contou para ele o coito de pé com a prostituta, diante de um idoso em cadeira de rodas, e o quadro que viu no corredor do apartamento.

— Depois do vídeo *deep fake* do assassinato do pai dos gêmeos?

— Antes.

A sagacidade de Ravello — a sagacidade de Eli — mais uma vez me espantava. O advogado continuou:

— Eli tinha certeza de haver uma grande armação, por trás do plano esdruxulo dos... dos... Como é mesmo que ele chamava o casal de gêmeos?

— *Doppelgängers.*

— Sim. *Doppelgängers.*

— O tempo todo Eli sabia...

— Desconfiava. E ficou mais preocupado ainda, quando você se apaixonou... quando achou que você tinha se apaixonado por um dos... dos... — ele se corrigiu logo em seguida.

— *Doppelgängers.*

Reunindo os elementos de que dispunham, Eli e o advogado acionaram as agências internacionais que desde o fim da guerra caçavam e localizavam obras de arte roubadas pelos nazistas, entre elas, o FBI e a Interpol.

— Philip Heinrich Schloendorf foi astuto — o advogado sublinhou. — Escondeu o Van Gogh em plena vista. Colocou-o no corredor interno do seu apartamento no Leblon, misturado a suvenires e memorabília sem importância. Quem iria acreditar que uma obra tão valiosa estaria no Brasil, na Zona Sul do Rio de Janeiro, rodeada de bugigangas? Trazida por um ex-oficial nazista, cujo passado não era escrutinizado por ninguém de sua classe social, e que aqui enriqueceu como respeitável industrial, sócio de redes de hospitais, luminar da melhor sociedade carioca?

Não sou de me espantar com nada do que acontece no Rio. Pelo tanto que eu vi e testemunhei, assim como pelas histórias sem nexo, mas reais, de senadores assassinos, presidentes e seus filhos aliados de bicheiros, de cardeais organizadores de bacanais, ninfomaníacas casadas com generais impotentes e milionários que detonam suas fortunas em noitadas de cocaína. Mas ex-oficial nazista, membro da alta sociedade, que escondia à vista de todos uma tela de Vincent Willem Van Gogh de valor incalculável, isso ultrapassava minha experiência. E minha imaginação.

— Philip Heinrich Schloendorf podia se orgulhar, ainda que só para si mesmo, de ser dono da última obra-prima criada por um dos maiores artistas do mundo.

Saí do escritório sem nada, sabendo que precisava encontrar Alex com urgência. "Os russos não perdoam", dissera o advogado. Deixei com ele todos os documentos, as passagens e a tela, atribulado por tanta informação nova, traçando mentalmente o rascunho de uma missão, acreditando, ou tentando acreditar, na possibilidade de salvamento e redenção de Alex.

— Sua missão em Ribeauvillé será entregar o quadro de Van Gogh, em nome de seu pai, à família da qual ele foi roubado.

Por isso corri o risco de procurar Alex. Queria que ele viesse comigo. Se aceitasse a chance de redenção.

Tinha o endereço da rua em Ribeauvillé impresso numa folha de papel timbrado do escritório de Felipe M. Laghinelli. E os nomes delas, das meninas mandadas para Ravensbrück, Eva e Miriam. Só que há muitas décadas elas não eram mais meninas. A mais nova teria oitenta e oito anos. A prima, entre noventa e três e noventa e quatro.

Uma ainda estava viva.

Eva, ou sua prima Miriam, qual delas fosse a sobrevivente, eu não sabia, não tinha sido avisada de que um rapaz do Brasil estava à sua procura.

Nem por quê.

Me perdi entre as tortuosas ruas apertadas, confuso entre fachadas similares, vitrines de produtos que desconhecia e nomes que não sabia pronunciar. As placas, pequenas, azuis com letras brancas, pregadas em paredes de esquinas, traziam nomes escritos em francês e alemão.

Ao passar em frente e ler algumas delas duas, três vezes seguidas, percebi estar andando em círculos até chegar à rua indicada na primeira das duas folhas de papel tantas vezes dobrada e desdobrada, colocada e retirada do bolso do casaco de lã grossa doado por Felipe M. Laghinelli com outras roupas de frio dele, todas um tanto justas e compridas demais para mim. Foda-se, me mantinham aquecido, isso é que importava...

Era uma casa pintada de vermelho, ao lado de outras igualmente em cores intensas de verdes, amarelas, azuis. Todas no mesmo estilo enxaimel, encimadas por telhados inclinados, próprios de locais de muita neve, ao topo de dois, três, quatro andares, com estruturas externas de madeira escura que formavam padrões geométricos para sustentar as paredes, preenchidas por, imaginei, pedras, tijolos e argila. Todas parecendo saídas de um quadro de Pieter Bruegel.

Confirmei o número. Ali era a casa de dona Eva. Ou dona Miriam. De onde o coronel Philip Schloendorf levara "Campos de girassóis ao meio-dia". Procurei a campainha. Não achei. Nem nenhuma alça, ou corda, ou qualquer coisa para chamar quem morasse ali.

Bati na porta. Aguardei. Bati de novo. Passaram-se alguns minutos e eu já conjeturava se tinha o endereço errado, se a pessoa não morava mais ali, se já ninguém habitava aquela casa, quem sabe a sobrevivente teria falecido entre minha partida do Brasil e a chegada ali, ou estava no hospital, alguma dessas armadilhas do acaso sempre prontas para nos derrubar, quando ouvi um clique metálico, pensei em chave, logo vi a maçaneta de bronze girando.

A porta foi aberta.

Por trás dela, com rosto atento levemente inclinado para o lado, os cabelos brancos curtos penteados para trás da orelha, uma senhora me fitava com olhos cheios de indisfarçada curiosidade. Imaginei que estaria se perguntando o que um moço preto, apertado em um sobretudo antiquado, cor de camelo com gola de veludo cotelê verde, estaria fazendo em frente à sua casa, segurando uma mala na mão esquerda.

Abri a segunda folha, escrita em francês por Felipe M. Laghinelli.

Li, com o melhor, mesmo que lamentável, sotaque, conforme o advogado me havia treinado:

"Bom dia, Madame Bauer. Meu nome é Eli de Oliveira Khadouri. Venho do Brasil. Trago nesta mala uma pintura intitulada 'Campos de girassóis ao meio-dia sob nuvens de tempestade', de Vincent van Gogh. Ela pertence à sua família. Foi tirada desta casa durante a guerra e levada para o Brasil.

Quem faz questão que a senhora tenha de volta é Eli Khadouri, meu pai. E pede que lhe diga esta frase: finalmente a justiça está sendo feita".

Por pior que tenha sido a pronúncia de minha leitura em francês, seu claro espanto demonstrava ter entendido a mensagem. Fez menção de dizer alguma coisa, percebi, mas apenas entreabriu os lábios, sem prosseguir.

Aproximei-me dela, coloquei a mala a seus pés, na entrada.

Então ela falou.

Creio que perguntou se eu queria entrar, alguma coisa assim.

Creio que ela insistiu, enquanto eu dobrava as folhas e as colocava de volta ao bolso do casaco.

Creio que ela fez um gesto, indicando a parte interna da casa, como a reforçar o convite.

Creio que ela fez o gesto mais de uma vez.

Pensei em Ravello, pensei em Alex, tomado de intensa emoção.

Era doloroso lembrar das suas vidas, tão próximas à minha, apagadas pela ganância e perversão, tal como as vidas da família que habitou aquela casa, e as de milhões de outras, no longo percurso entre a última tarde de domingo de Van Gogh, em Anvers, até mim, no fim daquela tarde de terça-feira em Ribeauvillé.

Minha travessia estava feita.

Creio que ela me chamou, *Monsieur, Monsieur,* o mais alto que uma senhora nonagenária era capaz, conforme eu lhe dei as costas e iniciei minha caminhada rua abaixo, sobre os paralelepípedos que brilhavam à luz do início da noite, sob a garoa fria que caía sobre Ribeauvillé, até eu virar a esquina e não a ouvir mais.

Não podia voltar. Não havia mais o que lhe dizer. A missão estava cumprida.

Nem queria que me visse, do jeito que eu estava.

Não saberia lhe explicar o que se passava comigo.

Parei.

— Estou chorando, Ravello — falei, alto, na rua sinuosa da cidade estrangeira. — Finalmente estou chorando. Todas as lágrimas que não consegui, todas as lágrimas que precisei, todas as lágrimas que ansiei, todas as lágrimas por tanto tempo presas dentro de mim. Por você, que eu tive e perdi. Por Alex, que eu tive e perdi. Por tudo o que você me deu. Por tudo que Alex tentou me dar. Por tudo o que você me ensinou. Porque você me mostrou os caminhos e acreditou que eu poderia percorrê-los. Por sua generosidade. Por suas palavras. Por seu silêncio. Para lhe pedir que me perdoe, me perdoe, Ravello, por eu não ter conseguido salvá-lo.

Encostei-me na parede de uma casa. Estava tonto. Soluçando.

Finalmente, pensei.

Finalmente consigo chorar.

Finalmente, Ravello.

Finalmente, pai.

Obrigado.

XXXVIII

O último verão de Vincent

Hoje, 27 de julho de 1889, foi um bom dia.

Finalmente um bom dia, depois de tantos de seguidos tormentos e intranquilidade, oprimido pela permanente sensação de não pertencer, a onipresente opressão no peito por não ter o direito de estar aqui. Nem aqui, nem em parte nenhuma. O cachorro molhado dentro da casa de meu pai e por toda parte.

Hoje é sábado.

Sábados me deixam apreensivo, o dia que antecede o mais longo dos dias, o domingo, com suas horas a alongar-se interminavelmente, o silêncio das ruas vazias atravessado pelo clamor dos sinos a chamar pelos acolhidos nos templos a que não pertenço, pelo deus de todos, mas que a mim não abriga, nem apazigua, nem quer.

Não hoje.

Não neste sábado.

Hoje acordei cedo, depois de uma noite agitada, sem pesadelos, mas com despertares frequentes, talvez desacostumado com o ambiente novo à minha volta, aqui no asilo Saint-Paul-de-Mausole. Estou há pouco tempo, aqui. Desde maio. Nunca estou à vontade em lugar nenhum.

Há uma placa no portão de entrada com os dizeres: "Casa de saúde Saint-Rémy-de-Provence — Estabelecimento privado, dedicado ao tratamento de alienados mentais dos dois sexos".

Alienados mentais: assim nos chamam, a mim a aos desajustados nesse mundo que não nos quer soltos, que nos prefere isolados em sanatórios e asilos, que nos rejeita porque nós não cedemos. Mesmo quando tentamos ser como eles, tentamos agir como querem que ajamos, não conseguimos. Por mais que nos empenhemos em nos conformar com este mundo injusto com quem é diferente da maioria, cruel com os mais fracos, indiferente às dores e ao sofrimento dos desamparados, fracassamos na tentativa. Por isso nenhum de nós, nunca, está à vontade em lugar nenhum. Eu mesmo pedi para vir para cá, depois do abaixo-assinado dos vizinhos que não me queriam em Arles. Pedi ao meu irmão, também, um favor, mais um generoso favor, que pagasse os custos de um quarto particular, que não permitisse me colocarem na enfermaria coletiva. Eu o ressarcirei um dia, breve, espero, tão logo minhas telas encontrarem quem as compreenda e as queira.

Aqui Théo acredita que estarei melhor, mais guardado de minhas tremulações, sob os cuidados do doutor Paul Gachet, um pequeno bom homem de rosto afável e maneiras cordiais, não muito diferente dos proprietários de cafés e bares que meu irmão e eu vimos pela cidade, esta pequena Saint-Rémy-de-Provence, de ruas calçadas com pedras irregulares, gastas pelo trânsito intenso das carroças a transportar girassóis e braçadas de alfazemas, o que talvez seja a razão do delicado aroma que flutua em torno de suas casas e prédios pintados com corres terrosas, muitos amarelos e laranjas, e tons rubros, gritando aos olhos, como a nos impor um impulso de viver, viver, viver, e libertar tudo dentro de nós, dentro de mim, deixar escapar e fluir de todos os poros, por cada poro, como numa explosão interna incapaz de nos fazer mal, de me fazer mal, de me trazer os círculos destes sentimentos impossíveis de nominar, mas que, porém, percebo poderem igualmente vir carregados de promessas de dias e tardes e noites em paz, sem as vozes internas e me gritar palavras terríveis de negação do valor, da qualidade, da inovação de minha pintura, da negação de minha busca por imagens possíveis de traduzir, de refletir, de espelhar, não o que vejo com meus olhos de humanos limitados recursos de percepção, mas, sim, uma outra beleza, aquela que não é perfeita, a percepção do que todo meu corpo intui, e vai me entregando através de meus pincéis, infiltrando-se nas imagens que eles criam sobre as telas, nos amarelos do sol e dos trigais e dos campos de girassol, debaixo do céu azul, azul, azul, azul profundo e desconcertante, enquanto sobre minha cabeça dezenas de corvos esvoaçam, em busca de alimento, alguns diriam, eu apenas observo que a mim eles observam, com alguma curiosidade e, quem sabe, alguma vaidade de serem registados como parte desse imenso universo por toda a minha volta, como os pintei hoje, gritando e circunvalando por trás ou entre os ciprestes, enquanto, tão típico do verão desta região, me parece, nuvens pesadas de chuva avançavam rolando, ameaçadoras, fugidias, capazes de despejar o céu carregado em seus cúmulus e nimbos, lavando e aliviando os girassóis e suas pétalas cor de ouro e as folhas verdes e as hastes, penetrando na terra e as fecundando, como dádivas dessa outra extraordinária dádiva que é estar vivo, pleno de energia e esperança. Seguro, como me senti hoje, de que minha arte — aquilo por que deixei tudo para trás, minha necessidade de retratar o mundo não apenas com a imagem dele, mas com o sentimento dele, com o palpitar dele dentro de meu peito, sob o sol do meio-dia, enérgico — em breve livre de meus pesadelos, meus medos, minha estrangulante melancolia.

Me sentir pronto para toda manhã não temer levantar-me de minha cama de estrutura de ferro, pisar descalço o chão fresco de lajotas vermelhas, não me sentir prisioneiro pelas grades na janela, abrir a porta de meu pequeno quarto no asilo e, carregando a mochila com minhas tintas e telas e lápis e estopas, por vezes uma cadeira dobrável e, sempre, o cavalete, sair sem rumo e sem temor.

Pronto para, finalmente, espero, tenho vontade, tenho ganas e espero, finalmente, finalmente trazer para ali, para a tela, este belo, enternecedor, incomensurável mundo que a vida me oferece a cada manhã.

Este livro, composto na fonte Fairfield,
foi impresso em papel Ivory Slim 65g/m² na Leograf.
São Paulo, Brasil, setembro de 2025.